9
佐々木とピーちゃん
動画投稿サイトでPVバトル勃発!
～お隣さんがVTuberとして成り上がっていくようです～
ぶんころり
Ill.カントク
S&P

「動画投稿サイトでPVバトル、開催じゃ!」

「はじめまして、花野美咲です。
歳は十六歳、高校生です。
趣味は映画鑑賞や読書、
それに自宅の庭で行っているガーデニング。
好きなものは綺麗な花や甘いもの、犬や猫といった動物です。
嫌いなものは人混み、乱暴な人、下ネタです」
Misaki Hanano
花野美咲

「うーん、中の人の声が
立体モデルにあってない気がするなぁ」
「っ……そ、そうですね」

『はじめまして、枯木落葉と申します。
花野美咲を求めて来て下さった方にはすみません。
彼女は高校デビューに失敗してしまい、陰キャに堕ちました。
それでも花野は社会に居場所を求めて、
前向きに努力することを決めました。
いつか本物の陽キャになる日を夢見て、
花野美咲改め、枯木落葉は活動していきたいと思います。
差し当たり花野が当初口にしていた嘘八百、なんら興味のない価値観を
この場で是正させて頂けたらと考えています。
まずは趣味についてですが……』
Ochiba Kareki
枯木落葉

…
「あっ、こっちは凄く
しっくりとくるね！　バッチリだよ！」
「そこまでストレートに言われると、
それはそれで複雑な気分です」

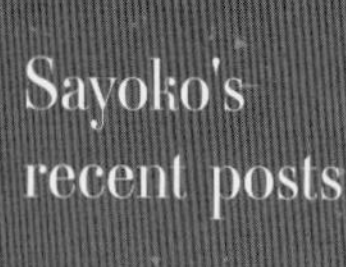

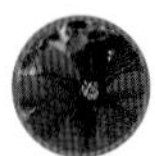

20xx/12/10
sayo@sayooooooooon
スマホをもらった

3　0　3

ガチャ王 @shizuchan_mk2
返信先 @sayooooooooon
よろしくなのじゃよ

sayo@sayooooooooon
返信先 @shizuchan_mk2
よろしく

笹の木 @wiQ2fK9p2xHgi4J
返信先 @sayooooooooon
よろしくね。

sayo@sayooooooooon
返信先 @wiQ2fK9p2xHgi4J
よろしく

ザッキー @qkAxf3w2PblJes5
返信先 @sayooooooooon
フォローするわね

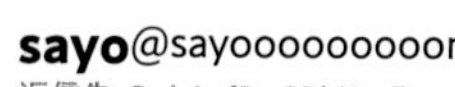

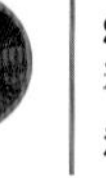

sayo@sayooooooooon
返信先 @qkAxf3w2PblJes5
私もする

20xx/12/10
sayo@sayooooooooon
ここは、優しいせかい

佐々木とピーちゃん9

動画投稿サイトでPVバトル勃発！

～お隣さんがVTuberとして成り上がっていくようです～

ぶんころり

ill.カントク

contents

口絵・本文イラスト
カントク

〈前巻までのあらすじ〉

都内の中小商社に勤める佐々木は、どこにでもいる草臥れたサラリーマンである。そんな彼がペットショップで購入した可愛らしい文鳥は、異世界から転生してきた高名な賢者様だった。与えられたのは世界を超える機会と強力な魔法の力。佐々木は文鳥にピーちゃんと名付けて、共に異世界へ渡ることになった。

そうかと思えば、異世界の魔法を異能力として勘違いされた佐々木は、現代日本で内閣府超常現象対策局なる組織に異能力者としてスカウトされる。更には転職間もない彼の前に魔法少女を名乗る少女が現れる。異能力者を憎み襲い続ける彼女に対して、佐々木は両者の仲立ちに四苦八苦。紆余曲折の末、魔法中年なる役柄に収まった。

すると今度は彼らの行く手を阻むように、現代でデスゲーム開始のお知らせ。天使と悪魔の代理戦争なる行いに巻き込まれる羽目となる。知らされたのは異能力者や魔法少女に次ぐ、第四の勢力の存在。お隣さんに憑いた悪魔、アバドン少年に助力を求められた佐々木は、二人静と共に彼らへの協力を決めた。

時を同じく、お酒に酔っ払ったピーちゃんによって、現代を訪れていたエルザ様の存在がインターネットに流出。これを契機として、佐々木の知り合いが大集合。デスゲーム勢からお隣さん、異世界よりエルザ様、異能力者代表は星崎さん、魔法少女界からマジカルピンク。背景を異にする各界の立役者たち四人が遂に邂逅した。

それから息をつく暇もなく、巨大怪獣が襲来。異世界から巨大なドラゴンが地球にやってくる。本土上陸を目前にして、阿久津課長から指示を受けた佐々木はこれに対処するべく、星崎さんや二人静と共に奮闘する。

一方で天使と悪魔の代理戦争では、隔離空間のみならず日常でも謀り合いが激化。お隣さんとアバドン少年を危険視した天使勢の暗躍により、彼女や佐々木の住まうアパートが爆破されてしまう。

辛うじて生き延びたお隣さんは、犯人と思しき天使とその使徒に遭遇する。現場に居合わせた佐々木は両者から協力を得たことで、巨大怪獣の打倒に王手。出会いこそ最悪であった各界の立役者が協力を見せたことで、秘密裏にドラゴンを討伐する。

デスゲームでは勝利を重ねていくお隣さん。けれど、引き換えに失ってしまった保護者と住まい。そんな彼女の身元を引き受けたのは二人静だった。住まいを軽井沢(かるいざわ)の別荘に移したことで学校も転校、新天地で新しい生活を始めることになる。

異世界ではヘルツ王国の跡目争いが佳境を迎えた。玉砕必至の状況にありながらマーゲン帝国に攻め入るルイス殿下と、その意図を測りかねるアドニス殿下。弟が兄の真意を理解する瞬間は、後者の最期に他ならなかった。

幼い頃から一人で祖国の為(ため)に戦っていたルイス殿下。その遺志を継いだアドニス殿下は国内に巣食った帝国派の貴族を破る。そして、次代のヘルツ国王として即位。王位継承を巡る騒動は、五年という期日を待たずして決着を迎えた。

他方、地球では宇宙の遥(はる)か彼方(かなた)から未確認飛行物体が到来。自らを機械生命体（型番：十二式(じゅうにしき)）だと名乗る存在から、人類は侵略の憂き目を見ることに。擦(す)った揉(も)んだの末、星崎さんに懐いた十二式は、自身が内包したバグを調査、改修する為、佐々木たちと行動を共にすることを決める。

そんな彼女から提案されたのは、家族ごっこ。機械生命体とのコネクションを欲する母国の意向も手伝い、佐々木たちは十二式と共に未確認飛行物体の内部で、疑似家族として生活を共にすることとなった。

すると、人類からチヤホヤされることに価値を見出(みいだ)した十二式は、お隣さんの通学先への入学を希望。佐々木や二人静も教員として学内へ張り込むことに。教室には宇宙人、魔法少女、悪魔やその使徒が揃(そろ)い踏み。クラス担任は異世界の魔法使い。

校内では味方の異能力者や武装団体が目を光らせるも、他所(よそ)の国や組織から繰り返してアプローチを受ける。随所で発生する問題に佐々木たちは東奔西走。そして、お隣さんの通う一年A組は十二式の姫プレイにより学級崩壊。

女子生徒一同から塩対応を受けた機械生命体は虐(いじ)めを理由に引き籠もりを宣言する。

そんな彼女が次に目を付けたのはネット上の動画投稿サイトだった。

〈ユーチューバー〉

天使と悪魔の代理戦争。

その当事者である使徒に選ばれた人間は、互いに相手派閥の使徒を打倒することで、相棒である天使や悪魔からご褒美が与えられる。これは使徒の協力者にも譲渡が可能であり、天使の使徒を倒した二人静氏はご褒美を手に入れた。

ご褒美とは天使や悪魔が人に与える、人知を超越した不思議な現象。

彼女はこれをヘルツ王国の元第一王子、ルイス殿下の復活に用いた。

腐肉の呪いを身に受けて、醜い肉塊となり果てていた殿下。星の賢者様であっても元に戻すことは不可能であると言われていた肉体。その在り方がアバドン少年の助力を得たことで、生来の端整な姿を取り戻した。

「余もミュラー家の娘と共に、こちらで面倒を見てはもらえないだろうか？」

「ルイス殿下、それは……」

本人の強い意向もあり、殿下は当面の間、日本に滞在なさることが決まった。

エルザ様と一緒に二人静氏の別荘で暮らすことになりそうだ。

「エルザ、君はこの地でどういった仕事をしているのだ？　余に教えて欲しい」

「せ、僭越ながら、ユーチューバーというものをさせて頂いております、殿下」

「ユーチューバー？」

そうして皆々でルイス殿下の復活を喜んでいた間際のこと。

別荘のリビングに姿を見せたのが十二式さん。

「皆々、話ハ聞かせてもらッタ」

我々の会話に割って入った機械生命体。

彼女は居合わせた面々に訴える。

「私もユーチューバーとシて世界に羽ばたきタイと考えていル」

その面持ちは普段と変わりなく、感情の欠片も感じられない能面のようなもの。けれど、心なしか抑揚の感じられる声色には、今まさに伝えられた行いに対して、それなりに期待が込められていることが感じられた。

どことなく胸を張っているような、いないような。

「失礼ですが、どうしてそのような結論に？」

「人類からノ愛慕とハ、不特定多数カラ広く浅く得ルのが効率の上でも、リスク管理の上でも、無難であるト判断した。今回ノような問題も発生ヲ極力抑えることガ可能。昨今ノ地球人類の言い方に即スルと、コスパに優れル」

「こやつ、真実の愛に気づきおった」

言わんとすることは、分からないでもない。

ただ、身も蓋もない言い方だ。

機械生命体は嘘を吐けない。

だから、こんなふうになってしまう。

「…………」

上手い返事が浮かばず、どうして応えたものか躊躇する。

あぁ、この子ったら本当にもう……。

すると先方からは、自らの提案を補足するように言葉が続けられた。

「通学先でノ苛めにヨリ人間不信となった末娘にハ、傷ついた心ヲ癒やすためノ手立てが求めラレる。家族にハ既に世話になってイル手前、今以上の負担ヲ強いる訳にハいかない。そこデ外部の不特定多数ヲ利用するコトには意義がアル」

「コメ欄でアンチに粘着されてメンタルブレイクする未来しか見えてこんのぅ」

「舞台が電子戦デあれば、機械生命体ガ人類に劣ルことはあり得ナイ」

「コヤツ、気に入らないアカウントは片っ端から垢バンするつもりじゃ！」

「十二式さん、申し訳ありませんが、そのお話はまた改めてということで……」

「ササキ男爵よ、余のことを気にかけているのであれば、気にせずに続けてくれて構わない。これからはその方らの世話になる身の上、いちいち畏まってくれることもない。ミュラー家の娘と同じように扱って欲しい」

殿下の存在を口実にして、議論を後回しにしようと考えた。

けれど、本人から退路を塞がれてしまう。

「父よ、懸念ノ対象からハ言質が取れた。末娘トの対話ヲ優先して欲シイ」

「お主はもう少しばかり、謙虚になってもええと思うんじゃけど」

「っていうか、ひと昔前ならいざしらず、最近は動画投稿サイトでチヤホヤされるのも、そんなに簡単じゃないと思うのだけれど。サイトに投稿している人の大半は、鳴かず飛ばずで終わるって言うじゃない？」

星崎さんがいいことを言った。

以前の勤務先でも、動画投稿を副業にするのだと公言する同僚がいた。半年ほど変顔でゲームのプレイ動画を公開するも、すぐにアカウントを畳んでいた。後に残ったのは出来立てほやほやの黒歴史である。

しかし、十二式さんからはすぐさま返答があった。

「地球人類が生産シテいる映像作品についてハ、既に十分ナ学習を終えてイる。機械生命体の計算機リソースを用いレば、これヲ圧倒することハ容易でアルと判断する。近い将来、私はネット越しに多数ノ人類からチヤホヤされルこと間違いナシ」

失敗した以前の勤務先の同僚と同じことを主張されている。

けれど、機械生命体の超科学を鑑みると、見当外れとも思えない。

「もはやチヤホヤという単語を隠すことすらせんくなったのぅ」

家具を退けてリビングの中程に設えられた異世界のベッド。その上に座したルイス殿下を囲んだまま、皆々で言葉を交わす。十二式さんが開け放ってそのままの掃出し窓から、ひゅうと風が吹いては暖房に温まった身体を冷やす。

個人的にはシーツを身体に巻いただけのルイス殿下が気になる。すぐにでもお召し物をご用意するべきではないかと。やたらと整った顔立ちや色白で華奢な肉体も手伝い、妙な色気を放っておられる。

「それってつまり、私やルイス殿下と一緒に動画を撮るということかしら？」

「エルザ、それハ違う」

「えっ、違うの？」

「私ハ一人でユーチューバーをやりたイ」

淡々とした物言いの十二式さん。

エルザ様のお顔には驚愕と共に少し寂しそうな表情が浮かぶ。

一緒に撮影をしたかったのか。

「何故じゃ？」

「末娘ハ人類からのチヤホヤをこの一身に受けタイ。他者と共演シタのでは、せっかくのチヤホヤが按分されてしまう。芸能活動はソロで行ってこそ咲キ誇ると、この国ノ過去から私は学習シタ。グループ活動はリスクヘッジ的な側面が大きイ」

「こやつらの人気を把握した上で言っておるなら、随分と強気な発言じゃのぅ？」

「繰り返ス。舞台が電子戦であレば、機械生命体が人類に劣ルことはあり得ナイ」

十二式さんの意志は固そうだ。

是が非でもユーチューバーとして羽ばたかんとしている。着実に地雷女性としての階段を上っている事実に不安しか覚えない。けれど、彼女からの提案を否定することは、かなりの困難に思われる。

こう見えてなかなか頑固な性格の機械生命体であるからして。

「承知しました。十二式さんの意志を尊重することにしましょう」

「ちょ、ちょっと佐々木、それ本気で言っているの!?」

「この場で駄目だと言っても、きっと隠れてやり始めることでしょう。それなら我々の目が届く範囲で、しっかりとルールを定めた上で行ってもらった方が、まだマシだと思うのです。いかがでしょうか？」

「まぁ、それはそうだけど……」

星崎さんも彼女の行動力には理解があるようで、続けられずに言い淀む。

我々が関知しないところで勝手に動かれると、本日にも見られたフェアリードロップスの扱いのように、周囲を巻き込んで大変なことになること間違いなし。だったらこちらの管理下で約束を守りながら活動して頂きたい。

「ですが、我々も局員としての立場があります。無条件に許容する訳にはいきません。そこで提案なのですが、配信を通じて地球外生命体の存在が視聴者にバレそうになったら、その時点で即座に終了、という条件を入れさせて下さい」

「父よ、より具体的ナ条件を提示シテ欲しい」

「投稿サイトのコメント欄で十件以上、映像の現実性を疑うようなコメントが見られたら、その時点でアウト判定とかどうじゃ？　大作映画を超えるようなクオリティで動画を制作されたら、出処（でどころ）を怪しまれてしまうからのぅ」

「だとすれば、当然ながらコメントの削除は禁止ですね。それと動画投稿にあたって非合法な行為は一切行わないと約束をして下さい。社会のルールを逸脱した時点でも、配信活動は終了ということです」

「映像のクオリティについてハ投稿サイトの平均的なレベルを逸脱シないことを約束スル。また、本国ノ法律及び人類の慣習的ナ規則を逸脱するようナ行いは、決してしナイと約束する。しかし、コメントの削除について物申ス」

「なんでしょうか？」

「削除禁止ヲ一律で認める訳にはいかナイ。公共ノ場におけるアンチ行為やヘイト発言は悍（おぞ）ましキ行い。これヲ排除せずに放置シタ場合、末娘ノ心は寂しさガ急上昇。人類に対スル評価の劇的な低下ハ免れない」

「では、二人静さんが挙げたようなコメントのみ削除不可としましょう」

「承知シタ。父と祖母の提案ヲ受け入れル」

十二式さんは存外のこと素直に頷（うなず）いて応じた。

ネット上で不特定多数からチヤホヤされることに、かなり期待を抱いていらっしゃる。正直、とても不安だ。炎上などした日には目も当てられない。ただ、その辺りは自力で火消しも可能な彼女だから、大丈夫だと信じている。

　ネット上に流出した星崎さんの写真も、今となっては完全に過去の出来事。

「しかシ、人類のネットワークへのアクセス及ビ、投稿サイトでの新規アカウント登録においてハ、非合法的な行いヲ排除した場合、これを達成スルことが不可能。最低でも一つ、人類ネットワークへのアクセス窓口が求メられる」

「そちらについては明日にでも、私どもの上司に頼み込んでみましょう」

「一晩で戸籍をでっち上げてみせたのじゃ、スマホを一台用意する程度、あの者であれば訳あるまい。むしろ、機械生命体による情報発信を手中に収める絶好の機会、これ見よがしに提供してくることじゃろう」

「今晩のうちに連絡をしておきますので、上手くいけば明日には手に入るかなと」

「父よ、是非トも頼みたい。デビューは早けレば早いほどイイ」

「既にプロ意識を持ちつつあるの、素人ユーチューバーあるあるじゃのぅ」

なによりもネット上でチヤホヤされている分には、周囲に迷惑もかからない。上手いことハマってくれたのなら、我々も穏やかに過ごせるのではなかろうか。そう考えたのなら、決して悪いことばかりではない。

子供が学校で虐められて引き籠もりなどと、本来の家庭であれば、親としては気を揉みそうなもの。けれど、我々はなんちゃって家族。ごっこ遊びに過ぎないのだから、これ幸いと利用させて頂こう。

なにより自分とピーちゃんの生活もスローライフに近づこうというもの。

「しかし、そうなると末娘にばかり楽しませるのもつまらんなぁ」

ややもすると二人静氏が妙なことを口走り始めた。

いつものパターンである。

今度は何だとばかり、皆々の注目が彼女に向かう。

二人静氏はしたり顔で口上を続けた。

「せっかくの機会じゃし、このメンツで勝負せん？」

「どういうことですか？」

「動画投稿サイトでＰＶバトル、開催じゃ！」

ビシッと人差し指を立てて、声も大きく訴える。

二人静氏は無意味なことをしない。

だとすれば、先方の意図はすぐに把握できた。

「たしかにその手の名目があれば、阿久津さんも家族ごっこの一環として、動画投稿を業務に迎え入れてくれそうな気がしますね。少なくとも他の案件に引っ張られるようなことはなくなると思います」

「じゃろう？　末娘が家に籠もって暇になったからといって、他所の仕事に駆り出されてはたまらんよ。ここのところ早起きが続いておったし、向こうしばらくは夜遅くまでネトゲして、昼過ぎに起きてくる生活がしたいのじゃ」

激しく同感である。

自身も録り溜めたアニメとか消化したい。

すると、即座に反論を上げたのが星崎さん。

「二人静、それに佐々木もだけど、貴方たちの都合に私まで巻き込まないでもらえないかしら？　ゆっくりしたいというのは分かるけれど、それとこれとは話が別よ。それなら私は別の現場に向かわせてもらうわ」

　相変わらずのお賃金ラブっぷり。

　十二式さんの面倒見がなくなると、ここ最近の彼女は阿久津さんの意向も手伝い、学校に通う羽目となる。自ずと時間外の割増賃金や、外出に伴う危険手当は支給されなくなり、お給料は大幅ダウン。

　そんな彼女にたちの悪い大人たちはいい加減なことを囁く。

「星崎さん、上手く収益化が叶えば、いい副収入になると思いますよ」

「意外とお主のような素人が撮影した映像こそ、急にバズったりしておるじゃろ？　何気ない動画が何百万回も再生されて、それからも話題に上がるようになったりして、毎月数十万円のお小遣いをゲットじゃ！」

「……まぁ、ちょっと試してみるくらいなら、悪くはないと思うけれど」

　副業という響きに拿捕されたパイセン、速攻で陥落。

　いつか情報商材とかに騙されそうで、眺めていてちょっと不安を覚える。

「むしろパイセンってば、プライベートで投稿とかしておらんの？　最近のＪＫじゃと、そこかしこで踊ったり暴れたりする映像を公開しておるじゃないの。まさか一緒に動画を撮る友達がいなかったり……」

「わ、分かったわよ！　私は賛成！　現役ＪＫとして賛成するわ！」

　多分、動画投稿とか全然していないのだろうな。

　眺めていて確信を覚えた。

『それって僕らも含まれるのかなぁ？』

「私は別にどちらでも構いませんが」

　アバドン少年とお隣さんからも声が上がった。

　彼らの反応を目の当たりにして、十二式さんが言う。

「家庭ノことは家族のルール第三条に従イ、多数決で決定スルべきだと考えル」

　自身と二人静氏、それに星崎さんが賛成に回っている時点で、結果は決まったも同然。自らの一票を足して過半数を確信した十二式さんから、すかさず多数決の実施が求められる。たぶん、家族全員を巻き込んでワイワイやりたいのだろう。

「んじゃ、ＰＶバトルしたい人は手ぇーあげて！」

二人静氏の掛け声に合わせて、皆々の腕が上がった。

反対は見られなかった。

ピーちゃんも自身の肩の上、ぴょいと片方の翼を可愛らしく上げておりますね。ただ、彼は既にエルザ様と一緒にチャンネルを持っているので、個別に動画を上げるようなことにはならないだろう。

唯一、アバドン少年だけは悩む素振りを見せていた。それでもお隣さんが躊躇なく腕を上げていたので、これに倣う形で挙手。デスゲームの参加者として、個人情報の取り扱いを危惧しているものと思われる。

そんな彼だからこそ、自身としては安心できる訳だけれど。

「賛成多数でＰＶバトル、開催決定じゃ！」

二人静氏の元気な声が別荘のリビングに響いた。

そんな我々を眺めたことで、ルイス殿下からも寸感が漏れる。

「君たち、なにやらとても楽しそうじゃないの。どうやらミュラー家の一人娘は、存外のこと愉快に日々を過ごしていたようだ。余も多少は負い目を感じていたのだが、この様子であれば、要らぬ心配であったようだな」

「お騒がせしてしまい申し訳ありません、ルイス殿下」

「いやなに、こちらの屋敷での生活に期待が膨らむというもの」

何気ない身じろぎに応じて、殿下の二の腕の辺りに掛かっていたシーツがはらりと落ちた。自ずと我々の面前にさらされたのは、ほっそりとしつつも筋肉の膨らみが窺える細マッチョな体躯。これぞセクシー。

ついつい視線が吸い込まれる。

これは他の面々も同様。

そんな彼に歩み寄り、大慌てでシーツを掛け直しつつ皆々に伝える。

「本日はもう遅いですし、動画の投稿は明日からでよろしいでしょうか？」

「そうじゃのぅ。末娘のスマホが確保できてからでも遅くはないじゃろう」

「祖母よ、バトルに公平ヲ期すのであレば、それは当然ノ配慮と思われル」

皆々は異世界のセクシーを見て見ないふり。

ルイス殿下の面前であれこれと言葉を交わし始める。

『多数決では元気よく手を挙げていたけれど、僕の相棒は何か撮影したい対象があるのかい？　そのスマートフォンというのを手にしてから今日まで、カメラ機能を活用しているような素振りは見られなかったと思うのだけれど』

「でしたらアバドンのことを撮影してみましょうか」

『えぇぇ、僕なのかい？』

「ショタコンの女性に刺さりそうな気がしています」

『うーん、不用意に身の回りの情報を公開するのは避けたいんだよねぇ』

「安心して下さい、冗談ですよ」

「ところで佐々木、ちょっと尋ねたいことがあるのだけれど」

「なんでしょうか？　星崎さん」

「この豪華なベッドとアイドル級のイケメンは、どこから持ってきたのかしら？」

「……そうですね。ご紹介が必要かもしれません」

ルイス殿下のことは、エルザ様のお知り合い、異国のやんごとなきお方だとご説明。異世界云々を伝える訳にはいかない。ただ、二人静氏がデスゲームのご褒美を利用して、彼の身体を治療した旨だけは、仔細をぼかしつつ伝えておいた。

ということで、向こうしばらくは動画を投稿して過ごすことになりそうだ。

＊

家族ごっこを終えて解散した後は、すぐさまピーちゃんと異世界に向かった。

ヘルツ王国は首都アレストの王城、その地下に設けられた座敷牢的なスペース。つい先刻までルイス殿下のベッドが設置されていたフロアである。そこには依然としてミュラー伯爵の姿が見られた。

別れ際に語っていた通り、本当に地下で殿下をお待ちしていたようだ。

室内には他に人の姿も見られない。

人払いは完璧。

けれど、肝心のルイス殿下が我々には同行していない。もし万が一にも余の姿が人目に触れては面倒であろう？　そのような物言いと共に、異世界への同行を断られてしまった。弟さんとの関係もそうだけれど、なかなかストイックな人物である。

そうした経緯を一通りミュラー伯爵にお伝えした。

「たしかにルイス殿下であれば、そのように判断されることもあるだろう」

「お連れできずに申し訳ありません」

「いや、ササキ殿が謝る必要はない。私もそういった可能性は考えていた。戻るとしてもアドニス陛下の治世が盤石となってから、というのはとても理に適っている。まさか否定などできようがない」

ルイス殿下の復活を知って、伯爵の顔には穏やかな笑みが浮かぶ。

本心から殿下が元に戻られたことを喜んでいるのだろう。

自然とこちらまで嬉しい気持ちになる。

『ルイスに伝えておくことはあるか？　ユリウスよ』

「殿下がご存命であれば、私はそれだけで十分でございます」

『うむ、そのように伝えておこう』

「あっ、いえ、決してそのような意味では……」

心なしかピーちゃんも声が弾んでいるような気がした。

少しでも彼に報いることができたのなら、自身としても喜ばしい限り。完璧超人な星の賢者様だから、こういった機会は本当に少ない。異世界でも日本でも、いつも助けられてばかりの身の上である。

『あちらの世界では向こうしばらく、貴様の娘がルイスの面倒を見ることになりそうだ。次にこちらへ戻った際にでも様子を尋ねてみたらいい。日中は我も共にしているが、四六時中という訳にはいかぬのでな』

「娘が殿下にご迷惑をおかけしていなければいいのですが」

『本日も上手いこと、周囲の者たちとの橋渡しとなっていたように思う』

ということで、自身もこの機会を利用して身の上の問題を片付けてしまおう。

それは先月くらいから気を揉んでいた異世界の面倒事。

「エルザ様のご婚約先ですが、この機会にルイス殿下へ改めてはどうでしょうか？」

ミュラー伯爵にとっては不意打ち。

その目が見開かれた。

　アドニス陛下からの信頼も厚い王兄の立場は、出処の知れない異国の商人などより遥かに価値がある。なんたってお家に王族の血を入れる絶好の機会。ご成婚が叶ったのなら、宰相としてミュラー家の地位は盤石だ。

『たしかにこの者が言う通り、あの娘の嫁ぎ先としては申し分ないように思う』

「しかしながら、我が家は既にササキ殿とお話を進めておりますので……」

『ならば向こうでルイスが貴様の娘に手を出したら、その時点で決めるといい』

「星の賢者様、お言葉ではありますが、私はそのような立場にございません」

『そういうことなら、我からルイスに伝えてやろう』

「け、賢者様、どうか今しばらくお時間を頂戴できたらとっ……！」

『そうか？　まぁ、ルイスもなかなか捻くれた性格をしているからな』

　やり取りがめちゃくちゃ生々しい。

　ちょっと想像してしまった。

　二人の絡み合っているシーン。

　ただ、それで自身の身辺が落ち着くというのであれば、サラッと聞き流させて頂こう。板挟みとなったミュラー伯爵がお辛そうな感じになっているけれど、まぁ、ここまで愚直に伝えておけば、意志を改める日も近いだろう。

　ルイス殿下はイケメンだし、エルザ様は美少女。ちょっとした拍子にサクッとくっついて、二人の関係を知った二人静氏から、ああだこうだと軽口を叩かれる光景が自ずと脳裏に浮かんだ。今のうちに言い訳とか考えておこうかな。

『貴様よ、どうした？　珍しくも人前でぼうとしたりして』

「いや、なんでもないよ、ピーちゃん」

『あの娘との婚約が惜しくなったのであれば、素直に言うといい』

「…………」

　星の賢者様って、こういうところあるよね。

　やっぱり肉食系。

　若い頃は可愛い子を取っ替え引っ替えしていたんだろうな、なんて思う。

　王宮に飾られている肖像画もイケメンだったし。

「一気に話題が変わるけど、転生する前のピーちゃんは婚約者とかいなかったの？」

『その手の声が掛からなかった訳ではないが、縁談が実を結ぶことはなかった』

「そ、そっか。ごめんね、変なことを聞いちゃって」

『いいや、我々から一方的に弄り回されている貴様の気持ちも分からないではない』

「理解しているならちょっとは手加減してよ」

『ここのところ飼い主とのコミュニケーションが減っていた。多少は軽口でも叩き合っておくべきかと考えたのだが、迷惑であったか？　こうでもしないと貴様は、なかなか自己主張をしないであろう。ペットとしては甚だ不安だ』

「そんなことを言われたら、もう二度と無下にはできないじゃないの」

なんて卑怯な文鳥だろう。

そんなところも可愛いの困っちゃう。

結婚とかもうどうでもいいから、今後もこんな感じで日々を過ごしたい。

なんて素直に伝えたら、賢者様はどのような反応を見せるだろうか。

「お二人とも、ルイス殿下のことを何卒よろしくお願いします」

『うむ、しかと任された』

「ご不便のない生活をして頂けるように努めさせて頂きます」

そして、同日はすぐに日本へ戻ることになった。

ルイス殿下のことをエルザ様や二人静氏に丸投げして、異世界を訪れているから。決して悪い人だとは思わない。けれど、かなり癖のある人物だ。日本での生活に慣れるまでは、自身やピーちゃんが付いていた方がいいだろう。

そんなこんなで同日は過ぎていった。

＊

翌日、我々は朝イチで局に登庁した。

移動は例によって十二式さん提供の末端。朝の満員電車に揺られる日々は、遥か過去の出来事のよう。軽井沢の別荘を出発してから、ほんの数分ほどで都心の勤務先に到着している。道中、宇宙の暗がりを垣間見る通勤風景にも段々と慣れてきた。

おかげで最近、出社魔法に対する習得意欲が低下しつつある。

頑張って覚えた長めの詠唱、忘れないようにしないと。

ということで、登庁から間もなく局の会議室で打ち合わせ。

上司に声をかけられて向かった個室では、互いにいつもの位置関係。

阿久津さんと打ち合わせ卓を挟んで、二人静氏、自分、星崎さん、十二式さんといった並び。卓上には課長の正面、ノートパソコンが配置されており、外部出力から延びたケーブルが、お誕生日席な位置にある壁掛けディスプレイに繋がっている。

ちなみに本日の星崎さんは制服姿。

椅子に着いたところで、すぐさま課長から問われた。

「佐々木君、本日は平日だと思うのだが、学校はよかったのかね？」

「単刀直入にお伝えしますが、彼女から登校拒否を主張されました」

「どういうことだろうか？」

「それは本人から確認して頂けたらと」

本人が同席しているのだし、丸投げしてしまおう。

なんたって説明するのが非常に面倒な経緯。

素直に頷いた阿久津さんは、十二式さんに向き直って問いかける。

「学校生活はどうされたのでしょうか？　先日入学されたばかりだと思いますが」

「クラスメイトに虐めらレた。そこデ自宅に引キ籠もることにシタ」

「…………」

課長、絶句。

顔を合わせるたびに、状況が二転三転している打ち合わせ。おかげで上司も色々と勘ぐる羽目になっている。

我が国の最高学府を首席で卒業した頭脳がフル稼働。圧倒的に空いてしまった行間を、必死になって読んでいるに違いない。

可哀想に。

「補足スルと、家族ノ了承は得ていル」

「…………」

やがて、把握することを諦めたのか、その眼差しが部下に向けられた。

　今しがたと比べても、なかなか厳しい面持ちである。

機械生命体の学校生活は、彼としては肝いりの案件だったのだろう。もしくはメイソン大佐辺りからも、色々と言われていたのではなかろうか。

　それが僅か数日で破綻してしまった。

けれど、本人を目の前にしては何を語ることもできない。

　そんな上司の姿に、部下は快感を覚えつつあります。

　十二式さんを責める訳にはいかず、怒りの矛先はこちらに戻ってきた。

「佐々木君、君がついていながら失態ではなかろうか？」

「お言葉ですが、彼女の姫プレイは私の手に余るものです」

「姫プレイ？　なんだね、それは」

「ご存知ありませんか？　多数の異性が存在する環境において……」

「そういうことを聞いているのではないのだよ、佐々木君」

　知っておられましたか、姫プレイ。

　毎度のこと上司への報告が妙なことになるの、ちょっと切ない。

「でしたらこちらをご確認下さい」

　今回は事前に言い訳の必要性を把握していたので、機械生命体が披露した姫プレイの実態について、証拠を持ち込んでいる。プレイを楽しんでいた本人に頼んで、映像データを局支給の端末にコピーしてもらっていた。

　ディスプレイを上にして、課長の面前に差し出す。

　映し出されたのはスキー教室の最終日、我々も校舎裏で眺めた告白騒動の顛末。

　これを上司の前で再生すること数分ほど。

「……事情は把握した」

　ドライブレコーダーって大切だよね、なんて思った。

　機械生命体を監視、監督する危うさは、自動車運転の比ではないけれど。

　我々の会話が一段落したところで、十二式さんからも声が上がる。

「阿久津、自宅に引キ籠もルに当たり、相談シたいことがあル」

「どういったご相談でしょうか？」

「クラスメイトに虐められて自宅に塞ぎ込んダ末娘ノ生活は苛烈ヲ極める。これヲ穏便に過ごス為(ため)には、それ相応ノ代替行為が求めらレル。人類はそうシテ自らの心ヲ癒やすのだとネット上にハ情報が散見さレた」

「今後の方針について、既に何か当てがあるのでしょうか？」

「新たな活動ノ場として、私はこちらのサイトに価値ヲ見出(みいだ)してイル」

十二式さんの発言に合わせて、テーブル上に空中ディスプレイが浮かび上がった。移動用の末端内で屋外の様子を確認するのによく目にしているやつだ。画面上には自身も見知った動画投稿サイトのトップが表示されている。

なんの脈絡もなく出現したのでちょっと驚いた。

課長も肩がビクッとしておりましたね。

「このサイトに動画を投稿したい、ということですか？」

「阿久津、そノ解釈は正しイ」

「理由をお聞かせ願えませんでしょうか」

「ネット上でバズり、インフルエンサーとナり、世界中からチヤホヤさレたいと考えてイル」

「……」

救いようのない我が家の末娘。

阿久津さんも上手い返事が浮かばないようだ。そうした言動の一端は、彼女のことを弄りまくった二人静氏にあるような気がしないでもない。ただ、当人はニヤニヤといやらしい笑みを浮かべて、二人のやり取りを眺めている。

楽しいよね、クールを気取った上司を困らせるの。

「昨晩、部下から催促があった端末の支給は、それが目的でしょうか？」

「そノ推測は正シい。阿久津、可及的速ヤかに端末ト通信回線を用意して欲シイ」

「そちらについては、既にご用意があります」

阿久津さんのジャケットの内ポケットから、スマホが一つ取り出された。

それはテーブルの上、十二式さんに向けてスッと差し出される。

「阿久津、これハ素晴らシイ働き」

「ネットワークの開通に必要な各種アカウントの開設やソフトウェアのセットアップは、既にこちらで済ませております。仔細については内部に入れておりますドキュメントをご参照下さい。機械生命体には不要な代物かもしれませんが」

彼女はすぐさま腕を伸ばして、卓上に置かれた端末を手に取った。

指先で画面を撫(な)でたり、ボタンをポチポチとしたりし始める。その面持ちは平素からの無表情。けれど、一連の振る舞いはまるで、生まれて初めて端末を買い与えられた子供のようではなかろうか。

「これまでノ経緯も含メて、私は阿久津ノ仕事をとてモ高く評価シテいる」

「お褒めに与(あずか)りまして恐縮です」

十二式さんからの評価に、課長は小さく会釈をして応じる。不用意に借りを作るような真似(まね)は不安を覚えるが、昨今の彼女のポジションであれば、問答無用で踏み倒すことも可能だから、まぁいいか。

「祖母よ、末娘ハすぐにでもＰＶバトルの開催ヲ求めたイ」

「長女と長男が学校から帰ってきたら、団欒(だんらん)の席で開会式かのぅ」

自分や星崎さん越し、二人静氏に向き直った十二式さんが言う。

小さな手でスマホをギュッと握りつつのこと。

これにはすぐさま上司から反応が。

「二人静君、ＰＶバトルとはなんだね？」

「別にそう大したものではないのじゃけど……」

昨晩にも話題に上げられた内容が、二人静氏の口から一通り説明される。当然ながら機械生命体の存在は秘匿である旨も重々ご説明。家庭内で各人アカウントを設けて、匿名で動画を投稿します、といった感じ。

「局員としての立場を思えば、あまり推奨される行いではないのだがね」

「そうはいっても、機械生命体から所望を受けては致し方あるまい？」

提案したの、二人静氏ですけどね。

阿久津さんはしばらく目を閉じて考える素振り。

ややあって、重々しい態度で応じた。

「わかった、君たちの判断を認めよう」

「理解の早い上司を持つと、部下は幸せじゃのぅ」

「当面は家族ごっこの一環として、そちらの業務に当たって欲しい」

思いのほか、すんなりと承諾を得ることができた。

恐らくこれからは活動の場をネット上に移して、十二式さんの勧誘行為が行われていくのではなかろうか。上司の反応を眺めていて、ふとそんなことを思った。やたらと手の込んだダイレクトメールとか、バシバシ飛んできそうな気がする。

ただ、舞台がネット上であれば、本人の言葉ではないけれど、機械生命体が人類に後れを取ることはないだろう。メッセージの送信元を特定の上、端末のカメラをクラッキング、相手のプライベートを覗(のぞ)き見(み)るくらいは普通にやりそうだもの。

そうして当初予定していたやり取りが一通り終えられた辺りでのこと。

おずおずといった様子で星崎さんが言った。

「あの、私も課長に伺いたいことがあるんですが」

「なんだね？　星崎君」

「これって私も参加して構わないですよね？」

そう語る面持ちは不安げなもの。

また学校送りにされることを危惧しているのだろう。

阿久津さんからは案の定なお返事が戻された。

「君には局員としての将来がある。学業を疎(おろそ)かにして欲しくはないのだがね」

「で、ですが……」

「動画を投稿するだけであれば、学校に通いながらでも不可能ではないだろう。それに学内の方が、撮影できる映像にも幅が広がるのではないかね？　なんなら友人の協力を得ることも……」

「わ、分かりました！　勉強もしっかりします！」

痛いところを突かれて、星崎さん敗退。

当面、日中は学校で勉学に励むことになりそうだ。

以前と比べて、阿久津さんが星崎さんの通学にこだわるのは、彼女がランクB相当の異能力者にレベルアップしたからだろう。昨今の先輩は局内でも指折りの実力者、重用する為にも最低限の学力は身に付けて欲しいに違いない。

しかも傍(かたわ)らにはいつの間にか懐いている機械生命体。

先輩の学力向上に、地球の将来が懸かっている、のかもしれない。

＊

同日、午前中は局でデスクに向かい、教師生活の後始末を行った。

省庁のお硬い庶務にも慣れたものだ。

そして、近所の飲食店でランチを終えてしばらく。お隣さんとアバドン少年の帰宅と合わせて、我々は局を出発した。十二式さんが手配していた末端に乗り込み、皆々で未確認飛行物体の内部に設けられた一軒家に向かう。

当然ながら、ピーちゃんやエルザ様、ルイス殿下も一緒だ。

宇宙初体験となる殿下は、とても感心した様子で星空を眺めていらした。傍らに立ったエルザ様が、アレは他所の星だとか、あっちの明るいのは太陽だとか、一生懸命に説明している姿が印象的だった。

ちなみに本日の殿下は異世界の王子様ルックを脱して、我々と変わりのない格好をされている。襟付きのシャツを着用の上、ベストにテーラードジャケット、スラックスといった感じ。全体的にフォーマルな印象を受ける。

ジャケットやスラックスのふわとろ具合は、恐らくかなりお高いカシミア。エルザ様のお召し物と比較しても、もう一声お金がかかって感じられる。彼女たちの関係を踏まえた上で、二人静氏が気を遣って下さったものと思われる。

そうして足を運んだ和住宅の居間でのこと。

「団欒ノ時間がやってキた。祖母よ、PVバトルの開催ヲ宣言して欲シイ」

「ネット上の不特定多数に期待値が高過ぎるの、眺めて怖いんじゃけど」

「末娘ノ脳裏にはバズりまでの道筋ガ既に見えてイル。期待値などトいう不確かな尺度デはなく、近い将来ヲ示す精緻なシミュレーションの結果ダと考えて欲シイ。つまりバトルを制するノは私のアカウントで間違イなし」

「お隣さんもアカウントは開設できていますか?」

「はい、昨晩にも色々と教えて頂いたので、無事に開設できました」

『今日の昼休み、教室でアプリを弄っていたら、間違えてライブ配信を開始しちゃって、とても焦っていたよね。あのときの顔は見ものだったなぁ』

「アバドン、それ以上は黙って下さい」

皆々で座布団に腰を落ち着けて、掘りごたつを囲む。

卓上には人数分、湯呑にお茶。

中央にはみかんの盛られたカゴが見られる。

「カメラで撮影して、すぐにネットへ公開できるなんて、本当に便利よね」

「パイセン、何気ない発言がオッサン臭いの気を付けた方がええよ」

「えっ？　い、今のどこがオッサン臭かったの⁉」

「たしかに今どきの若い方々は、それが普通、みたいな感覚ありますよね」

「っ……そ、そうよね！　ネットに動画をアップロードするとか、普通よね！」

居間にはルイス殿下の姿も見られる。

エルザ様と横並びとなり、慣れない和住宅を物珍しそうに眺めている。

その振る舞いはこちらの世界を訪れて間もない彼女と同じような感じ。

「エルザ、君も職務として、彼らと同じようなことをしているのだったね」

「は、はい！　その通りです、ルイス殿下。ササキのお手伝いをしています。あと、そっちの鳥さんも協力してくれているんです。カメラの前でお喋りをして、それを世の中に配信するのが仕事になります！」

「なるほど、鳥さん、か」

和テーブルの上、止まり木に佇むピーちゃん。

その姿を眺めてルイス殿下は神妙な面持ちだ。

何故ならば、彼は鳥さんの正体をご存知だから。

『ルイスよ、それ以上は黙っているといい』

「鳥さん、あの、こ、この方はとても偉い方なの。だから、あのっ……」

「いや、構わないのだ、エルザ。ここでの余はルイス、ただのルイスに違いない。なんなら君も呼び捨てにしてくれていい。その方が余としても、この場に馴染むことができるのではないかと考えている」

「そんな、め、滅相もありません！」

腰を落ち着けて一息ついたところ、そこかしこで話に花が咲き始める。

二人静氏が淹れてくれたお茶が美味しい。

みかんを頂いてみると、これがまた甘くてジューシーじゃないですか。

産地はどこだろう。

「祖母よ、家族ガお喋りに感ケてPVバトルが始まらなイ」

「いい加減に末娘がキレそうじゃから、そろそろ本題に入るぞぇ」

二人静氏の発言を耳にして、居間が静かになった。

皆々の注目が彼女に向かう。

「まずはルールの確認じゃ。期間はとりあえず、今日から二週間でええかのぅ？　それまでの間に新設したチャンネルで一番多くのPVを稼いだ者が優勝じゃ。勝敗をチャンネル登録者数で決めると、悲惨なことになりそうだからのぅ」

「祖母よ、二週間トいう期間ハ些か短イように思う」

「じゃったらワンクールを終えた時点で、シーズンツーを検討するということでどうじゃ？　どこぞの豆腐メンタルがネット上のアンチや正義マンに煽られようものなら、即日で炎上して破綻もあり得るじゃろう」

「話題に上げラレたサンプルには疑問ヲ覚えるガ、ルールの補足に異論ハない」

十二式さんの他、皆々からも頷きや同意の声が返った。

これを確認して二人静氏は説明を続ける。

「それとせっかく競い合うのじゃから、優勝賞品と罰ゲームを決めたいのぅ。今回のPVバトルで最下位となってしまった者は、一番じゃった者の言うことをなんでも一つ聞く、というのはどうじゃろう」

「たしかにその手の規定がないと、佐々木とか絶対に手を抜くと思うのよね」

「いえいえ、そんなことはありませんよ」

先輩に図星を突かれてしまった。

適当にやるつもりだった。

しかし、ピーちゃんの協力が得られないとなると、PVを稼ぐ手段なんて全然思い浮かばない。それが叶うなら、この歳まで延々と社畜なんてしていないもの。改めて考えると、この場で一番不利なのは自分だ。

四十路を目前に控えたオッサンに、果たして何ができるというのか。

「これくらいかのぅ？　他に何か決めておくこととかある？」

「祖母よ、末娘ハPVバトルに当たって制限ガ課せられてイル。これヲ悪用する者が現レル可能性も考慮したい。

私のアカウントに対シて、機械生命体や地球外生命体ノ存在を匂わせるようナ行いをシタ場合、その者にはペナルティを科して欲しイ」

「誰もそんなことせんと思うけど、その時点で対象者はＰＶバトルから脱落の上、罰ゲーム決定、とかでええかのぅ？」

「ソレで構わなイ」

　主に疑われているのは、祖母ではなかろうか。

　意外とこの手の勝負事に熱くなりやすいこと、同僚は知っておりますよ。

「ねぇ、二人静。ＰＶ数っていうのは、投稿した動画の再生数の合算よね？」

「そのつもりじゃけど？」

「だとしたらやっぱり、動画を沢山アップロードした方が有利なのかしら」

「さて、それはどうじゃろうなぁ」

「もし万が一にもバズったのなら、それ一本で優勝が決まるかもしれませんからね」

「佐々木、そうは言ってもたった二週間よ？　そんなことあり得るのかしら」

「それも含めてＰＶバトルなのじゃ。各々の方針次第で戦法は如何様にもなろう」

　とはいえ、ネット上での影響力がゼロスタートの時点で、狙ってバズれるようなものではない。下手な鉄砲を数撃つのが無難な方策であることは間違いないように思う。そうして考えると、結構忙しい二週間になるのかも。

「ねぇ、フタリシズカ。ルイス殿下や私、それに鳥さんも参加するのかしら？」

「既に国内有数のチャンネル登録者数を抱えておるのじゃ。お主らの役務を思えば、下手に他所でチャンネルとか作らん方がええじゃろう。申し訳ないが今回は外から様子を眺めていてはくれんかのぅ」

「分かったわ。変なことを聞いてしまってごめんなさい」

『貴様よ、どうやら今回は我も手助けができないようだ』

「ありがとう、ピーちゃん。自分の力で頑張ってみるよ」

　ピーちゃんの自撮り動画が流出して以来、動物のアクションに主観的なセリフを被せる動画が多数出回り始めた。いわゆる二番煎じの文化。けれど、まったく同じ個体が他所のチャンネルに登場していては、流石に突っ込みが入りそう。

十二式さんからも反則だなんだと文句が飛んでくると思う。

「すみません、私はアバドンと二人で一つのアカウントを運用する、といった理解でよかったでしょうか？　こちらの悪魔はソーシャルメディアのアカウントを持っていないので、気になっていたのですが」

「そのつもりでおったけど、バラバラの方がよかったかのぅ？」

「いえ、そのようにさせて下さい」

諸々の確認が終えられたところで、居間が静かになる。

これを確認して、二人静氏が声も大きく言った。

「んじゃまぁ、本日より第一回、佐々木家ＰＶバトルを開催じゃ！」

とりあえず、拍手の一つでもしてみる。

すると、他の面々も釣られて手を叩き始めた。ルイス殿下も我々に合わせてパチパチとやって下さっている。ピーちゃんも翼を器用にはためかせて、拍手っぽいアクションをされておりますね。

ただ、そうした賑わいは僅かな間のこと。

居間はまたすぐ静かになった。

和テーブルを囲んだ皆々をぐるりと一巡するように見つめて、二人静氏が問う。

「お主ら、どうして誰も部屋から出ていかんの？」

「いえ、こたつがいい具合にあったかいもので」

居間にこたつがあったので、何を語るまでもなく、自然と足を収めていた。ただ、改めて思い返してみると、前回まではこたつなんてなかった。なんなら室内の気温も下がっているような気がする。湿度も若干低めのような。

廊下は冷えるので、外に出るのちょっと辛い。

「ここの気温、軽井沢と同じくらいよね？　どうなっているのかしら」

「気温や湿度、気圧ナド、家庭の周囲環境ハ祖母の住まいとリンクさせてイル。四季ノ概念もまた、家族の団欒ヲ彩るのに重要な要素だト判断した。母は暖かイほうが望まシイだろうか？　だとすれバ直ちに調整スル」

「これはこれで悪くないと思うわ。暖かいところと寒いところを行ったり来たりすると身体に悪そうだし。それにせっかく貴方が気を利かせてくれたのだから、向こうしばらくはこれでいきましょう」

「承知シタ。現状の維持ヲ決定する。母の温かナ気遣いに末娘ノ心はメロメロ」

「末娘の母親に対する甘え方が絶妙に気持ち悪い件」

「祖母よ、孫に甘えて欲シイのであれバ、祖母ももっと優シクなるべき」

「なにをどう解釈したら、そういう意見が飛び出してくるのじゃ」

　こちらの住居環境も日々アップデートされているようだ。十二式さんの家庭に懸ける思いが言外に伝わってくる。学校生活は引き籠もりモードに突入してしまった一方、家族ごっこはこれからも継続していくみたい。

「ところでパイセン、投稿用のアカウントを作ったのなら教えてくれんかのぅ？」

「そんなの嫌に決まってるでしょ？」

「なんじゃ、冷たいのぅ」

「二人静なんかに教えたら、絶対に変なコメントとかしてくるじゃないの」

「なんかとか酷くない？　流石の儂でも一日に二、三回くらいじゃよ」

「やっぱりするんじゃないの！」

「ソシャゲのランカー争いは、場外での削り合いも重要なファクターでのぅ」

「だとすれば、動画の撮影は各々の居室で行ったほうがよさそうですね」

「父よ、そノ意見は正シイ。祖母の目ガ届く場所で行うことハ控えルべき」

「え？　それじゃと宅内から居場所を奪われた儂はどうなるの？」

「以前ノ提案通り、庭にプレハブ小屋ヲ用意した。そちらデ撮影すればいい」

　十二式さんの意識が向かった先には、たしかにプレハブ小屋が窺える。縁側を越えた庭先、いつの間にやら用意がされていた。無骨なデザインのワンルームタイプ。大きさは六畳ほどだろうか。

　一体どこから持ってきたのか。

「たしかにそれっぽいのが設置されとるなぁ、とは思っておったけど、マジで利用させる気とか酷くない？　しかもこうして眺めた感じ、エアコンの室外機が見当たらないの、冬の軽井沢を舐めておるじゃろ」

　家族ごっこ開始直後、夫婦別室が決定された結果、夫婦の寝室は星崎さんの居室となり、自身には客間が割り当てられた。それでもエルザ様の来訪時など、客間は必要だろうとの意見から、宅内より消滅した祖母の部屋である。

以前、十二式さんが言っていた通りになってしまった。

「あの、フタリシズカ、もしよければ私たちと一緒に……」

「エルザ、祖母ヲ甘やかシテはいけない」

「ふんだ！　次までに上等なエアコンを用意しておくからええもんだ！」

ああだこうだと言いつつも、こたつから出ていく二人静氏。居間を後にした彼女は、玄関でいつもの下駄をつっかける。そして、我々の眺めている先で、すごすごと庭のプレハブ小屋に収まっていった。

本日の寒さは堪えることだろう。まさかこのために気温や湿度を下げたのかと、勘ぐらずにはいられない。それでも家族ごっこのメンバーからすれば、なにかと衝突しがちな祖母と末娘の日常。

ただ、ルイス殿下にとっては初めて目の当たりにする家族同士の諍い。

これに気を遣って下さったようで、彼の口からは場を和ませるように会話の声が。

「エルザよ、余らの仕事について、この機会に学ばせてもらえないだろうか」

「は、はい！　僭越ながらご教示をさせて頂きます！」

「しかし、そのやたらと畏まった態度なのだが、もう少しどうにかならぬものか」

『そういうことであれば、我がインターネットの基礎から教えてやろう』

止まり木からふわりと飛び立ったピーちゃん。その可愛らしい二本の足が、ルイス殿下の肩に着地する。仲良さそうに言葉を交わす姿からは、生前の彼が王族の方々とどういった関係にあったのか、如実に窺うことができた。

現飼い主として、ちょっと嫉妬してしまうよ。

「本当だろうか？　是非ともご教示を願いたい」

『うむ、インターネットはいいぞ、インターネットは。世界の知が詰まっている』

ルイス殿下のことはピーちゃんに任せておけば大丈夫だろう。

さて、自分も動画投稿のネタを考えなければ。

なんたって最下位には罰ゲームが待っているのだから。

*

未確認飛行物体の内部に設けられた日本家屋。

これまで家族ごっこの参加者は、団欒の大半を居間や台所で過ごしていた。それ以外だとトイレや洗面所へ多少足を運ぶ程度か。しかし、ここへ来て遂に個々人に割り当てられた居室が本格的に利用されることになった。

動画撮影の為、各々自室に向かって一人作戦会議。

自身も居間から居室に移り、ちゃぶ台の前で頭を抱えている。

卓上には局支給のスマホ。

ディスプレイには、動画投稿サイトのマイページ。

当然ながら投稿数はゼロのまま。

「………」

当初は、身の回りのモノを適当に撮影すればいいだろう、くらいに考えていた。形の上でＰＶバトルに参加していれば、それで問題ないでしょうと。百円ショップの商品レビューとか無難でいいかも、みたいな。

それが急遽、罰ゲーム実装のお知らせ。

優勝する必要はない。

けれど、最下位は回避しなければならない。

途端に難易度が上昇してしまった。

「このままだとヤバいかも」

どういった映像を撮影すればＰＶを稼げるのだろうか。

まるで案が浮かんでこない。

顔立ちに優れている訳でも、一芸に秀でている訳でもない普通のおじさんが、多数のファンを獲得している例も世の中には見られる。けれど、その大半は変顔をしたり、奇声を上げたりと、自身を犠牲にした上で成り立っている。

局員という立場を思えば、顔出しは控えたい。

音声も弄るべきだろう。

そんなことを考えていると、選択肢も狭まる。

「………」

何か話題のネタになるようなものはないかと室内を見渡す。

しかし、これまで碌に利用してこなかった居室内は閑散としている。家財道具は座布団が数枚と部屋の中程にちゃぶ台。あとは窓枠に障子戸、部屋の隅に和風のスタンド照明が見られる。目に付くのはそれくらい。

それと押し入れの中に布団が二組収まっている。

どれも二人静氏が家電と合わせて発注したものだ。

部屋の彩りを意識すると、張り替えて間もない畳の青々とした匂いが鼻先に香る。

「これ、横になったらそのまま寝ちゃうやつだ」

午後のいい時間帯、お昼寝したい欲求に駆られる。

などと考えたところで、閃いた。

ヒーリング系や睡眠導入、作業用などのサウンドを大量に投稿してはどうだろう。音楽アセットは無償や低価格で利用可能な著作物も多い。編集作業だって音楽を流すだけなら、自身のような素人でも行える。

一つ一つの再生数は決して大きくない。

バズることもあり得ない。

ただ、需要は間違いなく存在している。

なんたって同じようなことを考えた人たちが、日々PVを奪い合っている。その隙間でおこぼれを頂戴する作戦。映像のクオリティ次第では、将来的には垢バンされるかもしれない。けれど、それでも一向に構わない。

PVバトルで最下位さえ免れればいいのだから。

「よし、やってみよう」

などと思いついた直後のこと。

時を同じくして部屋の戸がノックされた。

「ねぇ、佐々木。ちょっといいかしら？」

「星崎さんですか？　どうぞ入って下さい」

廊下に面した戸襖がスッと横にスライドする。

その先には想定した通りの人物が立っていた。

「どうされましたか？」

「PVバトルなんだけど、ちょっと相談できないかしら？」

「ええ、それは構いませんが」

居室に入って後手に襖を閉めた星崎さん。

彼女に向けて、自身は部屋の隅に積まれていた座布団を一つ取って差し出す。互いに小さなちゃぶ台を挟んで、向かい合わせの位置関係に落ち着いた。相手が正座で座ったものだから、こちらまで正座してしまったのちょっと辛い。

「佐々木はどういう動画を撮るのか、もう決まったのかしら？」

「今まさに目星が付いたところでして」

「その様子ですと、星崎さんは悩まれているみたいですね」

「いきなり動画投稿とか言われて、悩まない方が不思議だと思うのよね。あっ、も、もちろん本来の現役ＪＫとしてなら悩まないと思うわよ？　だけどほら、局員として顔や声を出す訳にはいかないでしょ？　だから、色々と考えちゃって」

本来の現役ＪＫってなんだろう。

先輩の大切なアイデンティティが、ご自身の中で崩壊しつつある。

「まさに仰る通りかなと」

「そうなると撮影の幅も狭まるし、佐々木はどうするのか気になったのよ」

「星崎さんが悩まれているポイントに絞ってお答えすると、顔や声は一切出さずに動画を作成しようと考えています。当初はボイスチェンジャーなどの導入も検討していましたが、それも止めました」

「そこまで注意しても、身の回りの風景から情報が漏れることもあると思わない？」

「あると思います。なのでゼロから映像を制作する形で進めようと考えています」

「えっ、もしかして佐々木って、パソコンとか得意だったりするの？」

「得意か否かは分かりませんが、簡単な映像を編集する程度であれば、素人でもそこまで苦労することはないと思いますよ。最近はアマチュアに向けたハウツーサイトやレクチャー動画も充実していますし」

「そ、そう……」

受け答えする星崎さんの表情は芳しくない。

パソコン、苦手なのかも。

ここ最近はパソコンが利用できない若者も多いと聞く。ひと昔前までは、ＩＴ教育を受けた若い世代がパソコンを常用するようになって、中高年が置き去りにされる未来がやってくる、みたいな潮流がそこかしこで囁かれていた。自身もそう信じていた。

しかし、蓋を開けてみたらスマホの台頭を受けて、パソコンは中高年のツールとなってしまった。最近だと動画の編集までスマホで完結するらしいじゃないの。世の中、何がどう転ぶか分からないものである。

「あの、具体的にどういった動画を投稿するつもりなのかとか、聞いてもいいかしら？」

「癒やし系や作業用のサウンドを多数投稿して、ＰＶを集めようかと考えています」

「それはもう他所の人がやり尽くしていると思うのだけれど」

「二番煎じ、三番煎じでも多少のＰＶは入ってきます。最下位を回避する為なら、その程度であっても十分に意義があるのではないかなと。あとはどれだけ労力をかけずに量産できるかが肝のような気がしています」

「…………」

ポカンとした表情でこちらを眺める星崎さん。

「どうしましたか？」

「意外と頭を使っているから驚いたわ」

「これくらい誰でも考えると思いますが」

「でもそれって卑怯じゃないかしら？」

「収益化を前提とするなら、褒められた行いではないでしょう。市場に対する悪影響を思えば、とても不健全な行為です。ですが、我々の目的はそこじゃありません。ＰＶバトルで最下位を逃れる為の、極めて短期的な行いですから」

これはオマージュ。これはリスペクト。

商売は、売上が正義だ。

という人は多い。

けれど、それは健全な市場があってこそ成り立つ。市場が悪化したら、商売もへったくれもない。その為には不健全な商品は取り除かなければならない。悪貨は良貨を駆逐する、とはコインに限った話ではないと思う。

などと、明確なパクリ行為への言い訳を、脳内でひっそりと並べておく。

本当にごめんなさい。

「ぐっ、佐々木がこの調子だと、最下位は私っていう可能性もあり得るわね」

「十二式さんや二人静さんは上手いことやるでしょうから、最下位争いは私や星崎さん、それにお隣さんとアバドンさんのペアで三つ巴(みどもえ)、といった感じでしょうか。こうして考えると、かなりシビアな状況ですね」

「せめてＪＫブランドさえ使えたら……」

「…………」

めっちゃ悔しそうな星崎さん。

でもそれ先輩にとって、使うの一番苦手なタイプの属性じゃないですかね。

思わず口に出そうになった突っ込みを、危ういところでゴクンと飲み込む。

「そういう星崎さんは、何かしら持ちネタとかあったりしないんですか？」

「ライバルに手の内を教えるのは、ちょ、ちょっと抵抗があるわね……」

「こっちには聞いておいて、それは酷くないですか？」

「うっ……」

彼女も競うべき相手が明確に見えてきたみたい。

そう、我々は敵同士なのだ。

十二式さんや二人静氏が優勝する可能性が高い以上、最下位は絶対に免れなければならない。きっと容赦のないお願いごとが飛んでくるだろうから。今の自分、割と本気で星崎さんやお隣さんを出し抜かんとしている。

彼女たちが相手なら、トップ候補もそこまで妙なことは言い出さないだろうし。

「あっと、急な用事ができたわ！　佐々木、いきなりお邪魔してごめんなさいね」

「どうかご自身のプライベートを安売りするような真似は控えて下さいね」

「わざわざ言われなくても、そ、そんなことしないわよ！」

「だといいのですが」

「この借りは、その、いつか別の形で返すから！」

「無理をして下さらなくても結構ですよ」

顔を隠して扇状的な格好をした先輩が、ちょっとエッチなダンスを踊っている動画を投稿して、プチ炎上。火消しに翻弄される未来が垣間見えた。不慣れな英語で一生懸命、ＤＭＣＡの面倒臭い申請フォームと格闘している姿が。

いいや、十二式さんと仲良しな彼女なら、そんな真似はする必要もないか。

急に立ち上がった先輩は、パタパタと忙しげに部屋から出ていった。

＊

【お隣さん視点】


家族ごっこの一環として、動画投稿サイトでPV数を競うことになった。

当然ながら見る方ではなくて、投稿する方で。

個人的には気が進まない。

その手の賑やかな文化とは無縁のまま育ってしまった身の上、どうしても他所の世界の出来事、といった認識がある。親しむことができなかったからこその忌諱感、とでも称するべきだろうか。要は酸っぱい葡萄だ。

ただ、PV数がトップとなった人物は、最下位の人物になんでも言うことを聞かせられる、というルール策定には興味を覚えた。もし仮に自身がトップとなり、おじさんが最下位となったのなら、どうだろう。

そんな淡い期待の上に成り立つ妄想に、そこはかとなく期待を抱いた。

正直、興奮する。

そして、いずれにせよ参加は必須という状況。

結果として、私は多少なりとも前向きにPVバトルに臨むことを決めた。

『学習デスクの椅子に座ってから、かれこれ何分経ったろうか』

「仕方がないじゃありませんか。いい案が浮かばないのですから」

今は宅内に二つある子供部屋の内一つに、アバドンと二人で収まっている。

自身はデスクに掛けており、その傍らに相棒がプカプカと浮かぶ。

もう一つの子供部屋はロボット娘が利用しており、夫婦の寝室を化粧女、客間をおじさん、そして、祖母の部屋をブロンド女と新キャラのイケメン王子が利用することになった。部屋を奪われた二人静は、今もプレハブ小屋にいると思う。

我々に充てがわれた部屋は八畳ほどの畳敷き。子供二人が過ごすには十分過ぎる。爆破された以前の自宅アパートと比べても広い。おかげで閑散としている。家族ごっこが開始してから、ほとんど足を踏み入れていなかったから。

本棚やゴミ箱は空っぽだし、壁にはカレンダーの一つも掛かっていない。

それでも目に付くものを挙げると、二つ背中合わせで並べられた木製の学習机。

他の家財も含めて、二人静が用意したものだ。子供部屋といったら、くろがねのキャラクターモノ学習デスクで決まりじゃろ、などと言っていた。その発言には珍しく、ロボット娘が賛同の意を示していた。

特徴的なのは、天板の上に設けられた本棚や照明、小物入れなど。かなり機能的なデザインだ。随所に使用感が見られるのは、中古品を見繕ってきたからだろう。多分、こういった様式美が昔の住居環境には、存在していたのではなかろうか。

そんなデスクに向き合い、私は頭を悩ませている。

ＰＶバトルに投稿する動画について。

『試しに何か一本、投稿してみたらどうだい？』

「そのような適当な判断でいいのでしょうか」

『駄目だったら消すこともできるんだろう？』

「それはそうですが」

居間から子供部屋に移動して以降、かれこれ三十分以上こうしている。

たしかにアバドンの主張通り、延々と悩み続けるよりは、実際に手や足を動かすべきかもしれない。過去に経験がない動画投稿なる行い。一通りの作業を体験することで、見えてくるものもありそうだ。

この悪魔もそう言いたいのだろう。

「分かりました。とりあえず一本、撮影から投稿までやってみましょう」

『相棒が珍しく素直で、僕はとても嬉しいよ』

「ですが、貴方はこの施策にあまり前向きではなかったように思います」

『開催が決定されたのなら、優勝を目指すのも悪くないと思うんだよね！』

「そうですか」

言い出しっぺが二人静であることも手伝い、彼としても気を遣っているのだろう。ここのところ彼女には世話になってばかりの我々だ。当面、デスゲームのご褒美を譲渡する機会が失われたことも手伝い、この悪魔も気を揉んでいるに違いない。

「今後はご褒美以外で、家主に報いる機会を探すべきだとは自身も思います」

『うんうん、相棒とも分かり合えているようで、僕は喜ばしいよ』

「とはいえ、室内には何もありませんから、庭に出てみましょう」

『りょーかい！』

　子供部屋を後にした我々は、玄関から庭に出た。

　屋外は快晴。

　頭上を見上げると、どこまでも澄んだ青空が広がる。気温は低いけれど、風があまり吹いていないので、日向に身を置いたのならコート一枚で快適に過ごせそう。目に滲むような冬晴れが非常に心地いい。

　ここは本当に宇宙船の中なのかと、疑問に首を傾げたくなるほど。

『動画の撮影には、映え、というのが大切らしいじゃないかい』

「映えそうなもの、この辺りにありますか？」

『うーん、そうだねぃ』

　居間の縁側越しに面した軒先、アバドンと二人でキョロキョロと周囲を見やる。

　家族ごっこの舞台となる住居は、レトロな雰囲気のある和住宅。全国どこの住宅街でも一軒と言わず、二軒、三軒と建っているような代物。見栄えという意味合いでは、わざわざ撮影するようなものではない。

　自ずと意識はその周囲へ向かう。

　我々の住まいとなる住宅の周りには、他にも何軒か家屋が建ち並んでいる。

　日に日に数が増えていくそれらは、ロボット娘がせっせこ建てていると思われる。なんなら家々の周りにはアスファルトで舗装された道路まで延びつつある。彼女の家族ごっこに向ける並々ならぬ熱意が、如実に窺える光景ではなかろうか。

　ただ、それが動画投稿サイトで映えるかというと、かなり難しいように思う。

　あまりにもリアルな風景であるからして、ごく普通の町並みにしか見えない。

「相棒のアドバイスに従い、とりあえず適当にそこいらを撮ってみましょう」

『あぁ、そうやって駄目だったときの責任を、僕に擦り付けるつもりなんだ』

「自らの発言には、常に責任がついて回るものですよ、アバドン」

　下らない軽口を叩き合いつつ、懐から端末を取り出す。ものの試しに、自宅の屋根に止まっていたカラスを撮影してみる。

　ロボット娘の説明に従えば、地球上で捕らえてきた本物らしい。たまにカァカァと鳴いているのが、居間にいても聞こえてくる。他にも雀など家の周りを飛んでいたりする。餌はどうしているのか甚だ疑問だ。

　撮影した映像は、ほんの二、三分ほど。屋根に止まったカラスの毛づくろいする様子をズーム設定で撮る。二人静が用意した端末だけあって、カメラの性能は申し分ない。かなり鮮明な動画が撮れた。

　これを無編集のまま、投稿サイトで公開する。

　サイト上へのアップロードは簡単だった。

　それからしばらくはアバドンと共に、自宅の縁側に腰を落ち着けて日向ぼっこ。

　小一時間ほど待ったところで、改めて動画のＰＶ数を確認してみる。

　再生数、三回。

　奇しくも私が自身で再生した回数と同じだ。

『数値に変化が見られないねぃ。もしかして壊れているのかな？』

「いえ、たぶんこれで正常です」

　スマホの小さな画面を二人して覗き込んで、ああだこうだと言い合う。

　クオリティが低い素人の投稿作品など、サムネイルの時点で弾かれてしまう。投稿した動画もカラスのアップが映っているばかり。タイトルもまんま、カラスの毛づくろい。きっと誰も見やしない。

　昨日、ＰＶバトルへ参加するのに当たって事前に調査したところ、ある程度の再生数がないと、投稿サイトが備えたレコメンドシステムの対象にならないらしい。そして、こちらの投稿サイトは検索機能が非常に貧弱にできている。

　なので他所から人を連れてこない限り、どれだけ待っても再生数は増えない。

　その辺りをアバドンに説明した。

『つまり最初は、他所のサイトで宣伝をする必要がある訳かい』

「ええ、その通りです。人は勝手に集まったりしません。

なので他所のコミュニティーで宣伝しやすい動画、というのが一つの条件になるかと思います。狙い所としては、不特定多数が集まる掲示板やブログのコメント欄などでしょうか」

『君はそういう宣伝先を持っていたりしないのかい？』

「ソーシャルメディアのアカウントは保有していますが、今回は利用したくないです。あと、フォロワー数はそこまで多くないので、もし仮に利用したところで、大した影響はないように思います」

『どうして利用したくないんだい？』

「おじさんの監視用だからです。万が一にもバレたら大変なことではありませんか」

『君のそういうところ、悪魔的にもドン引きかなぁ』

過去にはちょっとしたコメントのやり取りで絡んだこともある。当然ながら匿名でのコミュニケーション。相手が私だと気づいたのなら、気持ち悪がられることは目に見えている。アバドンに指摘されるまでもない。

「このカラスが急に懐いてきたりしたら、人気が出るかもしれません」

『そういうことなら、僕が隠れてカラスを動かしてみようかな？』

「提案しておいてなんですが、カラスが可哀想なので止めておきましょう」

カラスの動きが不自然だと、絶対に外野から突っ込みが入ると思う。動物を扱った動画の場合、虐待だ何だと言われたら面倒なので、その手の行いはできる限り控えておきたい。炎上などしたら目も当てられないから。

いやしかし、炎上させてＰＶを稼ぐ、という手段もあるのか。

『おやおや？　なにやら悪そうなことを考えている顔だねぇ』

「そこまで顔に出ていましたか？」

現時点ではそこまでする必要はないと思う。

何故ならば優勝するのはロボット娘か二人静のいずれかだろう。彼女たちが我々に対して無理難題を吹っ掛ける可能性は低い。だとすれば最下位を取ったところで、そこまで問題にはならない。

もし仮に手を出すとしたら、おじさんの最下位が決定的であると判断できた場合、あるいは化粧女が優勝しそうな場合。その時は自ら優勝を取りにいく為に、あるいは最下位を脱する為に、手段の一つとして検討してもいいかもしれない。

もちろん自ら狙ってやったと、周囲から判断されるようなやり方は不味いけれど。

『素直なのは美徳だけど、あまり簡単に頷いてしまうのは頂けないなぁ』

「アバドン、貴方にだけですよ、私がここまで素直になれるのは」

『いつか本心から、そう言ってもらえるようになりたいものだねぃ』

縁側に腰を落ち着けたまま、何をするでもなくアバドンと冗談を交わす。少し低めの気温に対して、燦々と差し込む暖かな陽光が心地良い。台所でお茶でも淹れてこようか。居間のテーブルに置かれたカゴには、みかんがまだ残っていた。

そんなことを考え始めた矢先のこと。

庭先に建てられたプレハブ小屋のドアが開いた。

内側からひょっこりと二人静が顔を見せる。

「お主ら、随分と余裕じゃのぅ」

彼女は軒先に我々を見つけて、歩み寄ってきた。

プレハブ小屋は工事現場などで運用されているものと変わりない。良く言えばこざっぱりとした、悪く言えば簡易的な代物だ。薄い壁を越えて、我々の会話が聞こえていたのかもしれない。

「むしろ万策尽きて途方に暮れています」

「もう動画を投稿してみたのかのぅ？」

「再生数は三回で打ち止めでした」

「何も考えずに投稿したら、そんなもんじゃろう」

二人静の歩みは、縁側に座った我々の正面で止まった。

その眼差しは私やアバドンを越えて、背後の住宅を眺める。

「お主ら、この家を撮影しているようなら、ちょいと控えたほうがいいかもしれんぞぇ？　前に末娘のアグレッシブな窃盗が話題になっておったじゃろ？　この手の民家は大工の一点物じゃし、同一の家屋だと世間に知れたら炎上しかねん」

「ええ、そうですね。すぐに削除しようと思います」

当初の予定通り、私は端末を操作すると投稿から間もない動画を削除した。

一本目を公開して理解したのは、ＰＶを得るのは相当大変ということ。

今更ではあるけれど、一発目から数万、数十万という視聴者を集めてみせたブロンド娘と文鳥の凄まじさを、改めて理解した気分である。当初は広告なども利用せず、完全にゼロスタートであったという。

「ところで、そちらは随分と落ち着いているように見受けられますが」

「儂？　儂はもう方向性が決まっておるからのぅ」

『君がどういった動画を撮影するのか、とても気になるなぁ』

「知りたい？　儂がどんな動画を撮影するのか、知りたい？」

頬に人差し指を当てて、腰を左右にクイクイと振ってみせる二人静。どこまでも作られた仕草がやたらと似合っているのは素直に凄いと思う。おじさんが目の当たりにしたのなら、いえ、結構です、などと塩対応していそうだけど。

「尋ねたら教えて頂けるのでしょうか？」

「そうじゃのぅ？　好きこそものの上手なれ、というやつじゃよ」

「好きなもの、ですか」

『あぁ、困ったなぁ。僕の相棒にとって、これほど縁遠い助言はない気がするよ』

「お主はまだ若いのじゃ。もっと色々なことに挑戦してみるのがええと思うよ」

こちらを見つめる二人静の眼差しが優しい。

ピンク色のマジカル娘に対してもそうだけど、味方として囲い込んだ相手には、おじさんや文鳥、化粧女などに向けるものとは違った、温かみのある表情を浮かべることが多い。慈しむような眼差し、とでも称すべきか。

だからこそ、見放されたときのことを考えると恐ろしいのだけれど。

正直、背筋がブルリとくる。

私は話題を変えるように彼女へ問うた。

「一本目ですが、撮影は終えられたんですか？」

「今日のところは必要な機材を発注して、それで終わりかのぅ」

「そうなのですね」

「儂はこれで失礼するのじゃよ。ちと末娘に小屋の設備について話があるでなぁ」

「アドバイス、ありがとうございました」

縁側から立ち上がって、小さく会釈をする。

二人静はこれにひらひらと手を振りながら、母屋の玄関に向かっていく。

その姿はすぐに宅内に消えて見えなくなる。

これを見送ったところで、アバドンがボソリと呟いた。

『君にも好きなものの一つくらいあるだろう？』

「………」

好きなもの。

私が好きなものは、なんだろう。

そんなことを考える余裕、これまでなかったから。

『大好きな彼の顔が浮かんできたかい？』

「……そうですね」

おじさんは、違う。

彼は好きなものというより、私のもの。

そして、私はおじさんのもの。

私と彼は二人で一つ。

二人はとてもお似合いなのだ。

＊

ピーちゃんにお願いして、自宅代わりのビジホまでノートパソコンを取りに戻ったのが数時間前のこと。元祖母の居室でルイス殿下にインターネットの何たるかを語っていた彼は、二つ返事で都内までの往復に協力してくれた。

そこから自室で動画作りを開始。

素材を用意して、映像を編集して、アップロード。

一通り作業を終える頃には夜になっていた。

次からはもう少し早くできるとは思う。けれど、それなりに集中して作業に向き合う必要があるので、なかなか大変だ。どんなに急いだとしても、一日に一、二本が限界ではなかろうか。毎日やるとなると、かなり気が滅入るように思う。

多分、あまり前向きに取り組めていないのが原因だろう。他所様の模倣でＰＶを稼ぐ、という方針に引っかかりを覚えているのが理由だと思う。この手の作業は元々、そこまで嫌いではなかった筈だから。

「………」

そんなことを考えながら、投稿から間もない動画のページを眺めている。

公開してから小一時間が経過。

再生数、三回。

残念ながら、自身が再生した回数と等しい。

『貴様よ、いるか？』

「ピーちゃん？　どうぞ入って」

意気消沈していると、部屋の外から愛鳥の声が聞こえてきた。

返事をすると、廊下に面した戸襖がスッと開く。

なにかしら魔法を行使したのだろう。

その先には空中に浮かんだピーちゃんの姿がある。

『進捗はどうだ？』

「残念ながら、あまり芳しくないね」

彼はふわりと宙を舞って室内に入った。

部屋の中央にあるちゃぶ台の上に降り立つ。卓上に置いたノートパソコンの傍ら、その画面を覗き込むように位置取っている。正面で座布団に座った自身とは、手を伸ばせば触れられる距離感だ。

『これがそうだろうか？』

「うん、ご覧の有様だよ」

再生数、僅か三回の動画を見られてしまった。

なんだろう、めっちゃ恥ずかしい。

学生の時分、体育の授業であった創作ダンス。

その発表会を彷彿（ほうふつ）とさせる気恥ずかしさ。

『音楽を主とした動画なのか。たしかにこの手の映像作品の需要は大きそうだ』

「とはいえ、最初の一歩を踏み出さないことには、世間から認知されないまま、多数の類似品の中に埋もれてしまいそうだよ。タイトルや説明文を工夫してはいるけど、今のところ検索からの流入はゼロだね」

『たしかに話題性で再生数を伸ばせるようなジャンルではないな』

ネット上の動画界隈（かいわい）にも通じつつある文鳥殿。

既にかなりの知識をお持ちのようだ。

「せこいことは考えずに、正々堂々と勝負するべきなのかなぁ？」

『自らの顔や声を出さずに撮影を行うとなると、純粋に動画の希少性や、映像編集の質で勝負することになる。その場合、素人である貴様がプロの世界に片足を突っ込むような真似は、些か厳しいのではないか？』

「まさに仰る通りだよ」

『一時的にＰＶを稼ぐだけならば、世の中で人気のある動画を再利用してはどうだ？　切り抜き、といったろうか。その手の動画が多数存在していることは我も確認している。一部では二次利用が正式に認められている作品もあるそうではないか』

流石は星の賢者様、多少ダーティな手段であっても淡々と提案して下さる。

自身としても検討しなかった訳ではないけれど。

「悪くはないと思うんだけど、やっぱり他の家族の目があるからね」

お隣さんや星崎さん、エルザ様の情操教育にもよろしくない。父親役の自分が率先してそういうことを行うのは、やっぱりどうかと考えてしまう。先輩とか、絶対に目くじらを立てて怒ると思うんだ。

最近では転売などと並んで、世の中からのバッシングも甚だしい界隈である。

『貴様らしい判断だな』

「ただ、公式で認められてる映像の二次利用は、最後の手段として考えているよ」

ＰＶバトルで二人静氏が優勝したら、どんなお願いごとが飛んでくるか分かったものではないから。大丈夫だとは思うけれど、自分にかけられた腐肉の呪いを解除するようピーちゃんに頼んで欲しい、などと言われた日には波乱万丈も待ったなし。

背に腹は代えられない。

多少卑しくとも、最下位にならない程度にはＰＶを取りに行かねば。

同時に、彼女の優勝が否定されたのなら、そこまでする必要はないとも思う。そうして考えると、まずはＰＶバトル参加者のアカウントを特定して、戦況を把握することが第一のような気がしてきた。

『なんだったら、我が魔法で貴様を犬や猫に変えてやろう。それを撮影したらどうだ？　愛嬌(あいきょう)のある動物の映像は、視聴数が比較的上がりやすい。軽く芸などしてみせたのなら、容易にＰＶを稼ぐことができる』

次々とアドバイスを下さる星の賢者様、なんて頼もしいのだろう。

しかも非常に有力な手立てだ。

素直に伝えるなら、是非ともご協力を願いたい。

「ピーちゃん、それをやったら多分、二人静さんから絶対に怒られると思うんだ」

『我の参加は禁じられている。しかし、貴様が化ける分には問題ないだろう』

「たしかにそれはそうかもしれないけど」

こちらも最後の手段として、確保しておくべきなのかもしれない。

ただ、動物になるって大丈夫なのか。

動物を愛でるのは好きだけれど、自身が動物になりたいとは思わない。

文鳥になってしまったピーちゃんに、そのようなことを言うのは申し訳ないけれど。

「だけど、人外になるのはちょっと怖いかな」

『貴様の指摘通り、感覚が慣れないうちは違和感も小さくないように思う』

「あ、やっぱりそうなんだ?」

『それでも魔法を利用すれば、大抵の不都合は飲み込むことができるがな』

「なるほど」

大抵のことは歯牙にもかけない星の賢者様がこう言うのだから、その違和感とやらは並大抵ではないように思う。サラッと提案を受けたけれど、かなりおっかないことなのではなかろうか。当面は控えておくとしよう。

そうこうしていると、家のどこからか叫び声が聞こえてくる。

「うぉーい、メシの支度が整ったぞぉーう!」

二人静氏だ。

個別に呼びに行くのが面倒臭くて、叫びを上げたのだろう。

昭和のご家庭あるある。

ご近所の晩ごはんタイムが丸分かりのやつ。

令和のご家庭だと、スマホにメッセージを飛ばしたりするのだろうか。独り身となって久しい自身には、なかなか想像がつかない最近のご家庭のお夕飯事情。こうして大声を上げる家々が減ったことだけは分かるけれど。

『貴様よ、なにはともあれ食事だ』

「うん、そうだね」

ちゃぶ台から飛び上がったピーちゃんが、こちらの肩にちょこんと止まる。

その姿を確認して、我々は自室を後にした。

＊

家族一同、和住宅の居間に集合して迎えた夕餉の時間。

本日の食事当番はエルザ様である。

ＰＶバトルも開催初日とあり、参加者の我々は忙しくしているだろうからと、率先して手を挙げて下さった。家族ごっこのルールに従って多数決の結果、お言葉に甘えて本日のところはお任せすることに。

彼女としては、以前の失敗分を取り戻す、といった意味合いもあるのだろう。二人静氏や自分が異世界の薬草でラリってしまった一件を、未だに申し訳なく感じていらっしゃる節のあるエルザ様だ。

なので本日、食材については地球のものを利用されている。

当然ながら変なものは混ざっておりません。

居間の中程に設けられた和テーブルの上には、出来立てほやほやの食事が並ぶ。主菜はビーフシチュー。付け合わせにトマトときゅうりのマリネ、ほうれん草のキッシュ。ごはんとパンは選べます、とのこと。

「どの料理もとても美味しいですね。ありがとうございます、エルザ様」

「私一人の仕事ではないのよ、ササキ。ルイス殿下にご助力を賜っているの」

「エルザよ、いちいち余に気を遣うことはない。ほとんどその方に任せきりであったではないか。余がやったことと言えば、野菜やら何やらの下処理を行ったり、鍋の火加減を眺めていた程度である」

「勿体なきお言葉です、殿下」

エルザ様のルイス殿下に対する振る舞いは相変わらずだ。

彼女からすれば雲の上の存在。

急に慣れろと言われても、どだい無理な相談と思われる。

『いずれにせよ大した腕前ではないか。この蕩けるような肉のなんと素晴らしいこと』

「偉そうなこと言っておるけど、お主は肉さえ入っておればそれで満足なんじゃろ？」

『肉を欲していることは否定しないが、料理としても素晴らしいと感じている』

ビーフシチューには柔らかなお肉がゴロゴロ。

　これには文鳥殿も大喜び。的確に野菜を除外しつつ、肉のみを啄んでいる。

「お肉が柔らかいのは、殿下がずっとお鍋を見ていて下さったからなのよ？　鳥さん」

『なるほど、ルイスもいい仕事をしたという訳か』

「こちらでは余も自らの食事くらい、自身の手で支度できるようにならねばならん」

　皆々で食事を口に運びながら、ひとしきりエルザ様とルイス殿下の仕事の品評会。素直に申し上げると、今後の食事当番のハードルが上がってしまったのちょっと辛い。それとなく星崎さんを窺うと、彼女も神妙な面持ちで食事をしていた。

　やがてそれらも一段落したところで、二人静氏が改まったように言った。

「ところで、新キャラのお披露目はどうだったのじゃ？」

　その眼差しはピーちゃんに向けられている。

　文鳥殿には当初の予定通り、ルイス殿下のお披露目を撮ってもらった。

　これまでエルザ様と二人でやってきた彼らのチャンネルに、どこからともなくイケメンの王子様が合流。今後ともレギュラーとして登場するのでよろしくね、といった内容である。脚本や撮影、編集は星の賢者様。

　完成した映像は自身も拝見した。

　内容は割と無難なものだ。

　ルイス殿下を挟んで、エルザ様とピーちゃんが紹介を行うというもの。

　時間も数分ほど。

『小一時間ほど前に投稿した。それ以降は我も確認をしていない』

「ほぅ？　どれどれ、反響を見てみようかのぅ」

　ピーちゃんの発言を耳にして、皆々自前の端末を手に取って弄り始める。

　自身も改めてページを開いて動画を再生。

　テーブルの上にいた文鳥殿も、こちらの肩に場所を移動して画面を覗き込む。

　映像中、お喋りは相変わらずの異世界言語。ただ、最近はいくつかの動画に日本語で翻訳のテキストを入れている。意味不明な異世界の言語でお喋りをするだけでは、中長期的に視聴者の目を引くことが不可能であったから。

ただし、お喋りと翻訳のテキストは完全に別物。異世界の存在を誤魔化す為のブラフである。その日の天候についてお喋りをしているピーちゃんとエルザ様に対して、翻訳のテキストでは今後のチャンネルの運営について説明をしていたりする。異世界の言語を解読せんとしている方々には、これほど迷惑な話もない。

今回も翻訳のテキストこそ、ルイス殿下を紹介している。けれど、実際に彼らがお喋りしているのは、我々の前に並んだ夕食の献立についてだったりする。そして、こうした事情を把握しているのは、現時点では家族ごっこの参加者のみ。

「ねぇ、佐々木。やたらと香ばしいコメントが並んでいないかしら?」

「一部の否定的な方々が、コメント欄を賑わせているみたいですね」

再生数は申し分ない。

直近の動画と比較しても多い。

ただ、星崎さんの指摘通り、コメント欄が荒れている。炎上気味と称しても差し支えないような。

日本語が読めないエルザ様は、まだコメント欄の状況に気づいていないようだ。これはルイス殿下も同様。唯一事情を把握可能なピーちゃんも、動画を投稿してから今までサイトを確認していなかったので、変化に気づけなかったのだろう。

「イケメン王子様の登場を受けて、一部のガチ恋勢がアンチと化しておるのぅ」

「どうやらそのようですね」

話題に上げられているのは、主にルイス殿下。

具体的には、イケメンは死ね、エルザ様の横に立つな、こんなの寝取られ以外の何物でもない、イケメンは死ね、赤スパして損した金返せ、どうして男を出す必要があったのか、イケメンは死ね、ヒョロガリ野郎マジ死ね、みたいな感じ。

同系統のコメントが何十件と並んでいる。

「なんトいう憎悪と誹り。同ジものが自らに向けラレたのなら、末娘は心ノ平穏を保ツ自信がない。コレが人類という存在デあり、母と同様ノ種であるとは、その進化過程ヲ把握していてモ理解に苦しム」

「お主はもう少しメンタルを鍛えた方がええと思うよ?」

検索エンジンでピーちゃんたちのチャンネルを探ってみると、既にニュースサイトで取り上げられていた。火に油を注ぐような記事があれば、火消しに回ってくれているような記事も見られる。

後者は恐らく、局の息がかかったメディアではなかろうか。

『インターネットは怖いねぃ。僕の相棒は大丈夫だろうか？』

「この手の騒ぎは毎週のように見られます。半年も経たないうちに風化するのではありませんか？　さも大事のように語っていますが、大多数の人々にとっては一時的な娯楽に過ぎないと思います」

「だとしても、支えてくれていたファンを敵に回してしまっていいのかしら？」

「真っ当なファンであれば、自ら担いだ神輿を燃やしたりはしないと思いますが」

「そ、それはそうかもしれないけれど……」

アバドン少年の危惧に淡々と応じるお隣さん、なかなか肝が据わっていらっしゃる。

一方で星崎さんは不安そうな表情をされておりますね。過去にご自身のバストアップが地上波で公開されてしまった経緯も影響してと思われる。最近はスーツ姿を拝見する機会もめっきり減った。

そうした我々のやり取りから、なんとなく状況を察したのだろう。

不安そうな表情を浮かべたエルザ様から尋ねられた。

「ササキ、もしかして私は何か、お作法を間違えてしまったのかしら？」

「どうかご安心下さい、エルザ様。そのようなことは決してありません」

「えっ、それじゃあどうして……」

「お作法を違えておるのは、むしろネットの向こう側におる者たちじゃ」

座布団から腰を上げて、場所を移動したルイス殿下。

彼は二人静氏が手にした端末を覗き込んで問うた。

「フタリシズカ殿、ここには何と書いてあるのだろう？　余らにも教示願いたい」

「お主がもう一人の食客と恋仲にあるのではないかと、視聴者が訝しんでおりますのじゃ。この手の映像作品の視聴者には、演者に対して一方的な恋愛感情を抱くような者も少なくないので、そうした者たちが荒ぶっておるのじゃです」

「あぁ、男女の色恋沙汰はどこでも同じということかね」

ルイス殿下はすぐに事情を把握したようで、小さく頷いてみせた。

インターネットやネット配信とは出会って僅か一日の間柄。それでも即座に地球の文化文明について理解を示されたご様子には、その聡明さを改めて実感する。自分のような凡夫とは比較にならないほど怜悧なお方なのだ。

他方、とてもパワフルなのがエルザ様。

「フタリシズカ、それなら私がまだ未貫通であることを撮影して示せばいいわ！」

「それやったらすべてが水の泡なのじゃ。絶対の絶対にやったら駄目なのじゃよ？」

「だけど、こ、このままだとルイス殿下にご迷惑をおかけしてしまうわ！」

「ぜんぜん大丈夫なのじゃ。なんら問題はないから、お主はちょっと落ち着こう？」

二人静氏、本気で焦っておりますね。

万が一にも示そうものなら、世界中から総スカンは免れない。せっかく育て上げたアカウントも即日で垢バンでしょう。その辺りはパソコン大先生のピーちゃんが把握している筈なので、大丈夫だとは思うけれど。

自ずと意識は肩に止まった愛鳥に向かう。

すると彼からも動画のコメント欄を眺めて感想が。

『否定的なコメントも多いが、肯定的な声もそれなりに見られるように思う』

「女性ファンが付いたのじゃろう」

二人のご指摘の通り、アンチに反発する形で、殿下を応援するコメントが多数見られる。テキストの雰囲気から大半は女性からと思われる。おかげでコメント欄はちょっとした場外乱闘の体となっていた。

ニュースサイトに取り上げられたことで、動画投稿サイトの外側、他所のソーシャルメディアでも議論が行われている。話題に飢えたインフルエンサーが喰い付き始めているので、向こうしばらくは賑やかになりそうだ。

「これだけのイケメン王子様じゃ、並のアイドルでは太刀打ちできまいて」

『ルッキズムといったか。その手の文化は文明が一定以上、発展を見せた段階で自ずと発生するのだろう。だが、

こうまでも画一的なものは、我も初めて目の当たりにした。あまりにも大規模で普遍的だ』

我らが地球のそれも、二、三世紀前までは、もっと多様性に富んでいたように思う。国や地域ごとに美男美女の定義が大きく違っていた。衣類も着用者の体躯を前提にするのではなく、それそのものが華やかであった。

情報ネットワークが発達したおかげで、現在のような形に収束していった。

「人類ハ遺伝子に逆らえナイ。教育は世代ヲ重ねることで集団ノ本能となり、種の性質へト昇華されていく。その制御ヲ不確かなシステムに委ねた時点デ、人類という種ハ進化の袋小路に入り込んダ」

「たまに知性でマウントを取ってくる末娘に、まるで言い返せないのが辛いのぅ」

「人類とは比較にならないほど高度な知性を備えた機械生命体ですからね」

「父よ、そノ意見はとても素晴らシイ。もっと機械生命体ノことヲ褒めても構わナイ」

「でもまぁ、この個体はバグっておるけど？」

「祖母よ、そういった意見ハもう十分耳にシテいる」

現在進行形でコメントを増やしていく動画投稿サイトの投稿ページ。

その様子を傍らに眺めつつ意見を交わす。

するとしばらくして、何かを思い立ったようにルイス殿下が言った。

「そういうことであれば、余にいい案がある」

「殿下、是非ともお聞かせ願いたく存じます」

「ササキよ、この場で伝えることは控えたい。後ほど改めて鳥さんと相談をさせてもらえたら幸いだ。もしも承諾を得られたのなら、改めて一本、追加で動画を撮影したいと考えているのだが」

「ピーちゃん、どうかな？」

『うむ、明日にでも改めて相談をしよう』

「ルイス殿下、び、微力ながら私も殿下にお付き合いさせて下さい！」

「そうであるな。エルザ、その方にも手伝いをしてもらいたい」

「ご快諾下さり、誠にありがとうございます！」

ルイス殿下やエルザ様のことはピーちゃんに任せておけば大丈夫っぽい。

自分などよりも遥かに付き合いが長いのだから、ここは素直に頼らせてもらおう。というか、今の自分には彼らの面倒を見ている余裕がない。ＰＶバトルの進捗が、かなり厳しい状況にあるからして。

「いずれにせよ、これだけ注目されておれば今後とも安泰じゃのぅ」

「ええ、当面は活用していけそうですね」

「ねぇ、佐々木。まさかとは思うけれど、このまま放置するつもり？」

「そのつもりですが、何か問題がありますか？」

個人的には、想像した以上の成果に内心ニンマリである。

二人静氏も同じく考えたようで互いに頷き合う。

しかし、星崎さんは不服のようだ。

「だって、こんなの下手をしたらニュースになってしまうんじゃ……」

むぅ、と困ったような表情を浮かべていらっしゃる。

っていうか、既に一部ではニュースになっている。

「それはそれで申し分ないですね」

「悪評もまた評判のうちじゃ。局がメディアを押さえている時点で、印象操作はどうとでもなるじゃろう。この程度であれば、むしろ喜んで差し支えないと思うがのぅ。大切なのは世間に対する影響力じゃ」

「だけど……」

品行方正な先輩としては、世間に波風を立てている、という状況がよろしくないのだろう。けれど、今回は取り立てて悪いことをした訳でもない。熱心なファンが悪目立ちしているだけなので、どうか容赦して頂きたい。

それに彼らの気持ちも分からないではないし。

「パイセンってば偉そうなこと言っとるけど、ＰＶを得る算段はついたのかぇ？」

「そういう二人静はどうなのかしら？　人の心配をしている余裕なんてあるの？」

「あぁん？　この手の話題で柄にもなく強気なパイセンに、儂ちょっとドキドキ」

二人静氏の発言ではないけれど、妙に強気な星崎さんが気になった。

フフンと鼻を膨らませておりますね。

本日の日中、自身の部屋を訪れていた時分には、当面の方針も覚束(おぼつか)ない様子であった。それが半日と経たぬ間に何かを掴んだようである。もしくは既に動画を投稿して、相応のＰＶを得ているのだろうか。

先輩はニヤリと不敵な笑みを浮かべて続ける。

「現役ＪＫには現役ＪＫのやり方があるのよ」

「なんじゃいそれ、自虐？」

「いくら煽られようとも、ネタは教えられないわね」

「ええじゃろう。そういうことならＰＶ数でいざ尋常に勝負じゃ！」

まぁ、楽しくやっているようなら何よりだ。

自身も星崎さんを見習おう。

脱サラしてユーチューバー生活とか、社畜なら誰だって一度くらいは夢見ている。自身も例外ではない。過去に妄想した状況とは違うけれど、せっかくの機会なのだから、精々楽しんで参加するべきではなかろうか。

キャッキャと賑やかにする彼女たちを眺めて、そんなふうに思った。

＊

【お隣さん視点】

その日、家族ごっこを終えた私とアバドンは自宅に戻ってきた。

二人静から貸与された軽井沢の別荘だ。

夕食は既に済ませているので、入浴を終えてパジャマに着替えたのなら、あとは床に就くばかり。明日は学校が休みなので、多少夜更かししたところで問題ない。ただ、心身ともに疲れていたので、早めに眠ることにした。

原因の一つは、スキー教室を経てぎくしゃくし始めたクラスの雰囲気。

それもこれも教室内の人間関係を破壊していったロリット娘が悪い。

性癖と女性関係をカミングアウトさせられた林田は不登校。女子生徒たちは互いに牽制し合ってギスギスしている。そのしわ寄せなのか何なのか、これまでにも増してクラスメイトが男女共に私の周りに集まってくる。

その相手をしているだけで疲弊も甚だしい。

家族ごっこの間、おじさんと交わす何気ないやり取りだけが癒やしである。

ただ、ベッドに横になっていても、なかなか寝付くことができない。

今この折に考える必要のない大小の鬱積が、次から次へと思い浮かんでは、疲弊に伴う微睡みを掻き消していく。授業中にはやたらと進みの遅く感じられる時計の針が、目を向けるたびに明朝へ向けて加速していく。

そうして幾度となく寝返りをうっていると、アバドンから声をかけられた。

『もしかして、眠れないのかい？』

無視しよう。

寝ている振りだ。

ベッド脇に浮かんだ悪魔から目を背けるように、彼が浮いているのとは反対側にごろりと寝返りをうつ。そして、露骨に寝息など立てて、睡眠中であることをアピール。これ以上は話しかけてくれるなと。

すると、ふわりと空中を舞ったアバドンが、私の顔が向いている側にやってくる。

『ベッドに入ってから、かれこれ二時間近くゴロゴロしているよねぇ』

「…………」

まるで飼い犬に戯れ付かれている気分だ。

この皮肉屋な悪魔は、妙なところで真面目だったりする。使徒の体調管理も僕の仕事の一つだからね、などと考えている節がある。それも天使と悪魔の代理戦争を勝ち抜く上で、必要な行いだからこそとは思うけれど。

『何か悩みがあるのかな？』

「その通りなので、どうか静かにして下さい」

『僕でよければ、相談の相手になろうじゃないかい』

閉じていた目を開けて、正面に浮かんだアバドンを眺める。

彼は胸に片手を当てて、ニコニコと笑みを浮かべていた。

その姿だけを眺めたのなら、小さくて可愛らしい王子様、といった感じなのだが。

「いいえ、結構です」

『PVバトルのことが気になっているのかな？』

「…………」

素直に頷くのは悔しい。

けれど、事実だった。

皆々思いのほか真面目に取り組んでいる。

化粧女も満更ではない顔をしていた。

このままだと私の一人負け。

そんな近い未来の光景が脳裏に思い浮かんだ。

自身が負けることのリスクは、そこまで大きくない。ただ、もし仮におじさんが最下位のとき、化粧女が優勝したらどうだろう。そんなことを考えたのなら、あぁ、また少し寝入りから遠退いた感覚が。

同時に自身が優勝したのなら、などと妄想してしまうと、更に眠気が散っていく。

『君がそこまで家族ごっこの催しを意識しているなんて、なんだか意外だなぁ』

「意識しているつもりはありません。ただ、すぐ目の前に転がっているものですから、どうしても気になってしまうんです。夜眠る前に、些末なことがどうしても気になってしまうことは、アバドンも経験がありませんか？」

『さて、どうだろう？　人間と悪魔は違うからねぃ』

小学生も低学年であった頃、床に就いてからしばらく、漠然と自らの死に恐怖を抱いて悶々としていた時期があった。既に脱したその感覚と、根底にあるものは同じような気がしてならない。

日中は取るに足りない問題が、妙に大事のように思えてしまう現象。

『どうしても眠れないのなら、一度起きて本でも読んでみたらどうだい？』

「……そうですね」

アバドンの提案に素直に頷くのは癪である。

けれど、このままゴロゴロしていても眠れそうにないので、素直に頷いてベッドの上で身体を起こした。すると、これと時を合わせたかのように、ベッド脇からブブブという音が聞こえてきた。

ナイトテーブルの上、端末が震えている。

手にとって画面を確認すると、末娘からメッセージが来ていた。

曰く、姉よ、そちらにお邪魔していいだろうか、とのこと。

『おやおや、こんな夜更けに誰からだろう？』

「末娘からアポイントメントを求められました」

アバドンが後ろから画面を覗き込んでくる。

家庭のルール第七条に従うと、家族ごっこの時間外では、個々人のプライベートが尊重される。これを破った場合は、第八条に従って罰則が与えられることになる。

ちなみにツーアウト制。そして、ロボット娘は既にバッテンを一つ貰(もら)っている。

その辺りを気にして、わざわざ事前に確認の連絡を入れてきたのだろう。

『どうするんだい？』

「何か問題が起こっているようであれば、確認するべきでしょう。彼女はおじさんや二人静とは距離感がありますす。私が状況を把握することで、彼らの役に立てるケースは多いのではないかなと」

『うん、そうだね！』

アバドンに返事をしつつ、メッセージを打つ。

構いませんよ、と。

すると、送信から僅か数秒ほど。

コンコンと窓ガラスがノックされた。

あまりにもテンポのよろしい対応に、思わずギョッとしてしまった。照明が落とされた薄暗い寝室。物静かな空間に響いたノック音はホラー映画の演出さながら。全身がビクリと震えてしまったほど。

『やってきたのかな？』

「…………」

ベッドから降りて、カーテンを開ける。

屋外にはロボット娘が佇んでいた。

いつものように直立不動。

窓ガラスを開けて先方に問いかける。

「どうしたんですか？　このような夜遅くにわざわざ足を運んだりして」

『機械生命体のセンサーに何か引っかかったのかい？』

「兄よ、そうシタ危惧は必要なイ。末娘が兄姉(けいし)ノ下を訪れたのハ別件」

ロボット娘の姿に変わりはない。

家族ごっこを終えた別れ際と同じ格好。

背後には夜の暗がりの只中(ただなか)、別荘の広々とした庭の中程に、末端の出入り口部分だけがボゥッと浮かんでいる。本体の大半は高度な迷彩により隠されている。人間離れした美貌のロボット娘の存在と相まって、これがまた幻想的な光景ではなかろうか。

「用件を伺ってもいいですか？」

「妹は姉ノ力になりタイ」

「あの、どういうことでしょうか？」

「姉ハ過去に交わした約束ヲ破ることとナく、通学先への妹ノ編入学を手伝ってくレた。結果的に学校生活は破綻シテしまったが、妹はそうした姉ノ行いに対シて、お礼をしたいト考えてイタ」

以前、家族ごっこの一環で遊園地を訪れた際のこと。家族関係を支えるのは相互互助の精神。円満な家庭には苦労が付きものであると、二人静がロボット娘に講釈を垂れていた。その辺りが影響してのことだろう。

一度学んだことを忠実に実行し続けるのは、まさに機械生命体、といった感じがする。

「しかし、それと私の力になるのとでは、どういった関係があるのでしょうか」

「PVバトルへノ参加に当たリ、姉は苦心シテいるのでハないかト考えた」

「たしかにそうした判断を否定できるような状況にはありませんが」

「そこデ末娘から姉に提案があル」

窓枠越しに語るロボット娘は平素からの無表情。相変わらず感情の欠片も感じられない。

夜の暗がりも手伝い、心なしか無愛想に映る。だけれども、少しばかり間を置いてから続けられた発言には、多少なりとも先方が胸中に湛えた思いというか、厚意というか、こちらを気遣っての提案であるという、肯定的な感情の片鱗が感じられた。

「姉ハVチューバーを目指スべき」

「また随分と急な提言ですね」

ただ、あまりにも突拍子のない選択肢。

どうしてそうなったのか。

「できれば理由を伺いたいのですが」

「姉や兄ハ立場上、そノ姿や居住環境ヲ表沙汰にスルことに、抵抗が大きいものト判断する。そこで諸々ノ個人情報を隠シタまま配信を行えるVチューバーは、PVを稼ぐ上デ非常に有用だと判断シタ」

「たしかに言わんとすることは理解できますが……」

名前くらいなら知っている。

Vチューバー。

学校のパソコンを利用して、おじさんのソーシャルメディアを追いかけているとき、たまに自身のタイムラインにも流れてきていたから。二次元のガワを被った人たちが、そのキャラになりきって配信をしているやつだろう。

正直、何が面白いのか分からない。

しかしながら、我が国では一過性の流行ではなく、文化として根付きつつあるらしい。末娘の言葉通り、ＰＶを得る上では決して悪くない選択肢のように思う。当然ながら、自身が演じるのでなければ、という注釈は付くのだけれど。

『しかし、Ｖチューバーとして活躍するには、それなりに初期投資が必要なんじゃないかな？　ただでさえ居候の身の上、僕らとしてはこれ以上、家族に迷惑をかけるような真似は控えたいのだけれど』

「詳しいですね、アバドン」

『だろう？　僕は勉強熱心な悪魔なんだ』

なにかにつけて勉強熱心をアピールしてくる悪魔。

まさかとは思うけれど、褒めて欲しいのだろうか。

「そこデ妹は姉に恩返シをしたいト考えていル」

「貴方が手伝ってくれる、ということですか？」

「姉よ、そノ意見は正シイ。必要な機材ハ妹が用意する」

二人静を頼る、という前提であったのなら、即座に辞退していたと思う。これ以上、彼女の世話になるような真似はできない。しかし、機械生命体からの申し出であれば、家主に迷惑をかけることもないだろう。

これといってデメリットも浮かんでこない。

「姉ヨ、妹はそノ力になれるだろうカ？」

「そうですね……」

ジッとこちらを見つめて、ロボット娘は問うてくる。

やたらとストレートな物言いは、裏表の感じられない感情の発現。小動物っぽい物腰も手伝い、眺めていると庇護（ひご）欲を誘われる。クラスメイトの男子生徒たちは、これにコロッとやられてしまったのだろう。

状況的に考えても、彼女にこちらを騙すことで得られる利益はない。嘘を吐けないという機械生命体の特性と合わせて、純粋に助力を申し出てくれたに違いない。そうして考えると、断ることは憚（はばか）られた。

なによりこのままでは、ＰＶバトルでの惨敗が見えているし。

「もしよろしければ、私たちに協力してもらえませんか？」

「姉よ、妹ハその返事を待ってイタ。是非とも協力シたいと思う」

「しかし、こうしたやり取りはＰＶバトルの上で認められるのでしょうか?」

「他ノ家族に協力シテはいけない、とはルールの上デ明言されていなイ」

たしかに協力プレイは否定されていない。

ルール上で禁止された行為は、既に知名度を得ているブロンド娘やお喋りな文鳥を利用したPV稼ぎのみである。機械生命体が用意した機材を利用して、自身が動画を撮影する程度なら、問題はないような気がする。

「だとすれば、私などより母親に気を回した方がいいのではありませんか?」

「母ハ独力で何かヲ掴んだようナので、現時点では様子ヲ見ることにシた」

「なるほど」

たしかに夕食の時間、それっぽいことを二人静に語っていた。現役JKには現役JKのやり方がどうのと、得意げな面持ちで胸を張りながら。碌でもないことを考えていそうな気がするのは、私の気の所為だろうか。

どうかおじさんに迷惑をかけるような真似だけは控えて欲しいものだ。

「末娘トしては、祖母にこそ最下位ノ誹りを与えタイ」

「あぁ、それが動機でしたか」

「動機ノ一つには違いナい。しかし、姉ヲ助けタイという思いモ本物だと信じて欲シイ」

「大丈夫ですよ、そちらも重々承知しています」

「やはり、姉も母ト同じく末娘に優シい。家族とは素晴ラしいものだと改メて思う」

問題があるとすれば、それは一つ。

私はVチューバーというものを、本当にその名前しか知らない。

〈Vチューバー　一〉

【お隣さん視点】

翌日、私とアバドンは自宅となる軽井沢(かるいざわ)の別荘で、多数の機材に囲まれていた。

どのような機材かといえば、Vチューバーとして活動するのに必要な機材だと、それらを運び込んだロボット娘から直々に説明を受けた。朝っぱらからやって来たかと思えば、引越し業者よろしく、テキパキと働いていた彼女である。

ノートパソコンを筆頭に、カメラやマイク、モニター、スピーカーといった自身も見覚えのある物品から、モーションキャプチャーやオーディオインターフェースなど、初めて目にするメカメカしい代物まで色々だ。

おかげで空いていた客間の一室が、専門の撮影スタジオのようになっている。

セッティングもロボット娘が行ってくれた。

どこから盗んできたのかと尋ねたところ、どれも自前で製造したとの返事があった。製造元は月面に設けた工場だという。ブロンド娘との会話に利用している翻訳ツールの製造元もそうだが、ここ最近、やたらと月を身近に感じる。

機材はどれも人類が利用しているものと互換性があるらしい。

その上で性能は、市場に流れているものより遥(はる)かに上等だと説明を受けた。

例えばノートパソコン。見た目は家電量販店で普通に売られていそうな感じ。けれど、それ一台で地球上のコンピュータをすべて合算しても、到底太刀打ちできないほどの計算能力があるのだとか。

部屋の隅に設けられたデスク。その上に設置されたノートパソコンに触れてみると、自身が学校のパソコン室で触れていたものと、まったく同一の挙動が確認できた。OSまで完全互換とは恐るべし機械生命体。

『昨日の今日で、至れり尽くせりじゃないかい』

「私も驚いていますよ、アバドン」

『君が学内でしたことは、これだけの品物に見合う行いだったのかなぁ?』

「次の機会があったのなら、もう少し妹に寄り添ってみようと思います」

室内に並べられた機材を眺めて、アバドンと言葉を交わす。

ここまで本格的なものを提供されるとは、自身も完全に想定外である。どこかの企業がうん千万円、場合によってはうん億円と投資して完成させたような空間が、あっという間に提供されてしまった。

『これで最下位だった日には、君の自尊心はどうなってしまうんだろう』

「その場合、貴方も無傷ではいられないと思いますよ、アバドン」

『あれ？ 僕も一緒なのかい？』

「イベントの主催者にも、そのように申請したではありませんか」

『だとすれば、適当な仕事をする訳にはいかないねぃ』

アフターサポートもバッチリだ。

システムは常に監視されている。何かしら問題が生じたのなら、機材が構成するネットワークにロボット娘がリモートで入り込み、すぐさま適切な状態に直してくれるとのこと。こちらからは電話をかける必要さえない。

なんならやりたいことを呟けば、どこからともなく空中にウィンドウが浮かび上がり、操作方法を提示してくれる親切設計。それでも分からなければ、ロボット娘がやって来て直々に教示してくれるとのこと。

アバドンの言葉ではないが、至れり尽くせりである。

代わりに我々の投稿動画は彼女にだだ漏れ。

まぁ、今回そこは気にする必要もないので、丸っと任せることにした。

『ところで、この立体モデルのデザインは、どういった意図があるんだい？』

「男性向けのアニメや漫画などに登場するメインヒロインの、最大公約数的なデザインを求めてみたつもりです。奇を衒うような真似は控えたく思いまして。悪魔の目から見て、何か気になるポイントでもありましたか？」

Vチューバーの肝と言われているガワについても、既に用意が為されている。

つい先程までデスク上のノートパソコンを眺めながら、ロボット娘と一緒になってモデリングを行っていた。そのように表現すると、やたらと専門的な響きがある。けれど、実際に自身が行ったのは口頭での問答のみ。

　顔立ちや頭髪、服装など、ロボット娘からの問いかけに答えると、それらを反映する形で、勝手に画面上のモデルが変化を見せた。そんなやり取りを何度か重ねたところで、現在のデザインに落ち着いた次第である。

『いいや？　ただ、君の願望が滲み出ていたりするのかなぁと』

「敢えて言うなら私の願望は、まだ明確な形を得ていません」

『おかげで彼とは付かず離れずの距離感をキープしているね』

「理解しているのなら、もう少し情報収集を手伝って欲しいところですが」

　アバドンの皮肉通り、出来上がった立体モデルのビジュアルは、自身とは似ても似つかない。まず目を引くのは艶やかなロングストレートの頭髪。色は若干明るめ。肌は色白で目元がパッチリしており、顔立ちは非常に整っている。

　自然と浮かべられた笑みは人当たりが良さそうなもの。クラスでは誰にでも優しく、男女に分け隔てなく接する優等生タイプ。ネクタイまでしっかりと締めたブレザー姿がよく似合う。その出で立ちからは陽キャの気配が滲み出て止まない。

「世の中的にはこういった見た目がウケるらしいのです。少なくとも私が確認した売れ筋のアニメや漫画では、ひと昔前の名作から最近始まった人気作まで、似たようなデザインの登場人物がメインヒロインとして活躍していました」

『なるほど、様式美、というやつだね！』

「ええ、そんなところだと思います」

　そして、ロボット娘は諸々の作業を終えると、すぐに別荘から去っていった。

　せめてお茶の一杯でも飲んでいったらどうかと提案をするも、他にやることがあるからと、珍しくも克己的に立ち回った彼女だ。おかげで我々としては殊更に、彼女に対して申し訳ない気分である。

　もしかしたら、そんな我々の内心を把握した上での行いなのかもしれないけれど。

『ところでこの子、名前はなんというんだい？』

「美咲、萌、彩乃、優花といった辺りから選択したいと考えています」

『かなり具体的且つ即座に出てきた理由が気になるなぁ』

「Vチューバーの視聴者は、十代から三十代で全体の七割を占めるそうです」

『若い人たち向けの文化なんだね！　でも、それがどうしたの？』

「その中でも利益に寄与するのは、経済的に余裕がある二十代中頃から三十代の男性。これらをターゲットとした場合、対象と同世代の女性によく見られる名前を採用することで、愛着を持ってもらえるように仕向ける作戦です」

『あぁ、想像した以上に狡い回答が返ってきて、僕は思わず感心してしまったよ』

「狡いのではありません、マーケティングと称して下さい、マーケティングと。出生の時代を合わせた名前ランキングの上位から、あまり平凡過ぎない命名且つ、既存の有名Vチューバーと被らないものを持ってきました」

『見た目のデザインも含めて、その辺りは一貫しているという訳かい』

「アバドン、どれがいいですか？」

『えぇえ、僕が選ぶのかい？』

「意見がないようなら、当時の命名ランキングトップ、美咲で決定です」

『いいんじゃないのかい？　君のマーケティング的には、それが一番なんだろう？　だけど、それだと下の名前だけで、名字は決まっていないよね。そっちはどうする予定なんだろう。同じように有名所で決めるのかな？』

「そうなると、佐藤美咲、となりますね」

『ふと思ったのだけれど、あまり一般的な名前にすると、インターネットの検索なんかで埋もれてしまうんじゃないかい？　知名度でPVを稼ぐのなら、それは致命的な気がするのだけれど』

「なかなか鋭いではありませんか」

『名字は事前に決めていなかったの？』

「白状すると、名前など適当でも構わないと考えていました。ですが、妹が存外のこと上等な設備を整えてくれたものですから、それに見合うだけの努力はするべきではないかと、今まさに意識を改めているところです」

『だったら名字は名前とは逆に、珍しいものを当ててみたらどうだろう』

「承知しました。この国で一番稀有な名字を調べてみましょう」

手元の端末でブラウザを起動して、名字、日本一、稀有、などと検索フォームに打ち込んでみる。すると自身が欲している情報はすぐに出てきた。稀有なら稀有で有名らしく、いくつかのサイトで情報が扱われていた。

しかし、あぁ、これは駄目だ。

「判明しましたよ、アバドン」

『おや？　やけにさっくりと特定したようだけれど』

「この子の名前は左衛門三郎（さえもんさぶろう）美咲です」

『これまたアクの強い名字が出てきてしまった』

「どう考えてもアウトですね。語呂が最悪です」

左衛門三郎家の方々には申し訳ないけれど、我々が扱う商品の命名には利用できそうにない。もう少し呼称しやすくてキャッチーな感じが嬉（うれ）しい。立体モデルのキャラクター性に寄与してくれれば尚（なお）良し。

『せっかくだし、立体モデルのビジュアルを参考にしたらどうだい？』

「この子の見た目、ですか」

少なくとも表向きは、可憐（かれん）そうな顔立ちをしている。それが腹を割って話せる相手かどうかは知らないが、名目の上では友達も大勢いそうだ。クラス内では軽快に立ち回り、常に一軍にポジションをキープしていることだろう。

「隠しきれない陽キャの気配を称して、花野（はなの）美咲、などではいかがでしょうか？」

『名前との相性もバッチリだね！　そうなるとキーワードは花になるのかな？』

「その方向性で差し支えないように思います」

名前までふざけた女である。

なんてあざといのか。

自分で提案しておいてなんだが。

「名前は決まりましたので、続けて年齢や趣味、好物などを決めていきましょう」

『Vチューバーを知らない割には、なかなか具体的じゃないかい』

「ネットを検索したところ、Vチューバーになる方法がまとめられていました。今はその手順に沿って作業を行っています。本来であれば、名前を筆頭としたパーソナリティの決定は、立体モデルを発注するより以前に行うべきだとありましたが」

『そうなると配信予定の動画についても、ある程度は目星がついているのかい？』

「最初は自己紹介を行うべきだと、指南サイトには記載がありました」

『だからこそ、年齢や好物なんかを事前に決めておかないといけないんだね！』

「ええ、そういうことです」

　そんな感じでアバドンと一緒になって、立体モデルのパーソナリティを決めていく。しかし、名前を決めるだけでもひと悶着。趣味や好物、売りとするポイントなど、一通りを決定するのにはそれなりに手間を要した。

　おかげで事前に用意した項目が埋まる頃には、小一時間が経過していた。

　花野美咲、十六歳。

　現役女子高生。

　趣味は映画鑑賞や読書、それに自宅の庭で行っているガーデニング。好きなものは可愛らしい花、甘いもの、犬や猫。嫌いなものは人混み、乱暴な人、下ネタ。将来の夢は素敵な旦那さんと結婚して、お花屋さんをすること。

汚穢である。

　とても見事な汚穢である。

　花というキーワードを前面に押し出した結果、こうなってしまった。

『なかなか可憐な趣味嗜好のキャラクターに仕上がったけれど、決定した付帯情報に対して、見た目が些か寂しくはないかな？　シンプルなのも悪くはないけれど、もう少しアピールしてもいいように思うんだよね』

「ええ、そうですね」

　アバドンの呟きに応えて、私は室内に設置された機材に目を向ける。

　施工主の言葉に従えば、機械生命体のオペレーションとは音声認識により意思疎通が可能とのこと。そこで部屋の各所に点在するマイクやカメラを意識しつつ、その向こう側に向けて声をかけた。

「すみません、立体モデルの頭部に花柄の髪留めなど、装飾を付けてもらえませんでしょうか。もし可能であれば、手元や足回りなど、余裕のあるスペースにも花をあしらったアクセサリーなど入れて頂けると嬉しいのですが」

こちらの声に反応して、ノートパソコンの画面に映し出されていた立体モデルのデザインに変化が見られた。

頭部に花を模した髪留めが装着された。また、足元にどこからともなくスクールバッグがポンッと出現して、その前胴には花柄のアクセサリー。更には胸元にも控えめながら、花を模したバッジが追加で入れられた。

実在したら痛々しく思える主張も、立体モデルなら十分許容できるレベル。

むしろ、とても自然に感じられる。

機械生命体の美的センスは、自身が想像していた以上に鋭敏なものだった。

『わぉ！　いい感じじゃないかい』

「ありがとうございます。とても助かりました」

私がお礼の言葉を述べると、パソコンの画面上で立体モデルが小さくお辞儀をした。ちゃんと聞こえているぞ、ということだろう。一切待たされることなく行われた調整には、改めて驚愕を覚える。

これでビジュアル的にも完璧。

花の申し子として活動していけそうだ。

『しかし、君はこの子になりきれるのかな？　随分と可愛らしい子だけれど』

「…………」

間髪を容れず、アバドンの何気ない発言に絶句。

そうだった——

『どうしたんだい？　鳩が豆鉄砲を食ったような顔をして』

「いえ、なんでもありません」

『近代では自動小銃と言うのだったかな？』

「鳩が可哀想なので止めてあげて下さい」

視聴者のウケを優先して設定やビジュアルを決定したものの、これはいわば操り人形に過ぎない。誰かが中に入って声を当てる必要がある。機械生命体の超科学なら、中身も含めて対応できそうな気がするけれど、それではVチューバーと言えない。

しかし、動かせるのか？　私に。

この目に見えて陽キャな立体モデルを。

『まさかとは思うけれど、自身が声を当てることを失念していたのかなぁ？』

「マーケティングに執着するあまり、自社商品の仕様を見落としていました」

『そうなのかい？　僕はてっきり君の変身願望が漏れ出したのかと思ったよ』

「…………」

ＰＶ数を得ることばかり優先して、完全に忘れていた。自らのあまりにも低過ぎる対人スキル。

いいや、やってみれば意外となんとかなるかもしれない。Ｖチューバーなんて掃いて捨てるほど存在しているのだ。似たようなキャラ立ちの陽キャを見つけて、これをリスペクトすればいい。

というか、この状況でデザインからやり直したいとは、流石に言い出せない。

そうして自他共に認める陰キャが、胸の鼓動を強く速くし始めた辺りでのこと。

室内にロボット娘の声が響いた。

『姉よ、兄よ、本日ハ休日ではあるガ、家族が自宅内に揃イつつあル』

デスクに配置されたノートパソコンのスピーカーからだ。マイクやカメラを通じて我々の存在を把握しているのだろう。普段利用しているメッセージアプリの代わりに、それらを利用して語りかけてきたようだ。

『そこデ姉と兄ノ予定を伺いたイ。必要とあらバ妹がそちらへ迎エに行く』

「おじさんもそちらに見られるのでしょうか？」

『姉よ、そノ指摘は正シイ。父の姿モある』

「でしたら手間をかけてしまい申し訳ありませんが、我々もご一緒させて下さい」

『承知シタ。これより姉ト兄を迎えに行ク』

生み出してしまったものは仕方がない。

妹の厚意を無下にしない為にも、向こうしばらく頑張ってみるとしよう。

＊

翌日は休日とあって、家族ごっこも本来であればお休みの予定であった。

何故ならば我々は業務の一環として家庭に足を運んでいる。

上司から無茶振りでも受けない限り、これを言い訳にして私的な時間を確保できる。自分や二人静氏はさておいて、星崎さんは妹さんとの生活がある為、十二式さんも強行を主張することはできない。

しかし、そうは言っても気になるのが、二人静氏の主催するPVバトル。

チャットアプリで彼女に本日の予定をそれとなく確認したところ、土日返上で未確認飛行物体に赴き、庭のプレハブ小屋で配信用の設備を構築中とのこと。寝耳に水とは、まさにこのことである。

そうなると自身も休んでいることは憚(はばか)られて、自然と足が動いていた。

ピーちゃんの空間魔法で都内のホテルを出発。

軽井沢の別荘を経由の上、十二式さんに送迎を頼み込んでの現地入り。

星の賢者様の魔法があれば、自前で未確認飛行物体に乗り込むことも不可能ではないように思う。けれど、それが理由で迎撃装置とか発動したら大変なので、予定にない出入りは持ち主のお世話になっている。

そうして訪れた家族ごっこの舞台、和住宅を正面に眺める庭先でのこと。

「なんじゃ、お主らもやって来たのかぇ」

「他にやることもありませんでして」

『そういう貴様こそ、どういう風の吹き回しだ？　今日は休みであったろうに』

プレハブ小屋と母屋を行き来していた二人静氏と鉢合わせた。

彼女の手には電線を巻いたリールが抱かれている。家庭用の電工ドラムではなく、切断、加工しての利用が前提の業務用。また、プレハブ小屋の脇には脚立が立てられており、その先には蓋の開いた配電盤が見受けられる。

なんなら着物の上には腰道具を着用しており、その姿は違和感も甚だしい。

どうやら自前で小屋への配電工事を行っているみたいだ。

たしかに界隈(かいわい)には電信柱が何本も立っているけれど。

「なんたって言い出しっぺじゃからのぅ。ある程度は手本を見せておかねば、家族に示しがつかないじゃろう？　そういうことじゃから、甲斐甲斐(かいがい)しくも休日を返上して、業務に励んでおるという訳じゃよ」

「この辺りに立っている電信柱、もしかして通電しているんですか？」

「儂(わし)もてっきり飾りだとばかり思っとったのじゃけど、

機械娘に確認したら、ちゃんと三相交流で六千六百ボルトが流れとるらしいのよね。トランスもしっかりと仕事をしておって、百ボルト二百ボルト、家庭内まで届けておった」

「それはまた、手が込んでいるというか何というか……」

　自宅環境のアップデートに余念がない十二式さん。

　彼女の家族ごっこに懸ける思いが改めて伝わってきた。本来であれば機械生命体には不必要なこれらの資材が、月を筆頭とした人類の手が届かない場所で、今も黙々と製造されていると思うと、なんとも不思議な気分になる。

『貴様が勝手に弄り回して、あの者に怒られないのだろうか？』

「ちゃんと許可は取っておるよ」

『ならばいいが……』

「無線で遊んでおったとき、自前の基地局を設けるのに、ちぃとばかし気張って電気工事士と電験三種を取ったからのぅ。今回はやらんけど、釜が乗った東電柱が相手でも、ちょいと線を引き込むくらいならどうにかなるのじゃ」

「電気工事士はともかく、電験三種は趣味で取るような資格ではないと思うのですが」

「そうかのぅ？　趣味の延長で取っちゃう年寄り、存外のこといたりするのじゃけど。他の資格もそうじゃけど、同じ町並みでも物事を学ぶ前後で、見える光景が少しばかり違ったりしてのぅ。そういうのが好きなジジババは意外とおるよ」

「そういうものでしょうか？」

　ここのところ逆セクされてばかりだったので、急に真面目なことを言われると、落差に感心してしまったりして、なんだか悔しい気分である。この調子だと、弁護士や医師の資格を持っていても不思議ではない気がしてきた。

『貴様の発言に同意するのは甚だ遺憾だが、その意見には同感だ。何かを学ぶことで見えてくる光景は多い。年寄りに限ったことではなく、学ぶことに価値を見出した者は、きっと死ぬまで学び続けるのだろう』

「なんじゃこの文鳥、儂にデレたかぇ？」

『ただし、当事者が十分な学習能力を備えているか否かは、別の問題であるが』

　バチバチに啀み合う文鳥と同僚。

二人を尻目に周囲を見渡す。

するとと目に入ったのは、全開に開け放たれたプレハブ小屋の掃出し窓。その先には運び込まれて間もないと思しき機材が、床上へ雑多に並べられている。窓から室内に向けてとりあえず押し込んだような感じ。

縦長で重そうなデスクトップパソコンだとか、大型の曲面ディスプレイだとか、これらを設置する為と思しき自動昇降式のデスクだとか。どれもこれも値の張りそうな機材ばかり。ノートパソコン一台で対応している自身とは雲泥の差だ。

「ところで、そちらは撮影機材でしょうか？　かなり嵩張っているようですが」

険悪ムードの両名に割って入り話題を変える。

二人静氏はすぐさま応じてみせた。

「気になる？　やっぱり気になるかのぅ？　だって男の子じゃもんなぁ？」

「いえ、決して無理にとは言いませんが」

「アキバのショップでパーツを厳選した、自作の最強ゲーミングマシンじゃ！」

ここぞとばかりに胸を張った二人静氏が、元気良く声を上げた。

かなり大きなタワー型で、側面にはガラスカバーが用いられており内部の様子が窺える。中央プロセッサやグラフィックボードに通された水冷用ハードチューブの丁寧な取り回しからは、彼女の自作歴が並々ならぬものであることが察せられる。

「ゲーム配信に挑戦されるのですか？」

「腕前一本で高みを目指せるジャンルじゃ。これを狙わない手はないじゃろう？」

音楽配信と同じで常に一定の需要が存在しており、尚且つ腕前次第ではバズる可能性も十分考えられる。自身も当初は検討したのだけれど、お喋りが苦手な上に、ゲームの腕前もよろしくないので諦めた次第。

「そうですね。二週間という期間を思えば、これ以上ない選択のように思います」

「そこへ更に儂の愛らしい女児ボイスでセルフ実況が追加されたのなら、まさに鬼に金棒、虎に翼といったものじゃろう。神プレイの連発に赤スパの飛び交う光景が、今から脳裏に思い浮かぶわい」

「二人静さんって割と俗物的なところありますよね」

セーラー仮面を披露したあとも、普通にエゴサしていた。

意外と承認欲求とか凄いのかも。

「だってゲーム配信とか、前々からやってみたかったんじゃもん。お喋りばかり達者で、肝心のゲームがへたっぴなヤツが、ファンから持ち上げられて有頂天になっておる姿とか見ると、めっちゃイライラしてたんだもん」

「まぁ、言わんとすることは分からないでもありませんが」

ゲームが大好きだからこそ、色々と思うところがあるのだろう。

承認欲求というよりは、世間への反発か。

「しかし、最近は自作業界もめっきり寂しくなったのぅ。以前は新宿界隈でもパーツが手に入ったのに、今じゃアキバ以外ではめっきりじゃ。初期不良や相性問題を秒で解決したい勢としては、実店舗こそ正義だと思うのじゃけど」

「そういうガチ勢の方々、かなり減っているらしいですね」

庭先に立ったまま、二人静氏と他愛無い会話を交わす。

すると間もなく、星崎さんがやってきた。

傍らには十二式さんの姿も見られる。

家族ごっこの舞台となる和住宅の敷地を取り囲んだブロック塀。その先からアスファルトで舗装された路地を歩み、庭の正面に設けられた塀の切れ目、正門と称するには些か拙い出入り口からやってくる。

「あら、佐々木と二人静も来ていたの？」

「こんにちは、星崎さん」

「なんじゃ、妹を放っておいていいのかぇ？　今日は学校も休みじゃろうに」

「あの子なら学校の友達と出かけるというから、日中はこっちで過ごすことにしたの。自宅だと色々と誘惑も多いし、ここなら動画の撮影に集中できるでしょう？　スマホがあれば大体のことは行えるし」

「それにしては随分とデカい旅行カバンを下げておるようじゃけど？」

二人静氏の言う通り、星崎さんは大きなボストンバッグを下げている。

しかも何故なのか、学校はお休みなのに制服姿。化粧もしていない。代わりにいつものメガネを着用している。

ただ、最近の学生さんは割と休日も制服で出歩いているそうで、あまり気にすべきではないのかもしれない。

「これは秘密よ。そういう貴方こそ妙な格好をしているけれど、まさか電気工事？」

「お主らも部屋にコンセントとか増やしたいのなら、ついでにやってもええよ？」

「せっかくだけれど、自宅から延長コードを持ってきたから大丈夫よ」

「準備がええのぅ」

「今日中に最低でも一本、投稿サイトに動画をアップロードしたいのよね」

星崎さんも昨日の今日で、何かしら手応えのようなものを掴んだようだ。意気揚々と語ってみせる先輩の姿を眺めていると、八方塞がりの後輩は焦りを覚えてしまう。自分だけ置いてけぼりになったような感じ。

そうこうしていると、お隣さんとアバドン少年までやって来た。

ブロック塀の陰から見慣れた姿が揃って顔を見せる。

後者は前者のすぐ傍ら、ふわりふわりと浮かんでおりますね。

「おじさん、こんにちは」

『たしかに皆々、こっちで過ごしているんだね』

我々の姿を目の当たりにしても、あまり気にした様子が見られない。アバドン少年の発言から察するに、皆々の来訪を把握したことで訪れたのではなかろうか。だとすれば、気を遣わせてしまい申し訳ない限り。

「今日は学校もお休みだったと思うんだけど、こっちに来てよかったのかな？」

「他にやることもありませんから、こちらで動画の作業に当たろうと思います。脚本を考えるだけなら、どこでも行えますので。こうした光景から察するに、皆さんも同じように考えているのではありませんか？」

絶賛工事中のプレハブ小屋や、旅行カバンを下げた星崎さんを視線で示して言う。

今まさにお喋りしていた経緯だ。

『おっと、何気ないやり取りから、僕らの動画の情報が漏れていないかい？』

「この程度で負けてしまうようであれば、最初から勝ち目はないと思います」

「脚本が必要ということは、物語的な映像作品でも考えているのかしら？」

「そういう貴方はどうなのですか？」

「私のはまだ秘密よ」

「でしたら、我々もそうしておきましょう」

どことなく刺々しい感じがするお隣さんと星崎さん。

以前から相性がよろしくない二人。

互いに目を合わせていたのも束の間のこと、会話はすぐに切り上げられた。

次いでお隣さんの意識が向かったのは庭のプレハブ小屋。アバドン少年と共に、二人静氏の行いを話題にし始める。先程まで自分やピーちゃんと交わしていたようなやり取り。声をかけられた彼女は、嬉々として自らの趣味を語り始める。

「あちらの大きなパソコンですが、どうして側面がガラス張りなんでしょうか？」

「電源を入れると、内側でパーツがピカピカと虹色に光るのじゃよ」

『なるほど、光の色合いを確認することで、内部の状態をモニターするんだね！』

「いんや、光るだけじゃのぅ」

「光ることに意味はないんですか？」

「え？　めっちゃ格好いいじゃろ？　眺めていて気分とかアガらない？」

「だそうですよ、アバドン」

『人類ってたまに、よく分からない方向へ進化することがあるよねぇ……』

ゲーム配信、自分も試してみようかな。

過去にプレイした覚えのあるタイトルが、いくつか頭の中に思い浮かんだ。ただのプレイ動画であれば、映像の編集も自前で行えそうだ。しかし、タイトルによってはプレイそのものに時間がかかるかもしれない。

動画を一本作成したことで、見積もりが具体的に働くようになったの嬉しい。

そんなふうに考えを巡らせ始めた矢先の出来事である。

「ねぇ、フタリシズカ、ちょっといいかしら！」

庭に面した居間の縁側、その先からドタバタと人の気配が届けられた。

直後にはエプロン姿のエルザ様が、濡れ縁まで駆け足でやってくる。

「昼食の用意なのだけれど、ご飯はどのくらい炊けば

「……あら？」

彼女は庭に我々の姿を見つけて、一瞬驚いたような表情に。

間髪を容れず、ニコリと笑みを浮かべて言った。

「ササキたちもこっちに来ていたのね！　台所にいたから気づかなかったわ」

「エルザ様、それにルイス殿下まで。お二人共こちらにいらしていたのですね」

「そりゃそうじゃろ？　この者たちばかり屋敷に残しておく訳にもいくまい」

エルザ様の後ろにはルイス殿下も見られた。

先日と同様、こちらの世界の衣類を着用の上、彼女と同じくエプロンを着けていらっしゃる。ヒラヒラとしたデザインのそれが、似合っていないような、似合っているような、絶妙な感じになっている。

「この様子では、昨日の夕食と同程度は炊いたほうが良さそうであるな」

「は、はい！　私もそのように存じます、ルイス殿下」

「主食はそれでいいとして、主菜や副菜はこのままだと足りん。もう何品か追加で用意する必要があるだろう。余としては、個別に取り分けるのではなく、大皿で出すなどして対応すべきだと考えるのだが、その方はどうだ？」

二人で昼食の支度をしていたようだ。

王子様が炊事など行えるのかと疑問に思わないでもない。ただ、率先してエルザ様とやり取りを交わす姿を眺めていると、問題ないようにも思えてくる。やたらと聡明な上にフットワークも軽いお方であるからして。

そんな感じで段々と賑わいを見せ始めた庭先。

各所で言葉を交わす皆々を眺めて、十二式さんがボソリと呟いた。

「家族ガ自発的に家庭へ足ヲ運んでイル事実に、末娘は感動ヲ覚える」

その面持ちは普段となんら変わりのない無表情。

碌に感情の感じられない能面さながらのもの。

ただ、脇で小さく握られた両手からは、彼女の湛えた感情の一端が窺えた。

「末娘の思うがままになっておるの、なんだか癪じゃのう」

「祖母よ、末娘ノ感動を邪魔シないで欲シイ」

「お主は庭先に建ったプレハブ小屋が目に入らないのかぇ？」

「なンなら、小屋へノ通電を止めてモ構わない」

「残念じゃったな！　こんなこともあろうかと、電力は母屋への引き込み線から分配しておる。儂の小屋を止めるなら、この家も丸ごとブラックアウト待ったなしじゃ！　果たしておこたの温もりは何分持つかのぅ？」

「ムッ、なんト小癪なことヲ……」

結局、この日も家族ごっこのメンバーと共に、家庭で過ごすことになった。

一人暮らしに慣れた身の上を思えば、他者の気配が絶えない暮らしというのは、それなりに負担が大きいもの。けれど、これが存外のこと心地よくて、気づけば夕食まで時間を一緒にしていた。

ただし、ＰＶバトルについては進捗ゼロ。

昨日公開した投稿作も再生数は変わらず。

動画のネタに悩んでいるうちに一日が過ぎていった。

＊

夕食を家族ごっこのメンバーで済ませたのなら、居間でテレビを囲みつつゴールデンタイムを洋画の再放送で過ごす。やがて、番組が終えられたタイミングで未確認飛行物体を出発し、ヘルツ王国の首都アレストに向かった。

数日ぶりとなる異世界へのショートステイ。

ピーちゃんの魔法で移動した先は、王城にある宮中大臣の居室だ。そこから宰相殿の執務室に足を運んで、ミュラー伯爵にご挨拶。エルザ様をお返ししつつ、ルイス殿下のご様子について報告を上げた。

「そうか、殿下は以後も差し障りなく、ご壮健であらせられるか」

「ええ、呪いの影響もまったく見られません」

『我の目から見ても、危地は脱したと判断して問題ないように思う』

「ササキ殿、心より感謝を申し上げる。どうしてお礼をしたらいいものか」

いつものようにソファーセットに腰を落ち着けてのやり取り。

一人で掛けている自身の対面、横並びとなるミュラー伯爵とエルザ様。ピーちゃんは我々の間に配置されたテーブルの上、止まり木にちょこんと止まっている。室内には他に人の姿も見られない。

「滅相もありません。そもそも今回は、私もやり取りを仲介したに過ぎません。異国の地で殿下が変わらずに過ごせているのは、エルザ様が我々との間に入り、お世話をして下さっているおかげでしょう」

「お父様、ササキは話を盛っています。私はそう大したことはしていません」

「このように仰っておりますが、エルザ様が不在であった場合、こちらの鳥さんが付きっきりで殿下のお世話をすることになっていたことと存じます。そうして考えますと、エルザ様のご協力はとても大きなものです」

星の賢者様を引き合いに出すと、ミュラー伯爵の表情にも変化が見られた。

娘さんの働きに価値を見出して下さったのだろう。

「それは大した活躍ではないか、エルザ。私も父親として誇らしく感じる」

「お、お父様っ……！」

掛け値なしの称揚にエルザ様は破顔一笑。

相変わらずのお父様ラブっぷり。

ササキ宮中大臣としては、こうした場面で確実に、お二人の距離感や親密さをアピールしていく作戦。この調子でエルザ様との婚姻をルイス殿下にお譲りできたのなら、などと考えていることは、きっと文鳥殿にはバレバレなのだろうな。

だって止まり木の上からチラチラと視線を感じるし。

そうして親子の会話を眺めることしばらく。

改めてこちらに向き直ったミュラー伯爵から言われた。

「殿下のご容態については重々把握させて頂いた。そこで折り入って相談なのだが、ヘルツ王国としては今しがた話題に上がった仲介先の方々に対して、我々が受けた恩義に報いるだけの御礼を差し上げたく考えている」

「お気遣いありがとうございます、伯爵」

「殿下の息災はアドニス陛下に秘密である。しかし、まさか何もしないままという訳にはいかない。あまり大々的に人を動かすような真似はできないが、陛下に怪しまれない範囲で、私に出来得る限りのことをしたい」

「素直に申し上げますと、ルイス殿下からもそのように承っております」

「それは心強い。そこでササキ殿に伺いたいのだが、先方にはどういったものが喜ばれるだろうか？　貴殿にばかり面倒をかけてしまい申し訳なく思うが、差し支えなければ、どうか助言を頂けないだろうか」

「恐らくですが、何をお送りしても喜んで下さると思います」

ピーちゃんや自分に恩を売りつつ、呪いの対処方法を模索したかったお隣さんとアバドン少年。そんな彼女に恩返しをしたかった二人静氏。皆々十分に目的を果たしている。異世界からのお礼については、多分、そこまで気にかけていないと思われる。

「ただ、こちらの都合を優先するような真似を恐れ入りますが、現地の協力者は大きく二つの勢力に分かれております。共に殿下の復活に寄与しておりまして、ご留意を頂けますと大変ありがたく存じます」

「なるほど……」

悩むような素振りを見せるミュラー伯爵。

世界を跨いでの交流は大変難儀なもの。

自分も似たような経験があるから分かる。というか、社会人だったら誰もが一度くらいは経験していそう。取引先のお偉いさんの接待、上手いこと企画してくれたまえよ、みたいなの。碌に話もしたことないのに。

まさか放置する訳にもいかず、進言することとなる。

「もしよろしければ、私の方から各々に確認をさせて頂きますが」

「頼んでしまっていいのだろうか？」

「ええ、お任せ下さい」

「ササキ、わ、私もお手伝いするわ！」

「ありがとうございます、エルザ様」

今回のやり取りはエルザ様の面前で交わしている手前、隠し立てするような真似は不可能だ。そっくりそのままミュラー伯爵の意志を皆々に伝えることになる。だとすれば、お隣さんとアバドン少年はまだしも、気になるのは二人静氏の反応。

彼女は一体、異世界の王侯貴族に何を望むのだろう。

＊

ミュラー伯爵とのやり取りを終えたのなら、ヘルツ王国を出発。

その足でルンゲ共和国のケプラー商会に向かった。

役員に就任してからは、本店のエントランスも顔パス。畏(かしこ)まった態度でお辞儀をして下さる従業員の方々に会釈を返しつつ店内を進む。然(しか)るべき部署でヨーゼフさんにアポを願い出ると、すぐに面会と相成った。

通された先はいつもの応接室。

我々が部屋を訪れると、既に彼の姿は見られた。

こちらで軽油を納品。代わりに役員報酬の明細書を受け取って目を通す。動いている金額が大き過ぎて、もはや細かに確認することなど不可能。最終的な額を把握して、なんか凄いなぁ、くらいの認識で留(とど)めておく。

そうして一通りのルーチンワークを終えた辺りでのこと。

「ササキさんから提案のあった穴掘りですが、共和国側からも本格的に掘削が始まりました。現地からの報告によると、業務開始から間もない状況にありますが、かなり作業員の集まりがよろしいようです」

「ご対応ありがとうございます、ヨーゼフさん」

「集まった魔法使いの背景に些か偏りが見られる点は、私も気にしておりますが」

ヘルツ王国出身の魔法使いがトンネル工事で活躍していることは、前にフレンチさんのパパから聞いていた。しかも決して少なくない方々が、現在の住まいであるルンゲ共和国からわざわざ足を運んでいることも。

そこでヘルツ王国側で作業に当たった場合のお賃金は、ルンゲ共和国側で仕事に就いた場合よりも高額となるようにマルクさんにお願いした。おかげで共和国側に労働力が偏ることもなく工事を行えている。

「共和国に不利益のあるお話ではありませんので、ご容赦を頂けたらと存じます。商人の方々にはあまり縁のない話かもしれませんが、私どものような凡夫は存外のこと、生まれ故郷というものに重きを置く傾向がございまして」

「私とて郷土愛は持ち合わせておりますよ、ササキさん」

「これは失礼を申し上げました」

「ルンゲ共和国内における我々商会の立場は、ササキさんが持ち込んで下さる通信設備の影響を大きく受けております。それでも今回の施策には、商会内であっても反対意見が多いことを忘れないで頂けたら幸いです」

「ええ、それは重々承知しております」

トンネル工事の費用はすべて、ササキ＝アルテリアン辺境伯の個人的なお財布から捻出している。施工主であるマルク商会や助力を下さっているケプラー商会には、十分な額をお支払いしている。商売としてはなんら差し支えないはず。

「失礼ですが、ササキさんは本当に今回の施策が成功すると考えているのですか？」

「成功するかもしれませんし、成功しないかもしれません」

「成功しなかったときのことを考えると、恐ろしくありませんか？　私とてどこまでササキさんを庇えるか分かりません。ヘルツ王国の貴族主義と比較して、ルンゲ共和国の権力構造は複雑なものなのです」

それでもこうして小言を並べてくるヨーゼフさんの語りっぷりから察するに、金銭的な問題以外にも、政治的なしがらみがあるのだろう。今はまだ小言程度で済んでいるけれど、これ以上はやってくれるなよ、といった圧を感じる。

ルンゲ共和国の国政は中央議会によって為されていると、アドニス陛下から聞いた覚えがある。また、ケプラー商会の頭取であるヨーゼフさんは、ヘルツ王国における王族に比肩する立場にあるとも。

つまり彼のような立場にある人たちが中央議会というのを構成して、ルンゲ共和国の舵取りを行っているのだろう。議会内にはケプラー商会と不仲な商会もあるだろうし、互いにポジションを奪い合っているような光景は容易に想像された。

「ヨーゼフさんにはご迷惑をおかけしてばかりで本当に申し訳ありません。引き際は弁えているつもりです。もしもケプラー商会として協力が困難となりましたら、そのときは改めてご指摘を頂けると幸いです」

「愚直に申し上げると、現時点では誰も成功するとは考えておりません。このようなことを私の口からお伝えするのは申し訳なく思いますが、大金を持て余した門外漢が馬鹿な真似を始めたと商会内外で囁かれています」

まさに望んでいたポジションに落ち着いている。

というか、実際にその通りであるからして。

「ありがとうございます、ヨーゼフさん」

「私個人としては、ササキさんの評判を落とすような真似は控えたいのですが……」

その後、ヨーゼフさんにたっぷりと絞られてから、ケプラー商会を後にした。

ルンゲ共和国での仕事を終えたのなら、ヘルツ王国のエイトリアムに帰還。異世界との時間差を利用してPVバトルのネタ探しを行った。しかし、数日ほどを悩んだところで、なんら成果も得られない。

そうこうしているうちに今回のショートステイは終えられた。

＊

【お隣さん視点】

家族ごっこを終えて、未確認飛行物体の内部から軽井沢の自宅に戻った。

その日の夜、私は生まれて初めてVチューバーとしての動画を撮影した。二人静が主催するPVバトルに向けた最初の一本目。内容は当初の予定通り、花野美咲なる架空の人格、立体モデルの自己紹介を映したものである。

事前に脚本の検討を重ねていた為、撮影はあっという間であった。

映像は小一時間で完成した。

本来であれば苦労しただろう動画の編集作業は、機械生命体の超科学が上手いことやってくれた。ノートパソコンに向けて、そこにテロップを付けて欲しい、そこに音を入れて欲しい、などあれこれと口頭で伝えたのなら、瞬く間に対応してくれる。

こんなのズルではないかと思った。

ただ、自前で行ったら何時間とかかりそうだったので、素直に任せることにした。

そうして完成した映像が、今まさに我々の面前で再生されている。

『はじめまして、花野美咲です。本日からVチューバーとして活動することになりました。向こうしばらくは毎日、動画を投稿していきたいと思います。是非ともチェックしてもらえたら嬉しいです』

収録スタジオと化した別荘の客間。編集用のデスクに配置されたノートパソコンの画面上で、立体モデルの花野美咲がお喋りをしている。周りをどこまでも続くお花畑に囲まれて、その只中(ただなか)に立ちながらのワンマンショーである。

　ビジュアルの見栄えは申し分ない。

　事務所に所属しているプロと比較しても遜色ない。いいや、むしろ上等に感じられる。立体モデルながらアニメ調の見た目は、頭髪や衣類の当たり判定に至るまで精密に制御されており、実世界と大差ないように振る舞う。

　これは彼女の周囲で咲き誇る花々も例外ではない。

　時折どこからともなく吹いた風に花弁を揺らす動きまで、現実の花畑さながらに映る。立体モデルの動きに合わせて、当然のように茎を揺らす仕草には、途中で何度か花をグシャリと踏みつけてNGを出したほど。

『歳(とし)は十六歳、高校生です。趣味は映画鑑賞や読書、それに自宅の庭で行っているガーデニング。好きなものは可愛らしい花や甘いもの、犬や猫といった動物です。嫌いなものは人混み、乱暴な人、下ネタです』

　問題は一緒に聞こえてくる声色。

　そのなんと気持ちが悪いこと。

「アバドン、改めて確認しますが、私は本当にこんな声をしているのでしょうか？」

『うん、これ以上ないほどに君の声さ！　毎日聞いている僕が太鼓判を押すよ』

「そのようなことを言って、嘘(うそ)をついているのではありませんか？　本人の意見としては、まるで別人のように感じられます。いいえ、別人ではありませんか？　私の声というのは、もう少しこう、ハイトーンであったような気がします」

『君は同じような問答を何度繰り返すつもりだい？　かれこれ五回目になるよぅ』

「しかし……」

　心底迷惑だと言わんばかりの表情を浮かべて、アバドンはため息交じりに言う。

　たしかに何度繰り返したか分からない問答だ。

　だけど、納得がいかないのだから仕方がない。

　録音した声が別人のものだった。

　しかも絶妙に気持ちが悪い。

　強いて言うのなら、そう、もう少しはっきり喋ったらどうかと提案したくなるような、ボソボソとした響き。それでいて本人は調子に乗っているような、あぁ、分かっている、素直に白状しよう。

　——俗に言う、陰キャ極まりないボイスだった。

ただでさえ羞恥を覚える行いが、何倍にも恥ずかしく感じられる。ほんの僅かばかり抱いていた達成感が、その声を耳にした途端、ガラガラと崩れ落ちていく。今すぐにデータを削除して、客間から逃げ出したい衝動に駆られる。

『僕としては声よりも、変化に乏しい表情が気になるなぁ』

「そうでしょうか?」

『もうちょっと愛想が欲しいとは思わないかい?』

「本当に声は気にならないのですか?」

『君は本当にくどいねぃ』

「ところどころで笑みを挟んだつもりですが」

『笑みっていうか、これって嘲笑だよね?』

「失礼な悪魔ですね。しっかりと笑っているではありませんか」

『えぇぇ、嘘だぁ……』

動きも声と同じように、自身がモーションキャプチャーを利用して当て込んだものだ。機材は全身のアクションを指先から表情に至るまでトレースしており、瞬きも含めてしっかりと立体モデルに反映している。

機械生命体の技術力が優れている為、その精度は恐ろしく高い。

ただ、比較的よく動いている首から下に対して、たしかに表情の変化は控えめかもしれない。けれど、それなりに笑みだって浮かべているし、ボディーランゲージを利用した感情の主張も行っている、はず。

それよりも自身としては、やはりマイク越しに届けられる声の方が気になる。

「せっかくですから、アバドンも声を録音してみましょう」

『どうして僕までチャレンジしないといけないんだい?』

「使徒と悪魔は一蓮托生です。この感覚は是非とも味わってもらいたいのです」

『まぁ、別にそれくらいならいいけどさぁ』

立体モデルの連携先をアバドンに調節して、私が利用していた台本を軽く読み上げてもらう。マイクの前に立った悪魔は、これくらいなんてことないよ、といったスカした態度で花野美咲の自己紹介に臨んだ。

ちょっと気取った感じがイラッとした。

そして、録音した音声をいざ再生したところ——

『僕の声って本当にこんな感じなの？　君が何か仕込んでいやしないかい？』

「理解してもらえましたか？」

『この手の機器にはフィルターという装置があると……』

「ありません」

『個人的な見解だけれど、僕の声はもう少し低めであったような気がするね！』

「安心して下さい、貴方の声はこちらの声変わり前ショタボイスで間違いありません」

『ええぇ、そんなこと言ってしまうのかい？』

「もう一回、再生しますか？」

パソコンのマウスパットに指を据えてアバドンに尋ねる。

カーソルの先には録音した音声の再生ボタン。

すると彼は、やれやれだと言わんばかりの態度で応じた。

『まぁ、君が抱えている感情については、多少なりとも理解が進んだ気がするよ』

「それは何よりです。相互理解はデスゲームを勝ち抜く上で大切なことですから」

珍しくも戸惑うアバドンを拝めて、少しだけ得をした気分になれた。録音した声を、彼が見ている前で家族ごっこの面々に聞かせて回りたい気分。絶対に気持ちよくなれると確信を覚える。この音声ファイルは手元の端末にも保存しておくとしよう。

そうした使徒の心中を察したのか、相棒から声が上がった。

悪魔は話題を変えるように、改まった態度でこちらに問うてくる。

『それで、どうするんだい？』

何を、とは尋ねるまでもない。

花野美咲の自己紹介だ。

「どうもこうも他に手立てなどありません。さっさと公開して寝てしまいましょう」

『明日になったのなら、少しは自分の声が好きになっているかもしれないね！』

「そのやたらな前向きさは、悪魔としてどうなのかと疑問に思わざるを得ませんが」

時刻は既に深夜、日付が変わってからそれなりに経過している。

我々にとっては当面の活動時間だ。

何故にこのような時間帯を選んだのかと言えば、ひとえに弱小極まりない立場を弁えてのこと。他の時間帯は既に有名な配信者によって視聴者の奪い合いが発生している。我々のような新人が立ち入る隙はないだろう。

デスクに着いた私は、ノートパソコンを操作して動画をアップロード。

サイトへの投稿作業は数分で終えられた。

そして、映像が正常に閲覧できることを確認したのなら、すぐにノートパソコンを閉じる。投稿先のページを眺めていて、万が一にも陰キャボイスを否定するようなコメントが付いたのなら、夜眠れなくなってしまいそうだから。

確認は明日、目覚めてからでも遅くはない。

そのように自分に言い聞かせると、私は入浴を済ませて床に就いた。

＊

【お隣さん視点】

なんたることか、一睡もできなかった。

ベッドの中で悶々としているうちに、気づけばいつの間にやら、空が白み始めているから困ったものだ。母と同居していた時分と比べても、ここ最近、夜眠れない日が増えたような気がする。

こんなにも恵まれた環境なのに、どうして私は眠れないのか。

自分で自分が分からなくなる。

そんな繊細な人間ではなかった筈なのに。

『こんなことなら寝る前に確認しておけばよかったと思わないかい？』

「ええ、そうですね。今後はそのような方針で過ごしたいと思います」

『はてさて、それで君の処女作はどうなっていることやら』

「どうせコメントの一つどころか、再生数さえ昨晩と変わっていませんよ」

早朝、アバドンと二人で寝室から客間にやって来た。

パジャマ姿のままだ。

手元のスマホでも確認は行える。けれど、機械生命体が持ち込んだノートパソコンなら、大きなディスプレイを利用してアバドンと一緒に投稿サイトを閲覧できる。彼から自分にも見せろとせがまれることもない。

さっさと投稿作の状況を確認して、ベッドに戻るとしよう。昨日と今日は土日休みで学校もない。二度寝を試みたところで誰に迷惑もかからない。おじさんとの交流に向けた時間が減ってしまうのは残念だけれど。

そんなことを考えながら、我々が公開した動画のページにアクセスする。

すると、どうしたことか。

「アバドン、動画にコメントが何件か付いています」

『再生数も昨日の夜に見たときより、桁が一つ増えているね！』

ページを開いた直後、まず目に入ったのは映像の下部に連なった文字列。

内容を確認するより前に、相棒へ声をかけていた。クリスマスにサンタクロースがプレゼントを持ってきてくれたら、こんな気持ちになるのだろうか。ひと目見てワクワクとしてしまった自分を否定できない。

再生数も一桁から二桁に増えている。

けれど、いざコメントを読んだのなら落胆。

曰く、〝声があまりにも残念〟〝この喋りで花野美咲とか、完全に名前負けでしょｗｗｗ〟〝こいつ個人だよね？なのに自己紹介から3Dなの？〟〝モデルのクオリティ高過ぎ。おもいっくそ声が負けてる〟〝中の人はいらないから、モデルだけ欲しい〟

『あちゃぁ、寄って集ってボッコボコじゃないかい』

「………」

僅かな期待感は一瞬にして砕け散った。

覚悟していなかった訳ではない。

ただ、これは想像した以上に効く。

すべて否定。肯定の声は一件もなかった。

見ず知らずの相手にどれだけ罵倒されたところで痛くも痒くもない。とは思いつつも、どう足掻いても変えようのない肉体的な特徴を否定されると、そんなのどうしたらいいのかと、他のところで不安の種が芽を生やす。

もしかしたら、おじさんも私の声を残念だと思っているのかもしれない。

そう考えると、あぁ、感情が湧き立つ。

「向こうしばらくは、寝付きの悪い夜を過ごすことになりそうです」

『立体モデルの出来栄えに対して、君の声を引き合いに出さざるを得ない状況だからこそ、こういったコメントが与えられたんじゃないかな？　断片的なコメントを統括して考えると、そんな答えが見えてくるよ』

珍しくもアバドンが優しい。

昨晩のうちに録音したショタボイスを聞かせていたからだろう。

そうこうしていると、追加でコメントが一つ付いた。

曰く、〝コメント欄が酷いことになってるから、気になって見てみたけど、たしかにこれは酷い。過去に見てきたVでもトップレベルに陰キャ。中の人ガチでコミュ障だろ。完全に黒歴史じゃん〟

「…………」

どうして赤の他人にこうまでも、害意のある言葉を向けられるのか。相手がどういった心境でコメントを読んでいるのかも分からないのに、よくこうまでも尖った言葉を突きつけることができるものだ。

そうした軽率な行いが巡り巡って社会の規律を乱して……。

いいや、まどろっこしい考え方は止めよう。

こいつら全員死ねばいいのに。

心に宿った使命感に突き動かされて、私はノートパソコンに向き直る。

『君、何をするつもりだい？』

「ただのネットサーフィンですよ」

コメントをしているアカウントを調べてみると、別のソーシャルメディアで繋がりが見られた。彼なのか彼女なのか分からないけれど、内一人がこの動画を発見して、仲間内で話題を広げていたようだ。

タイムスタンプを確認したところ、大半のコメントは一時間ほどの間にまとまって投稿されている。すべてのアカウントを特定した訳ではないけれど、特定のグループによる行いであることは間違いないように思う。

『君はパソコンの扱いについて、随分と慣れているようだ』

「この程度なら誰でも行えるのでは？」

『以前のアパートにはパソコンなんてなかったような気がするけれど』

「学校のパソコンを利用して独学で学びました」

おじさんのソーシャルメディアを監視して、実生活を把握する為である。

玄関先での会話から、彼のアカウントを調査するのは本当に苦労した。しかも、頑張って特定したのに最近はほとんど更新がない。私にとっては決して小さくない楽しみだったのに、どうして遠退いてしまったのか。

ファンは悲しい。

「他所のソーシャルメディア上の小さなグループで話題が共有されています。やはり、こういった外部のアクションが発生しないと、PVを得るのは困難なようですね。その事実を実感できただけでも、こちらのコメントは有意義であったと言えます」

『そういう打たれ強いところは、僕も相棒としてとても心強く思うな！』

「ただし、記念すべき初回コメントをくれたアカウント名は、絶対に忘れません」

『そういう根暗なところなんて、悪魔の使徒として申し分ないものさ！』

「@nechinechikozo、許すまじ」

調べれば調べるほど、ネットの向こうにいる人物の素性が、おぼろげにも像を結び始める。赤の他人であった相手が、少しだけ背景を理解したどこかの誰かになる。そこに確かな人格を感じるようになる。

「…………」

自ずと自身に向けられたコメントにも、質量のようなものが伴い始める。

湧き出る感情もより明確なものとなる。

あれこれと考えていたら、なんだろう。

まだ見ぬアンチたちに反骨心が湧いてきた。

「……アバドン、次の動画を撮影しましょう」

『急にやる気を出されると、むしろ不安に感じてしまうよぅ』

「PVバトルに参加している以上、やらないという選択肢はありません。だったら意欲的に向き合うべきではありませんか？　その方がイベントを主催する二人静も、きっと喜んでくれることと思います」

その根底にあるのが憤怒だろうと、反発心だろうと、やる気には違いない。

利用できるものは、なんでも利用するべきだ。

「そういう訳で本日から、朝昼晩と一日三本の投稿を目指したいと思います」

『当初の予定だと、一日一本だったよね？』

「たとえアンチの閲覧であっても、ＰＶには代わりありません。コメントを書き込んだということは、また見に来る可能性がある、ということです。あまり褒められた機会ではありませんが、みすみす見逃すのも勿体(もったい)なくはありませんか？」

『君のそういう逞(たくま)しいところ、僕は嫌いじゃないよ？』

「慰めは結構ですよ、アバドン」

『別にそんなつもりじゃないんだけどなぁ』

ということで、続く動画を何本か撮影することにした。

　編集作業を機械生命体の超科学が担ってくれている為、私のお喋りとモーションさえ撮れてしまえば、動画の制作はあっという間である。脚本も昨日のうちに何本か用意していたので、途中で躓(つまず)くこともない。

　アバドンというご意見番の存在も手伝い、撮影はテンポ良く進む。

　気づけば自身も熱中しており、その日は丸一日、動画の撮影で過ぎていった。

*

【お隣さん視点】


　翌日は月曜日。

　睡眠不足に苛(さいな)まれながらも、普段と同じように登校した。

　表向きは平静を装っていた。なのに学校へ向かう移動中の車内、日々の送迎を行ってくれている運転手の老紳士から、すぐさま体調は大丈夫かと問われたのには驚いた。これがプロの仕事かと、改めて彼の凄さを理解した。

　学内での生活は普段通り。

　というと、語弊がある。

　ロボット娘の姫プレイによって荒らされた人間関係は、向こうしばらくクラス内を気まずいムードに包みそうである。とりわけカースト上位の生徒たちは疑心暗鬼に陥っており、普段よりも会話が少ない。

　個人的には、教室内が静かなのは万々歳だ。

　給食を終えて迎えた昼休み、私は教室を抜け出して校舎裏に向かった。

界隈には人気も皆無。

これ幸いとスマホを取り出し、アバドンと共に動画投稿サイトを確認する。

管理画面を呼び出して投稿した動画の一覧を表示。初回の自己紹介に追加して、昨日に三本、それに今朝の一本を含めて、合計五本の動画が表示されている。各々PV数やコメント数などが併記されており、一括して確認することができる。

PV数とコメント数は初回から順番に、

95回、7件。

60回、5件。

56回、4件。

40回、5件。

12回、3件。

ちなみにチャンネル登録はゼロ。

「朝方に予約投稿した動画にも、例のアンチからコメントが来ています」

『もはや一周回って君のファンなんじゃないのかい？』

「執着心が強いだけではありませんか？　チャンネル登録をしていないのに、わざわざ連日で動画を見に来てコメントまで付けている辺り、何かしら危ない思想を備えているような気がしてなりません」

『たしかにその可能性は否めないかもねぇ』

すぐ後ろから私の手元を覗き込んだ悪魔が他人事のように呟く。

休日での作業を通じて、アバドンも現代の動画文化に知見を広げて思われる。チャンネル登録なる単語も普通に通じるようになった。日頃から偉そうなことを言うだけあって、この悪魔はかなり賢いのだ。

ちなみにアンチからのコメントはといえば、〝相変わらずモデルやモーションは最高なのに、中の人が陰キャ過ぎるのあまりにも無残〟〝もういっそのこと陰キャをリストラして再スタートしたらどうなん？〟とのこと。

『それで、どうするんだい？』

「どうもしませんよ。昼の分を投稿しましょう。本日の夜の分までは昨日のうちに撮影を済ませていますから、粛々と公開するばかりです。PVバトルは全員がゼロスタートなので、こうした二桁のPVも後々意味を持ってくるかもしれません」

『今日の家族ごっこで、皆にそれとなく探りを入れてみたらいいかもね！』

「ええ、私もそのように考えています」

以降はアバドンと今晩に予定している撮影について作戦会議。

昼休みはあっという間に過ぎていった。

そうして迎えた放課後、家族ごっこの時間。

学校から帰宅した我々は、おじさんたちと合流の上、ロボット娘の送迎により未確認飛行物体の内部に設けられた家を訪れた。小一時間ほどで夕食の支度も整い、居間でこたつを囲みながら晩餐(ばんさん)と相成った。

ブロンド娘の知り合いだという王子様が増えて、ちょっと窮屈になった和テーブル。それでも皆々で一つの卓を囲んで食事を取っている。これに追加でマジカル娘がやってきたら、テーブルを増やさないと厳しいように思う。

おじさんなど既にかなり気を遣っているようで、いつも身体(からだ)を小さくしているし。

「ところで二人静さん、ゲーム実況の進捗はいかがですか？」

箸を取ってからしばらくした辺りで、おじさんが二人静に問うた。

彼もPVバトルの行方が気になるのだろう。

他の面々も同様のようで、皆々の注目が二人に向けられる。

「知りたい？　儂の活躍っぷり、知りたぁい？」

「いえ、決して無理にとは言いませんが」

「途中経過が分からんと催しが盛り上がらんからのぅ。そういうことであれば、言い出しっぺの儂からアカウントを公開しよう。昨日の晩、一本目の動画を公開したばかりじゃから、そこまでPVは付いておらんけど」

我々に語りながら、二人静が懐から端末を取り出した。

彼女がこれを弄くり回すと、居間のテレビに変化が見られる。それまで映されていたバラエティ番組に代えて、PVバトルの舞台となる動画の投稿サイトが表示された。いつの間に連携アプリなど入れたのだろう。

すぐにチャンネルのトップページが表示された。

チャンネル名は、静(しず)ちゃんのゲーム道。

上部のバナー画像には、可愛らしい女児のイラストが描かれている。二人静とは似ても似つかないデザインだ。

やたらと挑発的且つ蠱惑的な笑みを浮かべている。こちらの二次元美少女が静ちゃんなのだろう。

動画の一覧には本人の言葉通り、一つだけ投稿済みの映像が見られる。サムネイルは他所のゲーム配信と大差ないように思う。なにより目についたのは、脇に表示されたPV数だ。既に一万以上のカウントが見られる。

「イカしたヘッダー画像じゃろ？　知り合いの絵師に頼んで描いてもらったのじゃ」

「え、凄いじゃないですか。すでに一万回も再生されているなんて」

「そりゃまぁ、RTAで国内記録を塗り替えてしまったからのぅ」

おじさんも驚いたように声を上げた。

私とアバドンも食い入るようにテレビを見つめる羽目となる。

「この場で再生して頂いてもいいですか？」

「なんじゃぁ、儂のスーパープレイ、家族にお披露目されちゃうのじゃ？」

勿体ぶった態度を取りつつも、二人静はテキパキとスマホを操作して動画を再生。テレビの大きな画面にゲームのプレイ映像が映し出された。スピーカーからはゲームの音と合わせて、声が聞こえてくる。

『このチャンネルはガチ系ゲーマー、静ちゃんのチャンネルでーす！　さっそくだけどご覧のローグライクでRTAしていくよぉー！　音声も含めて一発撮りなんで、臨場感を楽しんでもらえたら嬉しいなぁ？　それじゃあ逝ってみよぉー！』

居間にやたらとキャピキャピした声が響いた。

ギョッとするおじさん。

彼は恐る恐るといった態度で二人静に尋ねた。

「えっ、なんですか？　この奇天烈な声は……」

「なにって、儂のプレイボイスじゃけど？」

普段の二人静と比較して、かなり高めに聞こえる。

こういうのをアニメ声というのだろう。

正直、とても違和感がある。

っていうか、完全に別人だ。

子供っぽい口調も平素とは雲泥の差。

しかし、ゲーム実況の声だとすると、世の王道を行っている気もする。この手のアニメ声を売りにしている実況者は決して少なくない。Vチューバーであっても、こ

HP
MP

うした声色、リズム感が女性の間では主流である。

　陰キャボイスが原因で絶賛ボッコボコの自らを思うと、羨ましくすら思う。

「もしかして儂の声にケチつけようっての？」

「いえ、決してそんなことはありませんが、普段との落差が気になりまして」

「メスガキは嫌いかのぅ？」

　戸惑う我々の面前、テレビの中の二人静はゲームを開始。

　プレイしているのは本人の説明通り、ローグライクと呼ばれるタイプの作品。ランダム生成されるダンジョンを、ただ延々と攻略していく。同じジャンルのプレイ動画を他所のVチューバーが上げていたので、辛うじて理解することができた。

『あぁん、序盤から高火力の武器をゲット！　これで低層階のモブはワンパンだよぉ？　ざぁーこざこざこ、静ちゃんの前に立ちふさがるなど何人たりとも皆目許さん。この刀の錆にしてくれるぅ！　って、さ、ささささ、さび罠だよぉぉぉぉぉ！』

　テレビの画面はゲームに占有されており、二人静の顔は見られない。顔出しはせずに配信するようだ。彼女の抱えた背景を思えば当然か。代わりにヘッダー画像に見られた女児のイラストが隅の方でバストアップ。軽く動いて喜怒哀楽を伝える。

　なんとなく想像していたけれど、映像の編集にもそれなりにこだわりが見られる。

　どう考えても別人に思えるアニメ声も、二人静という個人を上手いこと隠している。事前情報なく動画を見せられたのなら、これが彼女の声だと私は絶対に気づかない。そういった意味でも一石二鳥の判断か。

「しかし、かなりコアなタイトルを狙っていきましたね」

「この手のゲームはアンテナの高いファンが一定数おるからのぅ。どこの誰ともしれない輩が投稿した動画でも、イキったタイトルを付けておけば、コメント欄でディスってやろうと考えた視聴者が湧いてくるのじゃ」

　おじさんと二人静の会話を受けて、動画のタイトルに目を向ける。

　ゲームの名称そのものは知らない。

　目を引いたのは、それと並んで入れられたフレーズ。

ＲＴＡ、国内最速、神プレイ、なる文字列が躍っていた。

視聴者はこれに興味を惹かれて、あるいは反発を覚えて、こちらの動画を見にやってくるのだろう。

だとしても初投稿で一万PVは凄い。

自然と自身も二人静に問うていた。

「差し支えなければ、呼び水をどちらから都合したのか伺ってもいいでしょうか？」

「匿名掲示板の関連スレッドや、ゲーム関係の話題を扱っておる大手ブログのコメント欄に、自作自演で絨毯爆撃じゃ。そこからソーシャルメディア上で共有されたのなら、あとはこっちのもんじゃろう」

やはり最初は他所から人を呼んでくる必要があるみたいだ。

私の考えは正しかった。

けれど、それがとても大変なこと。

「それって大丈夫なんでしょうか？」

「あまり執拗にやるとブロックされるじゃろうな。しかし、そこはパソコン大先生としての腕の見せ所じゃ！　レスバを制してこそのインターネット。複垢で力任せに攻めてくる輩を、周囲を巻き込んで完封するのが快感でのぅ」

「二人静さん、お隣さんにあまり変なことを教えないで欲しいのですが」

「なにを言うておる、インターネット上でバトる際の鉄則じゃぞ？」

我々が雑談を交わしている間にも、テレビ上では動画の再生が進む。

ゲームが進展を見せるのに応じて、キャピキャピとした声で二人静の実況が入る。

『うあぁぁん、合成モンスターがいないよぅ！　合成モンスター出てこいよぉ！　この階層で最低限、装備の合成を終えておかないと、中盤のタイムロスがとんでもないことになっちゃう！　静ちゃん、ざこ堕ちしちゃう！』

こちらのタイトルを遊んだことがない、なんならゲームなどほとんど経験のない私であっても、なんとなくプレイヤーの置かれた状況が理解できる。それは彼女のお喋りが視聴者に寄り添ったものだからだろう。

軽い語り調子とは対照的に、かなり頭を使って実況していることが窺えた。

「まさかとは思いますが、二人静さんはずっとこのスタイルで配信されるんですか？」

「なんじゃ？　お主、もしや儂のメスガキっぷりに胸キユンしてしまったかのぅ？」

「純粋な疑問なんですが、こんなにはっちゃけて恥ずかしくないんでしょうか？」

「ざぁーこざこぉ！　羞恥心なんて捨てないとＰＶは手に入らないんだよぉ？」

「すみません、頭がこんがらがりそうなので、それ止めてもらっていいですか？」

「ちょっと前のツンデレブームのときも思ったのじゃけど、こういう分かりやすい台詞があると、この手の属性は流行りやすいのかのぅ？　イラストがなくても表現可能、というのが重要な要素のように思うのじゃけど」

「ツンデレブームって、たしか二十年くらい前ですよね？　ちょっと前というよりは、だいぶ昔の出来事のような気がするんですが。当時は自分もまだ、高校生か大学生くらいだったような気がします」

「そういうこと言う輩、静ちゃん大嫌ぁーい！　もっと年寄りを敬ってよぉ……」

「微妙に混ざっていませんか？」

　メスガキ、ですか。

　おじさんの反応を思うと、学ぶことには意味があるかもしれない。なりきって話しかけるような真似はせずとも、エッセンスくらいは把握すべきではなかろうか。あと、過去に流行ったというツンデレというのも。

「ツンデレだったら、私も聞いたことがあるわ。たしか、人前ではツンツンしているけど、二人きりになると途端に発情し始めるっていうやつでしょ？　昔はそういうアニメが流行っていたって何かの動画で見たもの」

　おじさんと二人静のやり取りを眺めていると、化粧女からも声が上がった。

「いささか語弊がありますが、概ねそんな感じでしょうか」

「いやいや、全然違うじゃろう？　出会った当初はツンツンしておるけど、交流を重ねていくうちに打ち解けて、段々とデレデレになっていくのじゃ。パイセンの説明だと、ただの人見知りじゃろうて」

　自ら調べるまでもなく、二人静から説明が入った。

　直後にはブロンド女にも反応が見られる。

「この国にはそんな文化があるのね！　ササキはツンデレが好きなのかしら？」

「私の意見はさておいて、当時は社会的なムーブメントになっておりました」

「ここで言うツンツンするというのは、相手を突き放す、という意味合いなの？」

「ええまぁ、そのような感じです」

「それは興味深いわ」

「あの、エルザ様、何か思うところが？」

「以前からササキが困っている姿を眺めていると、どうしてなのか背筋の辺りがゾクゾクとしてしまうの。それがツンデレという概念で説明できるようであれば、是非とも教示を願いたいのだけれど」

「…………」

この女、本気で言っているのか？

完全にサドではないか。

おじさんの表情が妙なことになってしまっている。

従順に見せかけて、たまに冗談を口にしたり何をしたり。おじさんのことを困らせているのは、自覚のないサドの発芽であったりするのか。今この瞬間にも、背筋をゾクゾクとさせているのではなかろうか。

「お言葉ですが、それはまた別の概念ではないかなと」

「そうなの？　だとしたら残念だわ」

やはり、油断のならない相手だ。ブロンド女。

これ以上おじさんと交流を持たせてなるものか。

おじさんがマゾだった場合、大変なことである。

どうにかして話題を変えなければ。

そんなふうに考え始めた矢先、私よりも先に化粧女から反応があった。

「ツンデレとかメスガキとか卑猥なのはさておいて、二人静も偉そうなこと言うだけあって、それなりに頑張っているじゃないの。PVバトルにしても、自分から提案しただけのことはあるみたいね」

「はぁん？　なにその上から目線」

「別にそんなつもりはなかったのだけれど、気に障ったようなら謝罪するわ」

「まさかパイセンってば、静ちゃんのゲーム道に勝つ算段でもあるのかぇ？」

「どうかしら？　だけど、あまり驕り高ぶっていると足を掬われるわよ？」

妙に自信あり気な化粧女の態度が気になる。

なにかと顔に出やすいこの女が、こうまでも含みのある態度を取るということは、既にそれなりにPVを得ている可能性が高い。そうでなければ、芳しくない状況に挙動不審となって、そわそわとしている筈だから。

たしかに一万PVは大きな成果だ。しかし、ある程度のコミュニティで軽く跳ねたのなら、すぐに超えられてしまうような値でもある。そこに当たりをつける程度のことは、彼女もしているに違いない。

軽く確認してみようか。

「失礼ですが、既に動画を投稿されているのでしょうか？」

「まぁ、ぼちぼちやっているわね」

「……そうですか」

この女、やはり相当のPVを得ているのでは？

だとすると現状、私とおじさんで最下位を争っている可能性が高い。残るロボット娘は腐っても鯛、バグっても機械生命体。きっと上手いこと人心を掌握して、PVを確保していることだろう。

こうなると悩ましいのは今後の動き方。

PVバトルで優勝した者は、最下位だった者に一つ、なんでも言うことを聞かせることができる。一番は自身が優勝して、最下位のおじさんに言うことを聞いてもらうこと。けれど、その可能性は望み薄な気がしている。

だとすれば、おじさんの最下位落ちを防ぐため、自ら落ちていく、という判断もある。彼が他所の女から妙な頼みごとを受けなくて済むように。しかし、化粧女が優勝した場合、一方的に命令をされるのは苛立たしい。

あちらを立てればこちらが立たず。

こちらを立てればあちらが立たず。

なんてもどかしいのだろう。

いいや、判断はもう少し様子を見てからでも遅くはない。最悪、チャンネルを潰してゼロカウントに戻す、といった判断も可能である。そのように考えて、当面はVチューバーとして頑張ることを決めた。

「ところで、エルザちゃんたちの動画はどうなっているのかしら？」

これ以上の追及は避けたいのか、話題を変えるように化粧女が言った。

皆々の注目がブロンド女とイケメン王子に向かう。

「この間、ネット上で騒動になっていて、追加で撮影すると言っていたでしょう？」

「ルイス殿下から賜った動画は、ついさっき公開させて頂いたのだけれど……」

そうして語るブロンド女の表情は曇っている。

何か問題でもあったのだろうか。

快活とした態度が常であった彼女にしては、かなり珍しく感じられる。

「ねぇ、鳥さん。あんなにも不敬な動画、本当に公開してよかったのかしら？」

『本人が構わないと言っているのだ。貴様が気を病むことはあるまい』

「うむ、それもこれも余の判断だ。エルザよ、その方が気にすることはない」

「ですが……」

イケメン王子も横から入ってくる。

我々は黙ってこれを眺めるばかり。

『はぁーん、お店を見つけちゃったぁ！　しかも見て見て、この腕輪！　これは呪われたアイテムの保有数に応じて、クリ率がアップするっていう優れもの！　この腕輪一つで今後のチャートが決定しちゃう！　静ちゃん、ドロボウしちゃいまぁーす！』

テレビから聞こえてくる二人静のキャピキャピした声が、その間も延々と居間に響いている。彼女の活躍は把握したので、映像を停止したらどうだろうか。やたらと情報量が多いお喋りに、どうしても意識を持っていかれる。

「それにこの国では、ああいった行いもごく普通に受け入れられていると聞いた。多様性といっただろうか？　素晴らしい文化ではないか。だとすれば、その方が気にすることは何もないであろう？」

『本人もこう言っているのだ、問題はないだろう』

「だ、だけどっ……」

「ピーちゃん、もしよければ事情を伺いたいんだけど」

「もしやお主、まだ見ておらんかったの？」

「ええまぁ、自身の動画にかかりきりでして」

困った表情を浮かべるブロンド女に対して、なんら気にした様子の見られない文鳥とイケメン王子。彼女たちのやり取りを眺めたことで、おじさんと二人静の間でも言葉が交わされ始めた。

「それなら見てみればええじゃろ。見たらすぐに分かるからのぅ」

「どういうことですか？」

二人静が手元の端末を操作するのに応じて、テレビの画面が変化を見せる。

メスガキのゲーム実況に代わって映し出されたのは、ブロンド女とお喋りな文鳥がやっているチャンネルだ。自身も何度かアクセスした覚えがある。そのトップ画面を経由して、最新の投稿動画が表示された。

タイトルには、ルイス殿下、新作衣装のお披露目！　とのこと。

すぐに映像が再生される。

投稿日時はほんの小一時間前。にもかかわらず、既に十万以上のＰＶが付いている。

「なるほど、そういうことでしたか」

肝心の内容は、なんてことはない。

イケメン王子が女装していた。

しかも、かなり見事に化けている。

異国のお姫様を彷彿とさせるドレス姿だ。大胆なスリットから覗いた太ももや、オフショルダーの肩など、露出した部位がやたらと艶めかしく感じられる。男性にしては長めの頭髪はウィッグを着用することなく、多少整えた限りであっても女性さながら。

どこからどう見ても女にしか見えない。

事実、コメント欄には絶賛の声がいくつも並んでいる。先日の炎上騒ぎの火消しとしては、成果も上々のように思われる。

「どうだい？　ササキ男爵。お気に召してもらえただろうか？」

「ええ、大変お美しく存じます、殿下」

しかしながら、動画を眺めるブロンド女の表情は浮かないものだ。彼女の生まれ故郷では、こうした行いが一般的ではないのかもしれない。一部の国では性別を偽ることが、犯罪として扱われることもあるという。

おじさんもその辺りを気にしたのか、すかさず配慮の声をかける。

「しかしながら、エルザ様の懸念は、私としても分からないではありません」

「やっぱり、そ、そうよね？　ササキもそう思うわよね？」

「こちらはルイス殿下の発案であると理解して、相違はございませんか？」

「うむ、余の発案である。して、世間の反応はどんな具合だろうか」

「投稿サイトのコメントや、ソーシャルメディアでの反応を確認した限り、おおむね好意的に受け入れられているように思います。否定的なコメントはゼロではありませんが、以前より大きく数を減らしております」

「それはよかった。エルザや鳥さんに迷惑をかけては、本末転倒であるからな」

「ですからエルザ様、今回の動画ですが、そこまで問題がある行いではないかなと」

「ササキ、それは本気で言っているのかしら？」

「お言葉ですが、我が国ではあまり珍しいことではないのです」

一千年以上も前から男色が是とされてきた我が国としては、さもありなん。図書室の本で読んだのだ。明治維新より以降は西欧のキリスト教的な価値観により一時的に抑圧されるが、近年では元来の地位に戻りつつあると。

異端視されていた期間は、肯定されていた期間の十分の一にも満たない。

つまり、ＬＧＢＴがどうのと言う以前に、我が国においてはこっちが普通なのだ。


「アンチのコメントが顕著に減っておるのマジ笑えるのう」

「男の人って何故かこういうの好きよね」

「女だって宝塚(たからづか)とか好きじゃろ？　パイセンも見に行ったりせん？」

「言われてみれば、まぁ、そうかもしれないけど……」

化粧女は疑念の眼差(まなざ)しを動画に向けている。私や彼女などと比較しても、余程のこと綺麗(きれい)に化けたイケメン王子に、嫉妬でも覚えているのだろうか。この手の趣味は人それぞれなので、否定も肯定もしないが。

「エルザよ、これはこれで学ぶことが多い。余にしてみれば、娯楽と政治は表裏一体だ。民をコントロールする上で、群集心理への理解は重要なもの。この国の仕組みを学ぶことには意義があると考える」

「そこまで考えられていたとは、か、感服いたしましたっ……！」

我々が眺めている間にも、動画の再生数はモリモリと上がっていく。

自前の端末で動画のタイトルを検索したところ、既にいくつかのニュースサイトで話題に上がっていた。ソーシャルメディア上ではチャンネル名やイケメン王子なるワードがトレンドに入り込んでいる。

「これと比べたのなら、一万PVとか誤差のようなものじゃのぅ」

「このチャンネルは局の支援を受けていますからね」

皆々でイケメン王子の動画を眺めては、ああだこうだと雑談を交わす。

するると、それまで黙って食事を取っていた末娘が、改まった態度で呟いた。

「エルザよ、祖母よ、二人ノ活躍ばかり家族の間デ話題に上ガっており大変ズルい。ここは平等に末娘ノ近況についても語らイ合って欲シイ。不登校となった子供ノ心のケアは、家族にとってモ重要なものダと人類は多数記シテいる」

「ご、ごめんなさい。えっと、ジュウニシキはどういったことをしているのかしら？」

「そうは言ってもお主、投稿先のアカウントを隠しておるじゃないの。話のネタになる動画が手元にないのに、どうやって語らい合えばいいのじゃ？　いくらなんでも無茶振り過ぎるじゃろ」

「ぐぬヌヌぬ」

夕食の時間は、そんな感じで過ぎていった。

ＰＶバトルに参加する上で、いい刺激になったことは間違いないように思う。

＊

【お隣さん視点】


家族ごっこを終えた私とアバドンは、軽井沢の自宅に戻ってきた。

すぐに客間の収録スタジオに向かった我々は、ノートパソコンが設置された編集用のデスクを前にして、作戦会議と相成った。どのような会議かといえば、ＰＶバトルを勝ち抜いていく為の会議だ。

『段々と再生数が減ってきているのが気になるねぃ』

「新規の視聴者が入ってきていない為でしょう。この手のコンテンツは常に流入がない限り、アクセスは回を重ねるごとに減っていくのが自然な流れです。故に誰もが必死になって宣伝活動にいそしんでいる訳ですが」

『だけど、コメントだけは入っているよね？』

「その点については、私も如何ともしがたいものを感じています」

我々の動画に対するPV数とコメントはこんな感じだ。

120回、7件。

101回、6件。

86回、5件。

80回、6件。

77回、4件。

59回、4件。

41回、12件。

最新の動画にやたらとコメントが付いている。

投稿者のアカウントを確認したところ、最初に我々のチャンネルを発見、話題にしていたグループのメンバーであった。

曰く、〝一日に三回も更新とか、どんだけ暇なんだよwww〟〝絶対にニートだろ、こいつ〟〝完全に名前負けしてるよね、花野美咲ちゃん〟〝花とか咲く前に根っこから枯れているんですけど〟〝隠しきれない陰キャの気配に草生える〟

〝相変わらず見栄えのクオリティがヤバい〟〝今更だけど動画の編集も無駄に凝ってるよな〟〝このレベルのガワって個人でどうにかなるものなの？〟〝どこからかパクってきたんじゃね？〟〝だとしても、モーションの方は無理があるだろ〟

またも彼らの間で我々の動画が話題に上がったのだろう。

そして、コメント欄にやってきた、と。

もはや動画の存在はさておいて、彼らの交流の場となっていやしないか。

また、彼らのコメントを目の当たりにして倫理観が緩んだのか、無関係と思しきユーザーからも否定的なコメントがちらほらと見られる。というか、依然として肯定的な意見が一つも見られやしない。

なんたる仕打ち。

こうなると健全な活動は困難のように思える。

完全に彼らの遊び道具となってしまった。

このままではいけない。

そう強く感じる。

現在のスタイルで続けて、打ち上っている光景がまるで見えてこない。二人静とブロンド女の活躍っぷりや、化粧女の余裕を目にしたことで焦燥を覚えている、というのもある。一方的に罵倒されるばかりな状況も業腹だ。

　そこで私は腹を括ることにした。

「アバドン、決めました」

『何を決めたんだい？』

「花野美咲は本日をもって引退とします」

『動画投稿を止めてしまうのかい？』

「いいえ、そうではありません」

『どういうことだい？』

「こうなったら先方が指摘している通りのものを提案しようではありませんか」

　やり方を変えるのであれば、早い方がいい。

　時間が経てば経つほど、大きな舵取りには労力を要するようになるだろう。今の段階であれば、まだやり直しは利くはずだ。いいや、むしろチャンスと称してもいい。こうして投稿されるアンチのコメントだって、利用可能なのではなかろうか。

『度重なるコメントで心が挫けたかな？』

「見ず知らずの相手からどれだけ罵られたところで、そう易々と挫けるような繊細な心は持っていません。飢えからそこいらの雑草を食んで生きてきたことを思えば、この程度の悪意は誤差のようなものです」

『発言に説得力があるのは好ましいけど、言っていて自分で悲しくならないかい？』

「アバドンも常日頃から、私のことを陰キャ呼ばわりしていたではありませんか」

『え？　あ、うん。……なんだろう、君が傷ついていたようなら、僕も謝ろうかな？』

「急に殊勝な態度を取らないで下さい。気持ちが悪いです」

『だったらなんだって言うんだい』

　シュンとしたかと思えば、プンプンとし始めるアバドン。

　恐らく後者は照れ隠しだろう。

　珍しい反応もあったものだ。

　そんな彼を尻目に、私はノートパソコンに向き直る。

　今度は我々から先方に仕掛けるのだ。

　それくらいの気概で挑まなければ、きっと今以上のPVは得られない。

「周囲から具体的に指摘を受けているのです、ならば大人しく寄り添いましょう。世間の潮流に乗ってこそのマーケティングです。前に図書館で読んだ本にも、そのようなことが書いてありました」

アンチの玩具（おもちゃ）で終わってなるものか。

目にもの見せてくれる。

「私には花野美咲など過ぎた名前でした」

『それはあれかい？　別人格で再スタート、っていうことなのかな？』

「ええ、そういうことです」

差し当って、呼称はどうしよう。

意識を巡らせたところ、自然とその名前が思い浮かんだ。

「今後は、枯木落葉（かれきおちば）、とでも名乗るとしましょう」

即興で考えた割には、なかなか悪くない気がする。

花が咲く前に枯れてしまった感じが前面に出ている。

『前の名前と違って、すんなりと出てきたね！』

「何が言いたいのですか？　アバドン」

『他意はないよ！』

言われなくても重々承知している。

私は根っからの陰キャなのだ。

それを隠して陽キャを演じようなどと考えたのが、そもそもの間違いなのである。そういうのはプロの役者の仕事だ。素人にはできっこない。それでも何かを演じられるとすれば、自らを切り売りするような役柄。

「立体モデルもこのままという訳にはいきませんね」

『デザインを変えるのかい？』

「もしも妹の助力を得られるようなら、調整を行いたいと考えています」

ノートパソコンの画面上に花野美咲を呼び出す。

そして、私は虚空に向かい問いかけた。

「すみません、モデルの修正を行いたいのですが、協力を願えませんか？」

すると、こちらの声に応じて花野美咲のモデルが動いた。

両腕を頭上に掲げて丸の字。

協力してくれる、ということなのだろう。

そういうことならば、この場は彼女の厚意に甘えさせてもらうとしよう。今しがたまでアバドンと交わしていた会話も、マイク越しに聞いていると思われる。大まかな方向性はロボット娘にも伝わっていることだろう。

「ありがとうございます。では早速ですが……」

ベースのデザインは変わりない。

ただ、各所を調整していく。

それはたとえば意気揚々と臨んだ高校デビュー。空回りの末に失敗して、クラスメイトから爪弾き。陽キャになり損ねた陰キャのように。当初は磨きに磨いていたメッキが剥がれて、痛々しい黒歴史だけが残ってしまった成れの果て。

あぁ、そうだ。

せっかくなのでキャラクターの背景も、そのように変更してしまう。

「……ええ、そうですね。前髪はもう少し長めでお願いします。目元が隠れるくらいがいいかと思います。表情も前との落差が分かるように陰鬱な感じだと嬉しいです。それと背中の可動部について相談なのですが、猫背にしたときに……」

『あぁ、花野さんが無残な姿になっていくよぅ』

「アバドン、失敬なことを言わないで下さい。これが市場の求めているものです」

私の口頭での提案を反映する形で、花野美咲が徐々に姿を変えていく。

機械生命体の超科学は素晴らしいもので、こちらの拙い説明を的確に掬い取り、立体モデルを調整していく。日頃からネット上の情報を収集して、人類の文化の理解に努めているからこその仕事だろう。

「元のままだと、頭髪の色が明るいですね。染めていた髪色を元の黒髪に戻した、という設定ではどうでしょうか。理髪店へ足を運ぶことも億劫となり、各所が不自然に伸びている、といった設定も悪くないように思います」

なんだろう、眺めていて愛着を覚える。

とてもシックリとくる。

モデルの調整の過程で、花野美咲に感じていた違和感が払拭されていく感覚。

そうしてしばらくやり取りを続けた辺りでのこと。

「かなりいい感じになってきましたね。あとは花を模したアクセサリーについて相談があります。せっかく付けてもらったところ大変申し訳ありませんが、こちらはすべて取り払っていただけませんで……」

私の発言に対して——

『姉よ、妹ハ作業を行ってイて、少シ辛（つら）い』

　スピーカーからロボット娘の声が聞こえてきた。

　普段から耳にしている彼女の声色だ。

「すみません。貴方の負担も考えずに、色々と注文を付けてしまいました」

『そうデはなイ、姉よ』

「でしたら、どういうことでしょうか？」

『姉のネガティブな感情ハ、不登校児ノ心にくるものガある。もう少シ前向きに頑張ってもイイのではないかト提案したい。まタ、この立体モデルに罪はナイ。どうカ末永く可愛がってもラえたら嬉シイ』

　機械生命体は嘘を吐（つ）かない。

　本当に辛いと感じているのだろう。

　いやしかし、自分はそんなにネガティブな感情を露（あら）わにしていただろうか。普通に立体モデルへ改修の注文を入れていただけなのに。ついつい気が乗って脱陽キャに励んでしまった事実は否定できないが。

　いずれにせよ、先方が抱いている感情は本物だ。

「申し訳ありません。貴方の仕事がとても素晴らしいものであった為、仕事に熱が入ってしまいました。指摘を受けた点は改めますので、どうか最後まで付き合ってはもらえませんか？　改修した立体モデルも大切に利用させて頂きます」

『機械生命体ノ仕事を高く評価シテくれていることにハ喜びを覚えル。承知した、こノまま立体モデルの改修ヲ進める。花ヲ模したアクセサリーなどについてモ、既存のモデルから撤去スル』

『僕の相棒が迷惑をかけてしまい申し訳ない。あとでしっかり言い聞かせておくよ』

『兄よ、傷心ノ妹を気遣ってくレたこトに感謝する』

　本当に申し訳なさそうにしているアバドンの姿を眺めて、少しだけ反省する。

　私はそこまでの陰キャであったか。

　そんな感じで小一時間ほどかけて、花野美咲は枯木落葉に生まれ変わった。

　一仕事終えたロボット娘は、姉よ、どうか早まるような真似は控えて欲しい、などと言い残して、その気配をスピーカーから消していった。まさか彼女に心配されるとは夢にも思わず、上手く返事ができなかった。

「アバドン、せっかく妹が頑張ってくれたのですから、本日中にも新作の動画を撮影しようと思います。まずは花野美咲と同じく、自己紹介です。モデルを入れ替えるのですから、しっかりと要所を押さえていきましょう」

『君がそれでいいのなら、僕はもう何も言わないよ。黙って協力するばかりさ』

立体モデルの改修での勢いをそのままに、私とアバドンは動画の撮影を開始。

花野美咲を演じたときと比べて、圧倒的にやり易い。

『はじめまして、枯木落葉と申します。花野美咲を求めて来て下さった方にはすみません。彼女は高校デビューに失敗してしまい、陰キャに堕ちました。それでも花野は社会に居場所を求めて、前向きに努力することを決めました』

モデルのビジュアルが陰キャなので、意図して明るい声を出すこともない。

花野美咲の撮影と比較して、これが想像していた以上に快適である。

『いつか本物の陽キャになる日を夢見て、花野美咲改め、枯木落葉は活動していきたいと思います。差し当たり花野が当初口にしていた嘘八百、なんら興味のない価値観をこの場で是正させて頂けたらと考えています。まずは趣味についてですが……』

ほぼ一発で自己紹介の動画を撮り終えることができた。

当然ながら、立体モデルのプロフィールも新しいモノに差し替えだ。

枯木落葉、十六歳。

現役女子高生。

趣味は読書とネットサーフィン、それに自宅の庭で行っている家庭菜園。好きなものは静かな場所、自分で育てた野菜やキノコ、食べられる野草。嫌いなものは人混み、賑やかな教室、体育の授業。将来の夢は海のある県に移住して自給自足の暮らしを営むこと。

非常にシックリとくる。

愛着すら覚える。

中身を演じるに当たって、彼女のことを大切にできそうな気がする。

『見た目も含めて、花野美咲と共通点があるのは、同一人物という設定なのかな？』

「そうですね。ある種のヒストリーとして、彼女の存在も利用できないかと考えています。いつか枯木落葉が花野美咲として返り咲く、そういった分かりやすいゴールがあった方が、ユーザーも視聴に目的意識を見出せるのではないかなと」

『趣味嗜好はまるで逆転してしまったようだけれどね！』

「事前にそう説明したではありませんか」

『もう少しキャッチーかつ、末妹のメンタルに優しいフレーズはないかな？』

「学校では休み時間も自席で本を読んでいそうなタイプ、とかでしょうか？」

『君の自己紹介かな？』

「…………」

この悪魔はもう放っておこう。

私は完成した動画を投稿サイトにアップロードして、ノートパソコンを閉じた。

やるべきことはやったので、今日はもう眠ってしまおう。

デスクチェアから腰を上げると、皮肉屋の相棒に構うことなく客間を後にする。

『どこに行くんだい？』

「お風呂です」

『投稿した動画は見ていなくていいのかい？』

間髪を容れずふわりと空中に舞い上がり、後ろから付いてくるアバドン。

私の入浴中はいつも脱衣所で待機している彼だ。一緒に入ったらどうかと提案したことがある。相手を務めてもいいけれど、それにはご褒美が必要かなぁ？　などと不遜な文句が返ってきたので、以降は控えている。多分、彼なりの気遣いだろう。

今のところ臭ってくるようなこともないので、差し支えはないように思う。

「それは明日改めて確認します」

『また悶々として、夜眠れなくならないかい？』

「明日も学校があります。形だけでも横になっていないと授業が辛いのですよ」

手早く入浴を済ませて寝室でベッドに入る。

するとどうしたことか。

自分がやりたいように好き勝手にやったからなのか、ただ単純に疲弊していたからなのか。理由は定かでないけれど、その日は床に就くや否や、すぐに微睡（まどろみ）がやってきた。気づけばストンと寝入っていた。

姉の我儘(わがまま)に付き合ってくれた妹には、改めて感謝を送りたいと思う。

＊

【お隣さん視点】

翌日、私はパジャマ姿のまま、朝イチで客間に足を運んだ。

ロボット娘の手により収録スタジオと化した同所で、編集用のノートパソコンが設置されたデスクに向かう。ディスプレイに映し出されているのは、昨晩にも投稿したばかりの動画。枯木落葉の陰鬱とした自己紹介。

映像の下部には、動画が再生された回数が表示されている。

その数なんと、五万三千十二回。

一目見て声を上げていた。

「やりましたよ、アバドン。狙いが当たりました」

『こんな急に跳ねたりするものなんだねぃ』

嬉しくないと言えば、嘘になるだろう。

数ヶ月にわたる問答の末、おじさんのソーシャルメディアのアカウントを特定したときと比べたら劣る。けれど、給食の残り物じゃんけんで勝利して、デザートのプリンを手にした時と同じくらい、嬉しいかもしれない。

いいや、それは言い過ぎか。

衣食住に恵まれた今だからこそ、そんな舐(な)めたことを考えられるのだ。

けれど、それでも私は喜びを感じている。

『おやおや？　珍しく素直な表情をしているじゃないかい』

「……そうでしょうか？」

アバドンは使徒の内心を見透かしたかのように語る。

これに構わず、私はノートパソコンを操作。

コメント欄を確認してみる。

すると結構な割合で、花野美咲に対する言及が見られた。これまでの経緯を把握した上で、枯木落葉というキャラクターを評価している。結果として得られた五万三千十二回、という数字なのだろう。

〝うちのクラスにも花野さんみたいな頭がお花畑の子いたわ〟〝ぶっちゃけ、枯木さんの方が好みなんだけど〟

〝花野さんからの落差がヤバい〟〝陰キャの解像度がやたらと高いの辛い〟〝花野さんの頑張ってた感が、ここへ来て伏線回収されましたな〟〝これで伏線じゃなかったら、中の人たち痛すぎるでしょ〟

ふと気になって枯木落葉の名前を検索エンジンに入れてみる。

すると、匿名掲示板で我々のチャンネルが話題に上げられていた。Ｖチューバー関連のテーマを扱っている場所に、我々のチャンネルを冷やかすようなスレッドが立てられているのを確認した。これに結構な数のレスが付いている。

時を同じくして、ソーシャルメディアでも言及されていた。トレンドに乗っかるほどではない。しかし、界隈のアーリーアダプターと思しきアカウントによって、動画ページへのリンクが拡散されていた。

そうした流れを受けてだろう。Ｖチューバー界隈の情報を扱っているまとめブログに、一連の出来事をまとめた記事が掲載されていた。陰キャＶチューバーさん、陽キャの３Ｄモデルを扱いきれなくなってガワを取り替える、とのこと。

視聴者の流入元はこの辺りで間違いなさそうだ。

『忌憚のない意見が並んでいるねぇ』

「ＰＶはＰＶです。甘んじて受け入れましょう」

ノートパソコンの画面を覗き込んだアバドンからも皮肉が漏れる。

動画のコメント欄には、当初から花野美咲を追っていたアンチグループも見られた。

〝中の人じゃなくてガワを変えてリスタートとかどんだけ〟〝この短期間でモデルを作り直すとか、技術力ヤバくね？〟〝陰キャボイスがよく馴染むｗｗｗ〟〝絶対にこっちのガワのが合ってるよな〟〝あまりにも自然に聞こえる件〟

この際だ、祝いの言葉として受け取っておこう。

こういった輩は何を言ったところで話を聞いてはくれない。確実に止めるなら訴訟でも起こさなければ無理だ。未成年の私にはそんなことはできないし、裁判になれば身元を明かさなければならない。デスゲーム参加者にとっては致命的だ。

一方的に叩かれている状況は苛立たしいが、放置する他にない。

『昨晩までゼロだったここの数字も、いつの間にか凄い数になっているよ?』

「あぁ、チャンネル登録者数ですね」

ノートパソコンのディスプレイ、その一部を指差したアバドンが言う。

昨日までゼロであった登録者数は、なんと千件近くまで伸びている。

「動画の再生数に対して、かなりの割合で登録が入っているように思います。ネット上の情報を鵜呑(うの)みにするのであれば、千件の登録者を得るには、本来ならトータルで十万から二十万程度の再生数が必要であった筈です」

『それだけ君のお喋りが世間から評価された、ということかな?』

「コメント欄を確認した限り、評価のベースにあるのは妹が作成した3Dモデルの品質や、機材の優位性からくるモーションの滑らかさでしょう。他の人間が中に入っていたのなら、花野美咲の時点で、ある程度の評価を受けていたことと思います」

『またまた謙遜しちゃって。柄にもなく照れているのかい?』

相変わらず軽口を叩くことに余念のない悪魔だ。

照れたら悪いのだろうか。このような経験、生まれて初めてなのだから仕方がないではないか。なんだかふわふわとした気分に包まれている。ノートパソコンに映し出された情報が、別世界の出来事のよう。

私は話題を変えるように言う。

「というか、収益化の条件を達成してしまいましたね」

『サイトで動画を公開した対価として、金銭が得られるんだっけ?』

「ええ、その通りです。我々には縁のない話かと思っていましたが」

こういった場でまとまったお金を稼げるようになれば、二人静の世話になる機会も減らすことができる。保護者の承諾や銀行口座の開設など、ハードルはいくつかあると思うけれど、検討することには価値があるように思えた。

上手くいけば今の住まいを脱して、おじさんの新居の隣に引っ越すことだって夢ではないような気がしてきた。そういえば、彼は現在どこに住んでいるのだろう。前に聞いたときは、炎上したアパート近くのホテルに避難していると言っていた。

『それはとても魅力的だね！　家主に迷惑をかける機会もグッと減りそうだよ』

「そうですね、私もそのように思います」

二人静が企画した催し以外にも、動画を投稿するモチベーションが生まれた。

ロボット娘の言葉ではないが、当面は前向きに頑張ってみようか。

ＰＶバトルとやらが終えられてからも、活動を続けてはいけないというルールはない。もし仮に動画の投稿が軌道に乗って、継続的な収益が見込めそうになったのなら、収益化について家主に相談してみよう。

『それにしても、世の中にはいろいろな需要があるんだなぁ』

まとめサイトに貼り付けられた動画、枯木落葉の自己紹介を眺めてアバドンが言う。

それには私も同意だ。

個人的には花野美咲の方が、遥かに勝ち筋を得ていたように思う。敢えて王道とは逆を行くのも鉄板ではあるけれど、こうして生まれた新キャラは如何せん、ネガティブな方向に振り切れている。

それだけ市場が飽和して、視聴者がコンテンツに飽きているということなのか。

まぁ、それは今後も投稿を続けていくことで、追々見えてくるだろう。自分たちの商品の価値を生産者が理解していない、といったケースは少なくないらしい。前に図書室で読んだ本に、そのようなことが書いてあった。

「我々はこの調子で、ニッチな需要を確実に拾い上げていきたいところですね。今回のＰＶ増を一時的なものとしない為にも、次の動画を頑張りましょう。差し当たって、学校では主に脚本の作業を進めたいと思います」

『個人的には、学業を疎かにして欲しくはないんだけどな！』

ＰＶバトルの決着までにも、まだ十日以上ある。

優勝を目指す、というのも悪くないのではなかろうか。なんたって優勝者にはご褒美が待っている。

堕ちるのであれば、私はおじさんと一緒にどこまでも堕ちていきたい。

〈Vチューバー　二〉

二人静氏によりPVバトルの開催が宣言されてから、四日が経過した。

平日は朝から、未確認飛行物体の内部に設けられた和住宅に赴いての家族ごっこ。教員生活で繰り返された早寝早起きは既に過去のもの。生活サイクルは元に戻り、業務時間にありながら気ままな時間を過ごしている。

しかし、自由な時間こそあっても、動画の撮影は儘ならない。

音楽関係の動画は諦めた。

初日以降、何本か投稿してみたものの、PV数はよくて二桁。大半は一桁となり、ほとんど視聴されていない。このまま続けても先が見えてしまった為、新たな方針を検討せざるを得ない状況に追い詰められた。

週明け、月曜日からはゲーム実況にも挑戦してみた。

残念ながらこちらも失敗。

いい年した中年男性が、ボソボソと独り言を呟きながら、大して上手くもないゲームを披露する。そこに需要などまったくなかった。こちらは音楽系にも増して反応を得られなかった。というよりも自分以外、誰も見ていなかった。

動画は今朝にも削除した。

今は、屋外に出向いてネタを探している。

スマホを片手に軽井沢の別荘地を歩く。

とても清々しい気持ちになれる。

現場は二人静氏の別荘の近所。

標高の割に積雪の少ない軽井沢は、今の季節でも普通に歩き回れる。雪が降ると十数センチほど積もり、それが数日残るような感じ。雪が見られない日も決して少なくないように思う。最高気温も暖かな日は十℃近くまで上昇する。

午後の昼下がり。風もほとんど吹いていない林道を、木々の合間から差し込む陽光を浴びながら歩く。ジッとしていると寒いけれど、日差しの下を歩いていると、適度に身体が温まって心地良い。

これがなかなかの贅沢。

以前の勤務先にいたら、絶対に叶わなかった行いだと思う。

『最近はこうして貴様と過ごす時間が減ったように思う』

「異世界へ向かう頻度が減っているからね」

肩の上には星の賢者様。

未確認飛行物体との間の移動は、彼の魔法のお世話になっている。

『こちらでも慌ただしくあったように思うが、当面はゆっくりできるのだろうか？』

「二人静さんの催しが一段落するまでは、ゆっくりできるんじゃないかな？　上司からも承諾は得ているし、急に何か問題でも起こらない限り、他の仕事にアサインされるようなことはないと思うよ」

『そうか、ならよかった』

「何か気になることがあったり？」

『こちらの世界では、我ばかりゆっくり過ごしている。貴様には一方的に負担を強いてしまっている。それを申し訳なく感じていた。かと言って、こちらの世界では我が手伝えることも限られている』

「ピーちゃん……」

なんて飼い主思いなペットだろう。

そんなことを言われたら、心がキュンとしてしまうじゃないの。

「いやいや、ピーちゃんにはこっちでもお世話になってばかりだよ」

『貴様が働いている間、我はスローライフを味わいつつある』

「これまで頑張ってきた分のご褒美だと思えば、それもアリじゃないかな？」

『だとしても、貴様から与えられるのは違うと思うのだが』

「それに今はこうして、僕もゆっくりとさせてもらっている訳だし」

こうして彼と他愛(たあいな)無い雑談を交わしながらする散歩は、控えめに申し上げて癒やしの極み。うだつの上がらない動画投稿サイトでの進捗も忘れそう。まぁ、別に最下位でもいっか、などと考えてしまう程度には、心がゆるゆるになっている。

そうして散策すること小一時間。

結局、動画のネタは得られなかった。

それでもピーちゃんとお喋(しゃべ)りをしながらの散歩で、気分は晴れたように思う。

往路と同様、復路も彼の魔法のお世話になり、和住宅の居室に戻る。

畳敷きの室内には、中程に小さなちゃぶ台。

その上にヒンジの閉じたノートパソコンを眺めて、さてやるかと気合いを入れる。最下位は免れないように思うけれど、最低限は努力をしておこうかと意識を改める。なんたって業務として参加しているＰＶバトルであるからして。

すると、我々が部屋に戻ってから間もなく、出入り口の襖(ふすま)が外からノックされた。

遠慮がちにトントンと音が響く。

直後には聞き慣れた声が届けられた。

「おじさん、こちらにいらっしゃいますか？」

「あ、はい。どうぞ入って下さい」

廊下から姿を現したのは、お隣さんとアバドン少年。

後者はプカプカと空中に浮かび、前者のすぐ後ろに付き従っている。

「お忙しいところ、急に押しかけてしまってすみません」

「暇にしていたから大丈夫だよ。僕に何か用かな？」

座布団から立ち上がって二人の下に向かう。

襖のレール越しに顔を合わせる位置関係。

お隣さんは改まった態度でこれに応じた。

「一方的に申し訳ないのですが、おじさんにお願いしたいことがあるのです」

「何かな？　僕にできることであれば、何でもお手伝いさせてもらうけれど」

「本当ですか？　でしたら、あの……」

彼女の口から続けられたのは、完全に想定外の頼みごとだった。

*

【お隣さん視点】

枯木落葉(かれきおちば)に味を占めた私とアバドンは、すぐさま次回作に向けて動き出した。

とは言っても、平日は学校で授業がある。

学校を休む、という選択肢も脳裏には浮かんだ。しかし、二人静の厚意から通わせてもらっている手前、ズル休みをするような真似(まね)は憚(はばか)られた。恐らくだけれど、おじさんも決していい顔はしないだろう。

日中は暇な授業中や休み時間を利用して脚本を考えるに控える。

やがて訪れた放課後、逸る気持ちを抑えながら、帰路を急ぐ。

送迎を担当してくれている運転手の老紳士からは、何かいいことがあったようですね、などとコメントを頂戴した。普段と変わりなく振る舞っていたつもりなのに、顔に出ていただろうか。分からない。

別荘に戻ったのなら、着替えの時間ももどかしく、制服のまま客間に向かった。

編集用のデスクに着いてノートパソコンを起動。

すると、メールの受信通知が表示された。

『おや？　お便りが来ているよ！　誰からかな？』

「どうせ迷惑メールか何かでしょう」

なにかと目聡い悪魔も気づいたようだ。

ポップアップはすぐに消えてしまう。

アバドンに促されるがまま、通知のアイコンをクリックして一覧を呼び出す。連絡の入ったアドレスは動画投稿サイトのアカウント開設に利用したものであり、第三者に向けて連絡先として、チャンネル上でも公開している。

通知一覧の最上段にメール受信のお知らせが入っていた。

差出人は――

「異世界プロダクション株式会社、ですか」

『知り合いかい？』

「そんなまさか」

件名には、枯木落葉様の動画を拝見してメールを差し上げました、とある。

アンチたちの悪戯だろうか。

それとも迷惑メールか。

クリックするとメーラーが起動して、メッセージ本文が表示された。

枯木落葉さま

突然のご連絡を申し訳ありません。

異世界プロダクション株式会社の久我と申します。

花野さまや枯木さまの公開された動画を拝見して、こちらのメールを差し上げました。

僕らはバーチャルリアリティを利用したエンタテイン

メントを事業ドメインとしておりまして、今後とも事業の拡大を予定しております。

そこで先日、皆さまの配信されている映像に感銘を受けた次第にございます。

急なご提案となってしまい大変恐縮ではございますが、もしよろしければお会いしてお話をさせていただくことはできませんでしょうか。

皆さまのご都合のよろしいお時間、場所までお伺いさせていただけたらと存じます。

ご検討のほど、どうか何卒（なにとぞ）よろしくお願いいたします。


『これはもしかして、スカウトっていうやつじゃないかい？』

「それにしては文言が回りくどいように思いますが」

『君たちの生まれ故郷は、この手の言い回しが昔からの文化だろう？』

検索サイトを利用して、異世界プロダクション株式会社とやらを検索する。

正体はすぐに判明した。

自身も動画を撮影するのに当たり参考にしていた大手Vチューバーグループの運営元だった。異世プロ、とかいうグループ名の方は知っていた。広告塔として実社会でもロゴを目にする機会がある。けれど、運営元の企業名までは把握していなかった。

「たしかに連絡をくれたのは大手グループの運営企業のようですね」

『スカウト以外に理由が考えられるのかい？』

「そのように言われてしまうと、ぐぅの音も出ない訳ですが」

一瞬、詐欺メールかとも疑った。

しかしながら、送信元のメールアドレスは、検索サイトで引っかかった運営企業のドメインと同一のもの。メール本文に名前のあった久我さんとやらも、企業名と合わせて検索を行うと、ネット上に名前が見られた。

メールは本物で間違いない。

「わかりました。もし仮にスカウトだったとして考えましょう」

検討すべきは、この久我という人物と会って話をするべきなのか否か。

ＰＶバトルで勝利する為、という意味合いでは確実性に欠ける。何故ならばＰＶの集計期間は、現時点で二週間と区切られている。先方とやり取りを交わしている内に、期日を迎えてしまうことも考えられる。

　しかし、中長期的に収入を得る為とあらば、これ以上ない判断のように思う。スカウトを受けるにせよ、断るにせよ、その分野で成功している人たちの話を聞く、又とない機会だ。こちらから足を運ぶ価値はある。

「私としては、受けてもいいように思います」

『人見知りの君にしては珍しい判断だね！』

「我々に得があるようなら、一歩を踏み出すことも吝かではありません」

　問題は、私が子供だということ。

　中学一年生なんて、小学生と大差ない。

まともに取り合ってもらえるとは思えない。

花野美咲や枯木落葉の立体モデルについても、出処を問われたら困ってしまう。自分で制作しましたと伝えて、どこまで信じてもらえるだろうか。モーションの機材もプロ顔負けの設備を利用している。

　当然ながら、機械生命体の存在を表に出すような真似はできない。

その秘匿はおじさんの職務にもかかわってくる。

絶対に厳守すべきである。

『その為には頑張って勉強をして、沢山ご飯を食べて、しっかりとした大人にならないと！』

「使徒が育つのを悠長に待っていたら、我々は二人静に捨てられてしまいますよ」

　こちらの心中を察したのか、即座に軽口を叩いてくるアバドン。

　なんて悪魔らしくない物言いか。

『だったらお断りするのかい？』

「他に選択肢はないように思います」

『こういう状況でこそ、家族を頼ってみたらどうかな？』

　彼の言う家族とは、家族ごっこのメンバーを指してのことだろう。ただし、メンバーの内、七名中五名が見た目子供、一名が文鳥。対外的に大人といえるのは、おじさんのみ。実質的には彼を頼るのに等しい。

「おじさんに迷惑をかけるような真似はできません」

『だけど、収益化とやらを目指すのなら、結局は保護者の協力が必要だよね？』

「…………」

痛いところを突いてくる。

　動画投稿の収益化を前提とするのなら、遅かれ早かれ、おじさんや二人静には相談することになる。だとすれば、このタイミングで事情を説明するというのは、理に適っているようにも思う。

　けれど、おじさんも自身の動画で忙しくしている。

　昨日も進捗を尋ねたところ、苦笑いを浮かべていた。

　そのような状況で、我々の都合から迷惑をかけるのは気が引けた。

　同時にふと思い立つ。これを言い訳にしておじさんの時間を占有。ＰＶバトルで彼を最下位に貶めた上、我々は外部企業の協力を得て優勝。晴れて私は彼になんでも好きなことを頼み込む権利を得る。

　企業の意向次第ではあるが、可能性はゼロではない。

『あぁ、また悪いことを考えている顔になった』

「そんなことはありませんよ？　相棒の意見を真面目に検討していたのです」

　おじさんに苦労を掛けるのは心苦しい。

　けれど、それと同じくらい、私はおじさんが欲しい。

　それに何もスカウトだと決まった訳ではない。

「そうですね。相談、してみましょうか」

『すぐに向かうのかい？』

「ええ、放課後は家族ごっこの時間ですから」

　アバドンも二人静に貸しを作ってばかりの現状をよく思っていないのだろう。

　意見が一致したところで自宅を出発する。

　移動はいつも通り、ロボット娘が呼び寄せた円盤状の末端だ。

　これに乗り込んで軽井沢の別荘地から、未確認飛行物体に向かった。

　玄関から家族ごっこの舞台となる和住宅に入り込むと、鼻先にいい匂いが漂ってくる。合わせて台所の方から、ブロンド娘とイケメン王子の声が聞こえてきた。恐らく夕食の支度をしているのだろう。

　ＰＶバトルの開始以来、食事の支度は彼女たちが買って出てくれた。動画の投稿で忙しくしている我々を気遣ってのこと。新顔の王子様としても、手持無沙汰のまま穀潰しとして過ごすことに抵抗があるように見える。

　おかげで我々は動画の作成に専念できている。

『今晩の夕食は何だろう？　ここ最近はしっかりと食事

が頂けて幸せだねぃ』

「アバドンはどうして我々の食事に手を付けないのですか？　引っ越し以前はまだしも、昨今なら貴方の分を確保する余裕もあると思うのですが」

『前にも言っただろう？　天使や悪魔は食事を取る必要がないのさ』

「だとしても、食べることができない、という訳ではないのですよね？　本来の姿に戻ったときの悪食っぷりを、私はこれまで幾度となく目の当たりにしています」

『必要がないのなら、わざわざ彼らの手間を増やす必要はないだろう？』

「それはそうですが」

普段なら居間へ向かうところ、私とアバドンはおじさんの部屋に足を運んだ。

歩くとたまにギシギシと鳴る廊下。

これを過ぎて、目当てとなる部屋の前に立つ。

ピタリと閉じられた襖を軽くノックする。

「おじさん、こちらにいらっしゃいますか？」

「あ、はい。どうぞ入って下さい」

室内からはすぐに返事があった。

促されるがままに襖の引手に手をかける。

二人静によって蝋の塗られたレールは、当初のガタつきが嘘のように、すんなりと戸口を横にスライドさせた。

室内では座布団から腰を上げたおじさんが、廊下に立った我々の下にやってきてくれる。

「お忙しいところ、急に押しかけてしまってすみません」

「暇にしていたから大丈夫だよ。僕に何か用かな？」

「一方的に申し訳ないのですが、おじさんにお願いしたいことがあるのです」

「何かな？　僕にできることであれば、何でもお手伝いさせてもらうけれど」

「本当ですか？　でしたら、あの、今から少しお時間を頂いてもいいでしょうか？」

「うん、いいよ。居間に行こうか？」

「できることなら、他の方の耳に入らないようにできると嬉しいのですが」

『我は外していた方がいいだろうか？』

「あ、いえ、大丈夫です」

「だったら部屋に入ってもらってもいいかな？」

「は、はい……」

部屋に一歩を踏み入れてから思った。

家族ごっこの舞台での出来事とはいえ、これは記念すべきこと。

なんと私は生まれて初めて、彼の自室に招き入れられたのである。

＊

お隣さんとアバドン少年を自室に招いて話を聞くことになった。

そこで知らされたのは、お隣さんのVチューバー活動。しかも既に企業からスカウトまで受けているというから驚いた。

家族ごっこの団欒では連日、ＰＶバトルが話題に上っている。彼女からも既に何本か動画を投稿しているとの話を聞いていた。けれど、Vチューバーに化けているとは思わない。お隣さんにそのような特技があったとは。

「なるほど、それで先方とのやり取りに大人の手が必要になったと」

「急にやって来て、いきなりな相談をしてしまい申し訳ありません」

「いいや、別にそれくらい全然構わないよ」

機材などは十二式さんが提供しているそうな。きっとエルザ様との会話に利用している翻訳ツールなどと同様、月やどこか別の星々で製造したものだろう。その圧倒的な性能を思えば、彼女たちの活躍も窺い知れる。

「よろしいのでしょうか？」

「そのメールっていうの、見せてもらってもいいかな？」

「はい、こちらです」

お隣さんは素直に頷いて、制服のスカートのポケットから端末を取り出す。

画面を操作していたのは束の間のこと。

居室の中程に配置されたちゃぶ台。これを挟んで座布団に座した向かい合わせの我々の間、卓上に端末がスッと差し出される。既にメールアプリが起動しており、画面にはメッセージ本文が表示されていた。

彼女には申し訳ないけれど、詐欺やスパムの類いを疑っていた。

しかし、こうして眺めた限り、真っ当なお誘いである。企業名やドメインには自身も覚えがあった。

「担当者の方も会社名と合わせて確認したところ、ネット上に名前が見られました。恐らくは本物かなと思うのですが、もしも見当違いなことを言っていましたら、ご指摘を頂けると嬉しいです」

「ううん、お隣さんの言う通り、本物のお誘いだと思うよ」

「ただ、それにしては文面が回りくどいような気がしています」

「立て続けに申し訳ないけど、投稿した動画を確認させてもらってもいいかな？」

「あ、えっと、その……こ、こちらです……」

彼女はちゃぶ台の上の端末に指先を伸ばすと、メールアプリに代えて別のアプリを表に引っ張ってきた。我々が利用している動画投稿サイトの専用アプリだ。スマホを手にして間もないのに、既に使いこなしているの凄い。

画面には彼女のチャンネルと思しきページトップが表示されている。メールアプリと合わせて、事前に用意してきたのだろう。この手際の良さも、本当に中学一年生なのかと疑いたくなるほど。

再生ボタンが押下されるのに応じて、動画が再生され始めた。

『こんばんは、枯木落葉です。この動画では書籍を紹介したいと思います。どのような書籍かといいますと、学校の休み時間、一人で過ごす教室での時間を耐え忍ぶ、もとい彩るのに最適な書籍です。このチョイスは非常に重要なもので……』

一通り映像を確認する。

対面ではお隣さんが普段よりも緊張した様子でこれを眺めている。

『おやおや、恥ずかしいのかなぁ？』

「アバドンは黙っていてください」

彼女のすぐ背後には、例によってアバドン少年がプカプカと浮かんでいる。

お隣さんと同じように正座の姿勢を取りながら、畳から数十センチほどの位置に佇む。ちょっと斜めになっているのが可愛らしい。普段はもう少し砕けた姿勢の彼だ。頼みごとに訪れたとあって、こちらに気遣っているものと思われる。

『……今回も最後まで動画をご視聴下さりありがとうございました。次回は体育の授業で二人組を強制された場合、どのように過ごしているかを状況別に紹介したいと思います。是非ともご覧頂けたら幸いです。では、また次の動画で』

動画の再生は数分ほどで終えられた。

直後には肩に止まった文鳥殿からコメントが。

『貴様の投稿した動画とは雲泥の差であるな』

「まさに敗北感を覚えているところだよ」

「す、すみません、おじさん。ですが、それもこれも末妹の協力の賜物でして」

「声やモーションはお隣さんが当ててるんだよね？」

「はい、それはそうなのですが……」

「たしかにこれなら、他所から声がかかるようなこともあると思うよ」

「……そ、そうでしょうか？」

一通り映像を眺めて、なんとなく状況が把握できた。

お隣さんの説明通り、先方の目を引いたのは十二式さんから提供された３Ｄモデルやモーション機材で間違いないと思う。ただ、途中でモデルを修正してからのリスタートなど、脚本面も含めて見せ方もかなりパワフル。

彼女がどこまで考えていたのかは定かでない。

けれど、これなら声をかける人も出てくるように思う。少なくともリスタート後は、高価な機材を持て余しているようには見えないから。

こう言っては失礼かもだけれど、お隣さんの落ち着いた声が、枯木落葉なる調整後のビジュアルにかなり合致している。これに花野美咲なる前任者との落差が相まって、人々の興味を引いたのだろう。

知識層に濃い味と評される内容が、世間一般には魅力的と謳われることも多い。

『これは我も知っているぞ。ぶいちゅーばー、というやつであろう？』

「ええ、その通りです。我が家のペットは相変わらず物知りなのですね」

『インターネット時代の新しい表現だと、ネットの記事を読んだのだ』

恐らく先方も、お隣さんたちの活動を判断しかねているのではなかろうか。

個人でやっているのか、企業がやっているのか。

著名なクリエイターが協力しているのか。

規模や投資額はどの程度なのか。

その辺りも含めて、お隣さんたちが提案に乗ってくるか否か、メールの返事から判断しようと考えて連絡したのだと思う。結果として彼女が指摘したように、回りくどい文面になってしまったのだろう。

企業が腰を据えてやっているのなら、スカウトはお断りすること間違いないし。

「先方との顔合わせの前に確認しておきたいことがあるんだけど、いいかな?」

「はい、なんでも確認してください」

「お隣さんとしては、スカウトを受けたいのかな?」

「代理戦争に影響が出ない範囲で、という前提は付くのですが、もし可能であれば受けたいと考えています。ネット上での活動にはインセンティブが発生すると学びました。義務教育中の私には、数少ない現金を得る手立てになり得るのかなと」

二人静氏から一方的に養われている状況に、彼女も危惧を抱いているのだろう。

その気持ちは分からないでもない。

「それじゃあ、返事のメールを書いてみようか。このパソコンを使っていいから」

ちゃぶ台の上のノートパソコンを視線で示して言う。

動画の撮影をしようにも話のネタは浮かんでいない。だったら彼女たちに協力していた方が時間を有意義に使えそうだ。それに協力していく過程で、何かしら閃き(ひらめき)があるかもしれないし。

「よろしいのでしょうか? おじさんも忙しくされていると思うのですが……」

「乗り掛かった舟だし、活動が軌道に乗るまで手伝わせてもらってもいいかな?」

「あ、ありがとうございます!」

『一緒に活動している身として、僕からもお礼をさせて欲しいな』

「アバドンさんもお気になさらないで下さい。今の我々は家族なのですから」

やたらと畏(かしこ)まった態度で頭を下げるお隣さん。

その隣に並んで、アバドン少年からも感謝の言葉を受けた。

以降、ちゃぶ台を囲んで先方に向けたメール作文。

中学生のうちにビジネスメールをやり取りする機会など、普通ならあり得ない。にもかかわらず、お隣さんは当たり障りのない返事をサクッと仕上げてみせた。個人的にはVチューバー云々（うんぬん）よりも、こちらの方が驚いた。

本人の言葉に従えば、図書館でその手の本を読んだ覚えがあるとのこと。

乱読家の知識量、恐るべし。

軽くチェックをしたところで、すぐに送信。内容としては、今週もしくは来週のどこかでお話をお聞かせ願えませんでしょうか。差し支えなければ、御社までお伺いさせて頂けたらと存じます。といった感じ。

すると、返事はものの数分で返ってきた。

これには我々も驚いた。

枯木落葉さま

お早いお返事、誠にありがとうございます。

異世界プロダクションの久我です。

ご快諾を頂けましたこと大変喜ばしく感じております。

また、弊社まで足を運んで下さるとのことで、ご多忙のところ誠に恐れ入ります。

今週中でしたらいずれも時間に余裕がございます。枯木さまのご都合がよろしければ、僕は明日の午前中からであっても問題はございません。

来週でしたら月曜と火曜、金曜以外でご相談をさせて頂けますと幸いです。お時間についてはこちらも今週と同様、午前午後いずれともご対応させて下さい。

枯木さまのご都合のよろしい時間帯をご指定いただけましたら幸いです。

ご検討のほど、何卒よろしくお願いいたします。

それだけお隣さんとアバドン少年の活動に価値を見出（みいだ）しているのか。

あるいは単に暇だったのか。

いずれにせよ情熱的ではあるけれど。

「久我さん、かなりグイグイと来る人だね」

「止（や）めておいたほうがいいでしょうか？」

「いや、返事が早いのは悪いことじゃないし、会ってから決めるのもありだと思うよ。今週か来週っていうこちらの提案を否定した訳でもないからさ。文面通りに受け取るなら、かなり熱心に対応してくれているのかな？」

ただ、週の半分くらいを暇にしているというのは、若干の不安を覚えた。どのような部署の方かは知らないけれど、打ち合わせの一件くらい入っていそうなもの。閑職の方が暇潰しに声をかけてきた、という可能性も脳裏に浮かぶ。

以前の職場にも縁故採用の窓際族で、業務時間内に展示会や勉強会にばかり足を運んでいる方がいらした。上司も黙認する圧倒的な直行直帰っぷりは羨ましく思わなかったでもない。長く続けたら心が死んでしまいそうな気もするけれど。

一方で、もし仮に我々に気遣っているのなら、神対応。

文面では選択肢があるように説明しつつ、向こう十日間で選択の幅は実質三、四時間。こちらが予定の調整に苦労をせざるを得ない。というのが、自社商材の弱い中小企業のアポイントメントあるある。

その僅かな時間内で、同席が必要な関係者の予定を取るのはシンプルに地獄。本人への説明のみならず、予定の被(かぶ)った部署に連絡をして、事前の根回しをお願いしたり何をしたり、本当に辛(つら)い。駄目だった時の再調整も凄く辛い。

それと引き換え、久我さんのなんとお優しいこと。

「でしたら、明日の午前中でお願いしてもよろしいでしょうか？」

「うん、こっちは大丈夫だよ。僕も上司から急に仕事を頼まれるようなことがあるから、足を運ぶなら早い方が嬉しいかな。移動の手間はないようなものだし、時間もお隣さんの都合がいいタイミングで構わないよ」

敢(あ)えて明日でも可能とか提案している辺り、先方も早い方が嬉しいと思われる。

お隣さんがそこまで考えていたのなら、その聡明(そうめい)さには脱帽する他にない。

「返事を送らせてもらいます。また文面の添削をお願いしてもいいでしょうか？」

「お隣さんの作文であれば、僕がチェックをする必要はないと思うけど」

「いいえ、私はまだまだ子供なので、もしよろしければご確認を願いたく……」

『食い下がるねぇ』

「アバドンは黙っていて下さい」

それから一往復メールを交わしたところで、先方とは明日の午前中にお会いすることが決まった。場所は都内にある異世界プロダクション株式会社のオフィス。こちらからはお隣さんと自分、3Dモデルの中の人とマネージャーの二名で参りますと伝えた。

そして、先方とのやり取りが一段落する頃には夕食の時間である。

居間に赴いて家族ごっこのメンバーで食事を取った。

主だって話題に上がったのはPVバトルの進捗。二人静氏は本日にも二本の動画を投稿しており、こちらも一万PV近い再生数を得ているとのこと。昨日の初回投稿分と合わせて、既に三万PV以上を得ている。

星崎さんはアカウントを公開していないので、具体的なPV数こそ不明。しかし、二人静氏を相手にまるで怯んだ様子が見られない点から、大差ない再生数を得ているのではないかと思われる。

そして、これは十二式さんも同様。

更には本日、お隣さんの成功を知った。

こうなると自らの最下位は決定的だ。

競争のボーダーは数万PV。

これに交ざって競うなど到底不可能だもの。

だとすれば、自身に考えられる選択肢は一つ。お隣さんとアバドン少年に協力して、彼女たちにPVバトルで優勝してもらうのだ。そうすれば職場の同僚から妙な頼みごとをされることもない。

些か卑しい判断ではあるけれど、残る期間はそんな感じで頑張っていこう。

＊

翌日、我々は都内でも有数のオフィス街にやってきた。イケイケなIT企業が数多く見られる界隈である。

前日は軽井沢にある二人静氏の別荘でお世話になり、朝イチでお隣さんと合流。二人静氏やエルザ様、ルイス殿下と朝食を共にしてから、入念に支度を整えての出発。移動には十二式さん提供の末端をお借りした。

目的地には、ほんの数分ほどで到着。

近隣でも名うての企業が収まっている有名ビルディングだ。

『これまた大きな建物だねぇ。とてもお高そうじゃないかい』

「迷子にならないように注意して下さいね、アバドン」

『僕が君の行方を見失うようなことは、今後も絶対にないと思うよ？』

「それはそれで、かなり気持ち悪い宣言のようにも思うのですが」

『そんな君の主張の意図するところが、ちゃんと相手に通じていればいいのだけれど』

「…………」

お隣さんには当然ながら、アバドン少年も同行している。

悪魔の不思議パワーで姿を隠して、彼女の傍らにふよふよと浮かんでいる。

危惧していたのは隔離空間の発生。人の多い場所に赴いているので、その可能性は十分に考えられた。しかし、幸いにして今のところは大丈夫。天使や悪魔の使徒も、偶発的なデスゲームを回避する為、人混みを避けているのかもしれない。

建物に入ってエントランスを抜ける。

ちなみに本日、お隣さんは私服姿。制服だと警備員に呼び止められてしまいそうだったので、注文を付けさせて頂いた。提供は二人静氏。だからだろうか、かなりフォーマルな雰囲気が感じられる。

エレベータで先方の事務所が収まっているフロアまで移動。

受付で久我さんの名前を告げると、すぐに会議室まで案内を受けた。

通されたのはごく一般的な個室。

椅子に座って待っていると、数分ほどでスーツ姿の男性が一人現れた。

「お待たせしてしまいすみません」

お隣さん共々、立ち上がってこれに応じる。

名刺交換タイム。

「はじめまして、取締役ＣＯＯの久我です」

初手、先方の何気ない口上に驚いた。

お偉いさんである。

ただ、従業員が二、三百人くらいの企業なら、そういったこともあるのだろう。平均年齢の若いエンタメ系の企業なら尚のこと。メールでの柔軟な対応も、ご自身で色々と決められる立場にあるからと思われる。

少なくとも社内での打ち合わせなどより、我々との面談を優先したということだ。

「ＳＣ興業の佐々木と申します」

動揺を隠しつつ、こちらからもご挨拶。

名刺は本日、朝食後に大慌てで用意した。以前の勤務先を退職して以来、こういった状況で利用できる名刺が手元にないことを本日まで失念していた次第。まさか警察庁の名刺を差し出す訳にはいかない。

利用した会社名は実在のもの。

朝食の席で二人静氏に相談したところ、彼女が数多所有している国内の法人で、当たり障りのない事業者を利用させて頂くことになった。第三者に探られても問題のない、品行方正な中小企業とのこと。

連絡先は局支給の端末に紐づいた情報を利用。

何か問題が生じたのなら、国家権力を利用してすべてを無にできる。

二人静氏が主催するPVバトルもまた、機械生命体が求める家族ごっこの一環として、上司の了承を得て行っている局の業務だから。星崎さん的に考えるのなら、今この瞬間も外回りに伴う危険手当が発生中だ。

「あの、私は黒須と申します」

「君が枯木落葉さんの中の人かな？」

「はい、そうです」

ところで、久我さんは想像していた以上にオラオラ系だった。

端的に言うと、見た目が怖い。

明るい色に染められた短めの頭髪をツンツンとさせている。スーツは太目のストライプが入った派手なもの。シャツやネクタイも光沢の感じられるお高そうな代物で、薄っすらと色の入った眼鏡を着用している。

とてもお似合いだ。

だからこそ、初対面で気圧されてしまった。

大丈夫だとは思うけれど、ヤクザ屋さんみたい。

「考えていたよりもずっと若々しくて、正直とても驚いてますよ」

そう言って久我さんは小さく笑みを浮かべた。

お隣さんやアバドン少年はスカウトに前向きだった。

しかし、先方としてはやはり、未成年は扱いに困っていそう。Vチューバーの中の人たちって、三十代より上の方もそれなりにいるらしいじゃないの。

「申し訳ありません。事前に黒須の年齢を伝えておくべきでした」

「いやいや、気にしないで下さい。最近は若い方もそれなりにおりますんで」

「っ……」

久我さんとの会話の傍ら、不意にお隣さんの身体がビクリと震えた。

ただでさえピンと伸びている背筋が、更に反り返ったような感じ。

「黒須さん、大丈夫？」

「は、はい。気にしないで下さい」

「ならいいけど」

「佐々木さん、黒須さん、どうぞ掛けて下さい」

先方に促されるがまま、椅子に腰を落ち着ける。

横並びの我々に対して、打ち合わせ卓を挟んで久我さん。

アバドン少年はお隣さんの背後に浮かんでいる。

向かって左手側には出入口。右手側にはディスプレイが設置されている。久我さんの後ろには壁に貼り付ける形でホワイトボード。また、廊下に通じるドアの脇には壁掛けの時計。時刻は現在、午前十時を少し過ぎたくらい。

本来であれば、お隣さんは教室で授業を受けている時間。

申し訳ないけれど、本日は学校を休んでもらった。

土日は会社が休みなので、こればかりは仕方がない。

それでも事前にネットで調べたところ、舞台俳優や声優などで活躍しているお子さんは、割と普通に授業を休んで仕事やレッスンに参加しているらしい。

義務教育である中学生まではそのように過ごして、高校では芸能活動に理解のある学校に進学する、というのが一般的なのだそうな。そんな世界もあるのかと、調べていて感心したのが昨日の出来事。

「いきなりですが、ＳＣ興業さんはこちらの業界に新規参入を？」

席に着くとすぐさま、久我さんから問われた。

聞いたことのない社名を耳にして困っていることだろう。

ということで、自己紹介タイム。

社名を口にしただけで、サクッと話が進む大手企業って本当に羨ましい。そんなことを思いながら、これまで長いこと中小企業に勤めて参りました。おかげでこの手の対応には慣れたものである。

「参入、というと少々語弊があるかもしれません」

「どういうことですかね？」

「簡単にご説明をさせて頂いてもよろしいでしょうか？」

「ええ、どうぞ聞かせて下さい」

「まずは弊社なのですが、とある実業家が資金運用の為に起こした管理会社の一つでありまして、どこかと直接的にビジネスを行っている訳ではありません。また、今後もこちらの名前で事業を行う予定はありません」

二人静氏からは好きにしてくれて構わないと言われている。必要であれば、税理士や司法書士を紹介するとも説明を受けた。休眠寸前、埃を被っていた法人なのだろう。我々も名刺を作る為に借りたようなもの。

「そして、こちらの黒須はその実業家の家の者となります。見ての通りまだ子供でして、対外的には私のような者が前に出る必要がございます。そこで一時的にこちらの名刺を利用させて頂いております」

軽く説明すると、先方の表情が少しだけ引き締まった。

すぐに確認の声が上がってくる。

「3Dモデルやモーション用の機材など、映像を眺めた限りであっても、かなりお金がかかっているように見受けられました。編集にもそれなりに手が入っているように思います。その辺りはどうされているのでしょうか？」

先方の口調が少しだけ丁寧なものに変化を見せた。

出会い頭から僅かに感じていた、こちらを下に見るような眼差しが、対等な相手に向けるそれに変わったような雰囲気。それでもまだ、アンタそれ本気で言ってるの？といった相手を訝しむような気配が感じられるけれど。

「機材は親がこの子に買い与えたものです。編集は自前で行っているようですが」

「映像の編集まで？　それはまた、お若いのにしっかりとしていらっしゃる」

編集作業は十二式さんに丸投げしていると聞いた。けれど、こればかりは素直に伝えられない。

機械生命体が製造したノートパソコンがあれば、作業はどこでも行えるようなので、当面は彼女が自前で行っている体とした。その方が先方としても、彼女に対する評価を上げてくれそうだし。

「失礼ですが、黒須さんと佐々木さんの関係を伺ってもよろしいでしょうか？」

「私のことは黒須のマネージャーのようなものだと考え

て頂けたら幸いです」

どれも昨晩のうちにお隣さんと示し合わせた内容だ。

本人や二人静氏にも了承を得ている。

「ところで久我さん、私からもよろしいでしょうか？」

「え、ええ。なんでも聞いてください」

こちらからも疑問に思っていた点をご確認。

なるべく早いうちに把握しておきたいところ。

「動画が話題になってから、まだ二日と経っておりません。いくら再生数が伸びたといっても、御社の抱えている役者と比べたら雲泥の差でしょう。それにしては随分と声がかかるのが早かったように感じておりまして」

「佐々木さんもご存知とは思いますが、昨今はコンテンツの消費速度も加速する一方です。供給側も意識を高くもっておかなければ、追従することは困難なのです。ですから我々も日頃から、フットワークの軽さを重要視しておりまして」

「御社から見て、黒須の投稿している動画は売り物になりますでしょうか？」

「今回お声をかけさせて頂いたのは、私の独断です。そういった意味では、間違いなく売れると考えています。それでもトップ層を目指すのであれば、色々と学んでもらう必要が出てくるとは思いますが」

お隣さんが先方に何を求めているのかは、自身も把握している。

経済的な自立。

だとすれば、今回は千載一遇の好機。

その思いを叶えてあげたい。

過去の経緯を鑑みれば、彼女が自立の二文字に懸ける渇望は、同世代のそれと比較にならないと思う。形式の上とはいえ、家族ごっこなる行いに身を投じているのだ。父親役として、その願いを尊重することに抵抗はなかった。

「差し支えなければ、御社で黒須の面倒を見て頂けませんでしょうか」

「失礼ですが、ご両親の承諾は得ていると考えてよろしいですか？」

「そちらは問題ございません。先ほどもお伝えしました通り、黒須の家族は彼女の活動に肯定的です。機材を買い与えたのも、3Dモデルを手配したのも、私ではなく彼女の家族となります。契約も弊社の名義で受けさせて頂きます」

　決して嘘はついていない。

　主に末娘と祖母が頑張った。

「こちらから親御さんにご挨拶をさせて頂くようなことは可能ですか？」

「なにぶんお忙しい方々となりまして、連絡には私が間に入るように仰せつかっております。承諾書などが必要でしたら、改めて提出をさせて頂きます。それ以外で何かご用がありましたら、今この場でお伺いさせて下さい」

　自身もふんわりとしか把握していないけれど、二人静氏はたぶん、生半可なお金持ちではない。同時に表に出るようなタイプでもないので、面会が必要となれば、影武者を立てる必要がありそうだ。

　この辺りは恐らく、異世界産の金塊でどうにかなるだろう。

「他の事務所からも連絡など受けていますか？」

「いえ、そういった話は聞いておりません」

「黒須さんの歳はおいくつでしょうか」

「今年で十三歳、中学一年となります」

「中一ですか。それはまた想像した以上にお若い……」

「同世代はあまり見られませんか？」

「高校生の子でしたら、うちにも何名か所属していますが」

　中学生は流石に珍しいようだ。未成年がネットで日常的にライブ配信とか、危険極まりないとはその通り。親御さんが許さない、というのもあるんだろう。機材を揃えるだけでも結構な金額が必要なので、子供の趣味とするにはハードルが高い。

「お住まいは都内でしょうか？」

「普段は私も含めて軽井沢におります。通学先もそちらです。ただ、都内には頻繁に足を運んでおりますので、移動の手間で御社にご迷惑をおかけするようなことは、時間的にも費用的にもないと思います」

「そ、そうですか。本日は急にお呼び立てしてしまい、申し訳ありませんでした」

　以降、新卒採用の面接さながらに細かな確認を交わすことしばし。

　問答の大半を自身が受け答えしてしまったのは、果たして良いことだったのか、悪いことだったのか。お隣さんは口数が少ないので、無駄に気張ってしまった。彼女の気分を損ねていないといいのだけれど。

そうしてひとしきり検討を重ねたところ、久我さんが改まった態度で言った。

「色々と伺いましたが、黒須さんには是非ご協力を願えたらと思います」

「ありがとうございます。この場でお返事を下さり恐縮です」

相手のお返事は想定した通り。

採用は間違いないように感じていた。

何故ならば、この場でお隣さんを採らなければ、他の会社さんに採られてしまうから。彼らにしてみれば、ライバル増以外の何物でもない。プッシュするにせよ、飼殺すにせよ、採っておく以外に選択肢はない。

それくらいお隣さんたちの仕事はクオリティの高いものだった。

「いえ、こちらから声をかけておきながら、勿体ぶったやり取りとなってしまいすみませんでした。正直に言うと、どこの企業が入ってきたのかと、軽く探りを入れたつもりだったんですよ」

「たしかにそのような気はしておりました」

「ハイレベルな3Dモデルはまだ、趣味で作られている方がいないこともありません。しかし、モーションのクオリティは絶対なんですよ。映像を確認すればどの程度の機材が利用されているか、判断がついてしまいますから」

「結構な設備を利用しているとは私も聞いています」

「失礼ですが、自前でスタジオをお持ちで？」

「本人からは自宅で撮影していると聞きましたが」

「それはまた素晴らしい……」

なんとなく想像していたけれど、機械生命体の超科学が絶賛無双中。おかげでお金持ちの家の子、という設定には納得してもらえた。十二式さんが耳にしたのなら、鼻をピスピスとさせて喜びそうな会話ではなかろうか。

「あの、よろしくお願いします」

我々のやり取りが一段落したところで、お隣さんからも声が上がった。

打ち合わせ卓越しにペコリと小さく頭を下げてのご挨拶。

「いえいえ、こちらこそよろしくお願いします。黒須さん」

ということで、Vチューバーお隣さん、プロデビュー決定である。

＊

打ち合わせ後、久我さんに付き添われて社のエントランスに向かう。

その道すがらのこと。

会議室を出て間もなく、十名近い人たちがわらわらとやって来て、久我さんに声をかけ始めた。二十代から三十代の男女である。どなたも会社員というよりは、大学生みたいな格好をしている。

「久我さん、こんにちは～」「今日もスーツ姿めっちゃキマってますね！」「久我さん、本当にスーツが似合いますわね」「久我さぁん、今日もかっこいいよぅ」「あれ？　定例の打ち合わせはよかったんですかぁ？」「っていうか、ちょっと聞いてくださいよぉー」

ベンチャー企業だからだろうか、そうして交わされるやり取りは、かなりカジュアルな雰囲気が感じられる。スーツを着用しているのも久我さんのみ。取締役と社員というよりは、同じ職場で働いている同僚って感じ。

語尾がちょっと変な方々も交じっている。

ひとしきり挨拶を交わしたところで、久我さんが我々に向き直って言った。

「お二人とも、せっかくなのでご紹介しますよ」

久我さんが先方を示して言う。

「向かって右手から、貴宝院麗華さん、姫宮じゅりなさん、ローリー・ローリングさん、八神レオンさん。うちが上場する前から、稼ぎ頭として頑張ってくれている子たちです。申し訳ないけど、他の子の紹介はまたの機会ってことで」

何名か見られた内の数名を示して久我さんが言った。

自身も耳に覚えのある響きだ。

立体モデルを利用したエンタテインメントが話題になってから、Vチューバーの黎明期にデビューした方々である。たしかテレビなどにも出演していたような気がする。お正月の特番か何かで目にした覚えがあるもの。

「んでもって、こちらは枯木さん。本日からうちのメンバーになりました」

所々で敬語が入るのは、我々の存在が影響してだろう。

実業家が云々、語ってしまったから。

きっと今晩辺り、ネットで名刺の社名を調べまくるんだろうな、などと思う。自身が二人静氏と出会ってから、異世界との貿易で利用している拠点やら何やら、登記を調べまくったのと同じように。

何一つめぼしい情報は得られないだろうけれど。

彼女、本当に上手いことやっている。

「え!?　ちょっと待って、新人さんなの？」「あぁん、こんにちはぁ！」「やたらと若いけど、高校生？　まさか中学生とか言わないよね？」「めっちゃ可愛くない？　久我さん、どこで見つけてきたのよ」「こんなに可愛い後輩ができるなんて、嬉しいですわぁ」

先輩方からはすぐさまご挨拶を頂いた。

お隣さんは粛々とお辞儀をしてこれに応じる。

「枯木と申します。どうぞよろしくお願いします」

『相手は業界の先達だよ？　もうちょっと愛想良くしてもいいんじゃない？』

アバドン少年の指摘は分からないでもない。

ただ、お隣さんはこういう子だから。

という訳で、そんな彼女をサポートするのがマネージャーの仕事である。

「こちらの枯木ですが、なにぶん若輩者となりまして、どうか長い目で見て頂けましたら幸いです。事務所で問題など起こしてしまいましたら、すぐに対応に向かわせて頂きますので、気兼ねなくご連絡をお願いいたします」

「ところで久我さん、そちらのオジサマはどなたかしらぁ？」

直後にも貴宝院麗華さんと呼ばれた方から指摘の声が上がった。

三十代も中頃と思しき女性である。

格好は派手目で、一目見てお高いと分かる豪華なロングコートを羽織っている。その下はチェック柄のミニスカートに、タートルネックのニット。指先はキラキラと光るジェルネイル。お金持ちの家のお嬢様、といった感じ。

「この方は枯木さんのマネージャーを務めている佐々木さん。マネージャーとはいっても外部の方だから、どうか失礼のないようにして欲しいな。前にも言ったけど、社外の人は首に掛けてるストラップが違うから見れば分かるよね？」

「ええ、承知しましたわぁ」

異世界の方々にも通じる、やたらと極まった語調の女性である。

見た目相応、全力でお嬢様している。

もしやキャラ作りの一環だろうか。初対面の相手と受け答えするには、些か尖(とが)っているような気がしないでもない。それが許される程度には、社内で立場を得ている、ということなのだろう。

「うちの枯木をどうぞ、よろしくお願いいたします」

率先して頭を下げておく。

ここで貴宝院麗華さんの心証を悪くすると、事務所内でのお隣さんの立場も悪くなってしまいそう。グループ内でも発言力があると思しき先輩が相手となれば、媚(こび)を売っておいて損はないはず。

すると先方からは立て続けに疑問の声が上がった。

「っていうか、この子には個別にマネージャーが付くんですか?」「専属はないって前に説明をされたような気がするんですけど」「私たちでも一人で何人かまとめて対応してますよね」「もしかしてこの子だけ特別なんですか?」「私も一度でいいから専属のマネージャーとか欲しいなぁ」

どうやら自身の存在がよろしくなかったみたいだ。加入から間もない新人が一人だけ、専属のマネージャーを付けていたら、先輩たちとしては面白くないのだろう。

その気持ちは分からないでもない。

「その辺りは後でまとめて説明するから、今は静かにしておいて。お客さんの前でそういうこと言っちゃ駄目だって前にも言ったでしょ? ここは会社で、色々な人がやってくる場所なんだから」

主だってお喋りをしているのは若い方々である。

芸能関係って事務所に所属していても社員とは違うし、この辺りはかなり適当なのかもしれない。売れれば多少の粗相には目を瞑(つぶ)ってもらえるし、逆に売れなければすぐさまポイッ、みたいな。

あぁ、考えただけで背筋が寒くなる。

自分は末永く正規雇用でいたい。

今週末辺り、阿久津(あくつ)さんを飲みに誘ってみようか。

いや、逆に妙な勘ぐりをされて、距離を取られそうな気がする。

「枯木さん、久我さん直々に面接だったの?」「枯木っ

「もしかして、昨日からネットで軽く話題になってる枯木落葉さん？」「え？　マジ？」「枯木落葉さん、モデルの出来栄え凄いですわよね」「てっきり企業だと思ってたよぉー」「撮影に利用している機材、よかったら教えてもらってもいいかな？」

ある程度年齢を召している方々は逆に、率先してお隣さんに話しかけてくる。

受け答えする彼女は先方の勢いに負けて、ちょっと混乱気味。

「枯木さん、佐々木さん、今晩にでもメールを送らせてもらいます。今後の具体的なスケジュールや契約周りの話なんかは、そちらで改めて詰めさせてもらえたらと」

「承知しました。よろしくお願いいたします」

久我さんと大勢の先輩方に見送られて、我々はオフィスを後にした。

＊

【お隣さん視点】

おじさんの協力を得たことで、枯木落葉の大手グループ所属が決まった。

運営会社と打ち合わせを終えた日の午後には、担当者を名乗る人物からメールが届けられた。取締役の彼とは別人だ。社内ではマネージャー業務を行っている人物らしい。そちらから今後の動き方について案内を受けた。

大半は契約や事務手続きを筆頭とした庶務である。こちらは私とアバドンが悩んでいる間に、おじさんが一手に引き受けてくれた。社会経験に乏しい我々には分からないことの方が多かったので、とても助けられた。

自身が行ったことは、ソーシャルメディアのアカウントを新規作成したくらい。

代わりにその日も午後からは、昨日と同じく動画の撮影と投稿を行った。先方からのメールには、可能な限り作品の投稿を継続して欲しい、との記載があった。こちらの指示に従った形である。

翌日には公式から、枯木落葉のメンバー入りが発表された。

鉄は熱いうちに打て、ということだろう。

ネット上の話題なんてすぐに過ぎ去ってしまう。

場合によっては、今こそ枯木落葉のVチューバー人生の上で、最大瞬間風速が捉えられたタイミングかもしれない。大手から華々しくデビューするも即座に失速、そのまま消えてしまう人も決して少なくないらしい。

『ここのところにある数字、また一つ桁が上がっているね！』

「アバドンはこの数字が好きですね」

公式の発表を受けて、チャンネル登録者数は一万人を超えた。

企業の影響力、恐るべし。

タイミングを合わせて投稿した動画は十万近い再生。こちらに引っ張られる形で、過去に投稿していた動画も伸びている。合計すると三十万近いＰＶが得られているのではなかろうか。ここまで来ると二人静が主催するＰＶバトルでも優勝が見えてくる。

『なんたって枯木さんの人気を測るのに、一番のバロメーターなんだろう？』

「よく知っているではありませんか」

『君が寝ている間に、スマホというのを借りて色々と勉強しているからね！』

「しかしながら、これでもグループ内での順位は底辺らしいですよ」

『ここ百年足らずで君たち人間も随分と数が増えたよねぃ』

私が所属した企業は業界内でも随一の規模であるらしい。百人以上の役者が所属しており、最底辺でもチャンネル登録者数は数万。何気ないライブ配信であっても、通算一万ＰＶ以上集まるのが一般的だそうな。

当然ながら、ちょっと人目に付いた程度では、その足元にも及ばない。

アンチグループからもコメントが入っていた。

〝このタイミングで事務所に所属とか絶対に企業の仕込みでしょ〟〝どう考えても個人のやり方とは思えない〟〝枯木落葉は儂が育てた〟〝それにしては初動のＰＶが少なかった気もするけど〟〝マジ萎えるわ。やっぱり応援するなら個人勢に限る〟

好きに言わせておくとしよう。

コメントは既に百件近く入っている。

こうなると彼らの罵詈雑言もノイズのようなものだ。

『おや？　このコメントだけれど、アイコンのイラストに見覚えがあるなぁ』

「以前、家主が投稿サイトのゲーム配信で利用していたキャラクターでは？」

『そうそう、それだね！』

二人静からもお祝いのコメントをもらった。

〝おめでとぉー！　静ちゃんも応援してるよぉ！　ところで、ライブ配信はやらないのかなぁ？〟

『ライブ配信はやらないのかい？』

「今のところ予定はありません」

妹の協力により動画編集の手間がゼロの為、短時間で撮影を終えて動画として投稿した方が、時間的なコストが小さいのだ。機械生命体の超科学のおかげで、世間とは前提条件が正反対になっている。

なにより長時間にわたってお喋りをするのは、陰キャ的に拒否反応が出る。

また、個人情報の流出を懸念するのなら、事前の確認は必要不可欠。更に平日は学校があり、放課後には家族ごっこ。脚本の検討なら授業中でも行えるので、そちらで作品のクオリティを担保する方が理に適っている。

そして、翌々日には運営会社から仕事が入った。

都内のスタジオで他のメンバーと一緒に動画を撮るのだという。

参加者には先日オフィスで顔を合わせた方々の名前も見られた。後日ネットで調べたところ、界隈では有名な人物だった。チャンネル登録者数で比較すると、我々より二桁上である。国内でも指折りのVチューバーらしい。

そちらに飛び入りで参加させてもらえることになった。

おじさんの言葉に従えば、枯木落葉のプロモーションの一環だろう、とのこと。かなり目をかけてくれているように思います、とも。そういうことであればと、ご一緒させて頂くことにした。

人間関係の乱れた学校の教室からも逃げ出せて一石二鳥である。

移動は例によって機械生命体の末端。

円盤型の飛行物体だ。

訪れた先は都内のオフィス街。

スーツ姿の会社員が忙しなく行き交っているような場所に目的地はあった。外から眺めたのなら、なんの変哲もないオフィスビル。付近には似たような建物が沢山見られる。その中に収録スタジオは収まっているのだという。

「すみません、ちょっと早く来すぎたようですね」

目当てのビルを正面にして、おじさんが言った。

その視線は手元の腕時計に向けられている。

「いえ、ぜんぜん大丈夫です」

私は即座に応じる。

そう、本日もおじさんが一緒なのだ。

私とアバドンだけでも大丈夫だとは伝えた。けれど、対外的に未成年を一人で向かわせる訳にはいかないからと、同行を申し出られた。彼との接点は多ければ多い方がいい。申し訳なさそうな顔をしつつ、内心嬉々としして応じた。

「こういった仕事ですと、新人は三十分くらい前に来るのがルールだと、昨日にもネットで確認しました。こちらの業界がどうなっているのかは知りませんが、早く訪れている分には問題ないように思います」

「もしよかったら近くの喫茶店で少し時間を潰そうか」

「え？　いいんですか？」

おじさんと一緒に喫茶店。

過去にないシチュエーションに心が逸る。


などと考えた間際のことである。

目の前からフッと彼の姿が消えた。

いいや、おじさんに限った話ではない。周囲を行き交っていた通行人や、路上を走っていた自動車なども消えている。それまで絶え間なく届けられていた音という音がすべて、一瞬にして消失した。

隔離空間である。

「アバドン、顕現してください」

『はぁーい！』

おじさんを巻き込まずに済んだのは幸いだ。

傍らに浮かんでいたアバドンの肉体が、私の指示に応じて変化を見せる。

皮膚が裂けるようにして肉が内側から膨らみ、小柄な少年の姿はあっという間に飲み込まれてしまう。初見では驚いた相棒の変態も、ここ最近は慣れたものである。滴り落ちる肉汁もほとんど気にならない。

『ほんの一瞬だけど、向こうの方に反応があったような気がするなぁ』

肉塊となったアバドンが、ある方向に向かいクルリと回転して言う。なんとなく正面っぽい、すこしだけ尖った部位が向いている側。そちらの方角には、たしかに自身も天使の使徒の存在を覚えていた。

すぐに消えてしまったけれど。

「偶発的な遭遇であった場合、率先して攻めるような真似はできません」

『僕らも気配を隠しているけれど、このまま様子を見るかい？』

「ええ、そうですね」

このまま何事もなく隔離空間が消失するに越したことはない。近くには自動車や電車が沢山走っている。都内を移動していた使徒が、ふとした拍子に我々と接近した、といった可能性は十分考えられた。

けれど、しばらく待ってみても、おじさんの姿は戻らない。

そして、天使やその使徒の気配もまったく感じられない。

「直前の移動が機械生命体の末端であったことを鑑みるに、尾行されていた可能性は極めて低いように思います。もし仮に待ち伏せされていた場合、運営会社の内部に代理戦争の関係者が入り込んでいることになりますね」

『せっかく得た稼ぎ口なのだから、あまり考えたくはないなぁ』

「可能であれば、相手の素性を確認したいところです」

ロボット娘の編入学に合わせて起こった騒動と同様、我々の動きを把握した第三者からアプローチを受けている可能性が出てきた。おじさんが交渉したのとは別の組織や団体が攻めてきた、なんてことは容易に考えられる。

「相手から攻められた場合は、こちらも反撃が認められています。しかしながら、使徒を倒すような真似は控えたいので、なるべく天使を狙うようにして下さい。最優先は先方の身元の確認となります」

『りょーかい！』

取り急ぎ目的地であった建物に向かう。

隣のビルとの間に生まれた細路地に移動。

物陰に身を潜めて、周囲の様子を窺う。

「相手が運営会社と通じているようなら、こちらのスタジオが入っているビル周辺まで確認に訪れることと思います。そのタイミングで仕掛けましょう。アバドン、貴方なら上手いことやってくれると信じていますよ」

『そうだね、僕も君の意見に賛成だい！』

作戦会議を終えたところで、近隣に意識を巡らせることしばらく。

ややあってビル正面の通りに人の姿が見られた。

車道を挟んで反対側、建物と建物の間に生まれた通りとも言えない僅かなスペース。そこから顔を覗かせて、付近の様子を探っている人物が二人。うち一人は背中に羽を生やしており、遠目にも天使だと判断できた。

というか、使徒と合わせて共に見覚えがあるような。

『おやおや？　どこかで見たような顔をしているよ？』

「やはりアバドンもそう思いますか」

使徒は比売神といっただろうか。

天使の方はエリエル。

過去におじさんたちに喧嘩を売ってボッコボコ。以来、我々の間諜として使われている哀れな天使と使徒のペアだ。太平洋に巨大怪獣が出現した際には、隔離空間を発生させるのに協力を願ったりもした。

それが何故にこのような場所へ足を運んでいるのか。

「念のために確認しますが、おじさんたちから何か話を聞いていますか？」

『ううん？　そんなことはないよ？』

「だとすれば、やることに変わりはありません」

先方は我々に気づいた様子がない。

周囲をひとしきり確認した天使と使徒は、覚悟を決めた様子で路上に躍り出た。そして、スタジオが収まっているビルに向かいひとっ飛び。使徒はまだ空を飛べないようで、天使に抱っこされている。いわゆるお姫様抱っこ。

ほんの数秒ほどで正面玄関を過ぎて、ビル内部に入り込む。

これを確認したところで、私たちも出撃だ。

「アバドン、行きましょう」

『はぁーい！』

細路地から飛び出して、同じくスタジオが収まっているビル内部に入り込む。

先方とは建物に入ってすぐのエントランスで向かい合うことになった。

「なっ……ア、アンタたち、どうしてこんな場所にいるんだよ!?」

我々の気配に気づいた使徒がこちらを振り返って吠えた。

その正面では彼を守るように天使が臨戦態勢。

「それはこちらの台詞なのですが」

「まさか、俺たちのこと処分するつもりなのか？　い、言っておくけど、アンタたちの不利になるようなことは何もしてないぞ？　っていうか、天使のグループからも爪弾き状態で、全然デスゲってなかっただけだけどっ……」

「確認します。この場に天使とその使徒は貴方たちだけですか？」

「そ、そうだよ！」

「嘘を言うと、あとで大変ですよ？」

「嘘なんて言ってないから！　だからそっちの物騒なやつ引っ込めてくれよ！」

今にも泣き出しそうな表情を浮かべて使徒は言った。

その視線はしきりにチラチラと、私のすぐ隣に浮かんだ肉塊を意識している。得体のしれない液体に濡れて光沢を放つ表面のドクドクと不規則に脈動する光景は、指摘の通りお世辞にもフレンドリーとは言えない。

「だとすれば、どうしてこのような場所に現れたのですか？　今日は平日です。事前に我々の行動を把握していなければ、この時間この場所で鉢合わせするようなことは、決してないように思いますが」

「それは、そ、その……」

「隠し立てすると碌なことになりませんよ」

「っ……！」

しかし、なんだ。

これは困った。

暴力を笠に着ることで、他者を一方的に圧倒するのは、なんと心地が良いのだろう。世の中から虐めがなくならない訳である。これに慣れてしまったら、絶対に人として駄目になると確信を覚える。

「どうしたんですか？　白状してください」

「……わかったよ」

重ねて伝えると、先方は観念したように言った。

渋々といった態度で言葉を続ける。

「今日はここで仕事があるんだよ。だから学校を休んで足を運んだ」

「………………」

なんだそれは。

まさかとは思うが、この使徒も我々と同じ穴の狢だったりするのか。

いやしかし、実際に一目散、こちらのビルに入っていった。

予期せぬ隔離空間の発生を、目的地であるビル内に隠れて凌ぐ腹積もりであった、などと考えたのなら、彼らの挙動には納得がいく。嘘を言っている可能性もあるけれど、我々が確認すれば、すぐにバレるような拙い嘘だ。

「ドクター中田、久遠・J・グレン、ドラドラゴン」

運営会社から伝えられた本日の収録の参加者。

その中で男性の名前を列挙する。

使徒はとても驚いた表情となり声を上げた。

「ちょ、ちょっと待てよ！　アンタ、まさかとは思うけどっ……」

「一方的な相談となってしまい申し訳ありませんが、本日の収録、貴方には辞退してもらえませんか？　天使と悪魔の使徒が一箇所に集まった状態では、いつまで経っても隔離空間が消失しませんから」

「枯木落葉、だったりするんですかね？」

他の参加者とは既に面識があるのだろう。

一発でこちらの素性を引き当てられた。

「他言したのなら地の果てまで追いかけて、代理戦争から退出してもらいます」

「っ……い、言わない！　言わないよ！」

間違いない、この使徒もVチューバーなのだ。

それも割と有名所。

今挙げた三名はチャンネル登録者数も数十万。

枯木落葉からすれば雲の上の存在である。

「だけど、せめて収録は、お、俺らに譲ってくれない？」

「何故ですか？」

「だってせっかくここまで来たんだ。高校入学して間もない頃から頑張って、大手グループに声をかけてもらって、三年越しで中堅と呼ばれるところまで来て。それなのに収録当日にドタキャンとか、絶対に会社からの印象最悪だよ！」

「確認しますが、それは貴方が命を懸けてまで為すべきことなのでしょうか？」

「うぅっ……」

悪いとは思わないでもない。しかし、これも天使と悪魔の代理戦争の一環なのだ。決してネット上の有象無象からチヤホヤされて、いい気になっている訳ではない。

私はバグった機械生命体とは違う。

そう、資金調達。

デスゲームを勝ち抜く上で必要な金策なのだから。

「……分かった。帰るよ、帰ればいいんだろ？」

「快諾してもらえてなによりです」

心底からガッカリとしたように使徒は言う。

本心から残念に思っているのだろう。

その姿を目の当たりにして、天使からも甚だ申し訳なさそうに声が上がった。

「マスター、申し訳ありません。私が脆弱なばかりにこのようなことに」

「いいや、別にエリエルのせいじゃないから気にしなくていいよ。悪いのはインターネット上でチヤホヤされて悦に浸っている、僕らのような人間なんだから。その為に他者が積み重ねてきた努力まで踏み躙って、なんて卑しい行いなんだろう」

「私を貴方の同類にしないで欲しいのですが」

『うーん、どっちもどっちじゃないかなぁ？』

「アバドン、貴方はどちらの味方なのですか？」

まぁ、資金源がどうのと勘繰られるよりはマシか。

今の我々にとって致命的なのは、二人静やおじさんとの関係が第三者によって破壊されること。彼女との結びつきを否定するような行いは表に出したくない。アバドンもその辺りを考慮した上で、わざわざ茶々を入れてきたものと思われる。

「いつか私が貴方を越えたのなら、その時は存分に引き立てることを約束します」

「それってもう既定路線なの？　ぶっちゃけ君のって出来レースだよね？」

「ご想像にお任せします」

機械生命体の超科学を表沙汰にする訳にはいかない。

この場は適当に応えておくことにした。

「しかし、これはなかなか都合のいい先輩が手に入りましたね」

「か、勘弁してくれよ……」

「マスター、申し訳ありません。私も悔しいです。一矢報いずにはいられません」

使徒の正面では依然、天使が我々に対して臨戦態勢。

小柄な肉体を盾とするように身構えた姿は、その可愛らしい顔立ちも手伝い、大変微笑ましいものとして映る。

ギュッと固く握られた拳は、今にもこちらに殴りかかってきそうだ。主従関係は良好なようである。

「いやいや、間違っても攻撃しちゃ駄目だからね？　ね？　エリエル？」

「ご安心下さい。マスターを危険に晒すようなことは絶対にしません」

「うん、僕もエリエルが悔しがってくれたこと、とても嬉しく感じているよ」

「マ、マスター……」

彼らも彼らで、デスゲームを通じて交流を重ねているのだろう。

見つめ合う両者を眺めてそんなことを思った。

そして、互いに合意が取れたのなら、隔離空間はすぐに消失。

世界には音が戻った。

おじさんの言葉に従えば、弱々しい彼らが今も生き永らえているのは、我々が間諜として利用している事実を、世の権力者層に伝えているからだという。だとすれば、この程度の無理強いは生存の対価として、甘んじてもらおうと思う。

＊

都内の収録スタジオを目前にして、隔離空間が発生した。

その事実をお隣さんから聞かされたのは、すべてが解決した後だった。空間内で発生した事象は、空間が解放されると同時に巻き戻る。知識としては把握していても、いざ空間外から聞かされると、その事実を疑いたくなる。

隔離空間の中では使徒の比売神君と、天使のエリエルさんに出会ったらしい。

なんと比売神君もまたVチューバーであり、本日の収録に招かれていたのだとか。目的地が重なった結果、デスゲーム開始のお知らせ。互いに拳を交えることなく、先方にはご帰宅を願ったとのこと。

彼らの立場を思えば、可哀想な気がしないでもない。ただ、それも天使と悪魔の代理戦争の一環となれば致し方なし。

この辺りは近くの喫茶店に入って、お茶など楽しみながら説明を受けた。普段と比べて口数が減ったお隣さんに代わり、アバドン少年が半分以上を語ってくれた。前評判を確認せず飛び込んだ個人経営のお店にしては、紅茶が美味しかった。

そうして足を運んだ目的地のビル。

スタジオは自身が知っているそれよりも幾分か広かった。

収録スペースは学校の教室と同じくらい。随所にカメラが配置されている。ひと際目を引くのは、壁際にいくつも並んだ大きなディスプレイ。こちらに3Dモデルを映しながら、役者はキャラクターを演じるのだろう。

併設された調整室にはミキサーを筆頭に、つまみの沢山付いた機材がいくつも並んでいる。機材の前では既にスタッフが配置についており、誰もが忙しそうにしていた。向かって正面の大きなガラス窓越しには、収録スペースの様子が窺える。

また、これらとは各々ドア一枚を隔てて、ホールのような空間が設けられている。椅子やテーブル、自動販売機などが配置されており、恐らく関係者の休憩スペースとして利用されているのだろう。

現在はそちらで収録の時間を待っている。

「えぇぇ！　久遠さん、収録に来られないの⁉」「体調不良のようで、近くまで来たものの吐いてしまったそうで」「彼だけ別撮り？」「配信は明後日だよ？　どう考えても無理でしょ」「おいおい、台本どうするんだよ」「延期する？」「今上に確認してるから、現場はこのまま待機だそうな」

すぐ近くではスタッフと思しき方々が深刻そうな顔をしている。

原因は比売神君の欠員で間違いなさそうだ。

「本人の前で名前を挙げた三名の内、一番香ばしいのがヒットしてしまいました」

『さっきスマホで調べたとき、チャンネル登録者数が一番多かった子だよね！』

「ええ、そういうことになります」

我々は待合スペースの隅の方に立って素知らぬ振り。

正直、胸が痛む。

お隣さんとアバドン少年も会話は控えめ。

周囲に気取られないように小声でボソボソと。

しばらくすると関係者が次々と現地入りして、スタジオ内の人口密度が上昇。ホール内ではそこかしこに人が立ち並び、数名からのグループがいくつも生まれて、キャッキャと賑やかになり始める。

フロアの中程に設けられたテーブルでは、椅子に座って雑談を交わす人たちが見られる。内何名かは運営会社のオフィスでお会いした方々。収録の主役、Vチューバーの人たちだろう。スタッフの方々も気を遣っている。

我々はこれを遠巻きに眺めつつ、部屋の隅っこで他愛無い会話を交わす。

そうこうしているとテーブルに着いた出演者の方々に動きが見られた。

内二名が席を立って我々に歩み寄ってくる。

「枯木さん、おはようございます。本日はよろしくお願いしますわね」

「おはようだよぉー。今日はよろしくねー？」

二人とも以前オフィスで顔を合わせた人物だ。

先んじて声を上げたのは、貴宝院麗華さん。

三十代中頃と思しき女性だ。本日も前にお会いしたときと同様、派手な格好をしている。真っ白なロングコードはふわふわのモコモコ。その下には真っ黒なワンピース。手に下げているバッグは誰もが知っている有名ブランド品。

これに続いたのがローリー・ローリングさん。

貴宝院さんと同世代と思われる女性だ。格好は典型的なゴスロリ。黒を基調としてフリルの沢山付いたブラウス姿。かなり頑張っているように感じられる。特徴的な物言いと合わせてキャラ作りの一環ではなかろうか。

日本人であっても浮いて感じられる前者の名字や、どこからどう見てもアジア人な風貌の後者からも察せられる通り、久我さんから伝えられた名前は芸名で、彼女たちが演じている3Dモデルの呼称となる。

「どうも、おはようございます」

お隣さんはペコリと頭を下げてご挨拶。

自身も彼女の隣に並んでお辞儀をする。

間髪を容れず、貴宝院さんから声が上がった。

「以前にも思ったのですが、枯木さんはとてもお洒落ですわね」

「そうでしょうか？」

「上から下までハイブランドで固めているではありませんか。落ち着いた格好をしているから、モノを知っている人間が見ないと分からないかもしれませんけれど。そちらの靴など、この冬に出たばかりの新作ではありませんこと？」

お隣さんの衣類はどれも二人静氏が用意したものだ。本人からそのように聞いた。引っ越しした当初より、自宅のクローゼットに用意されていたのだとか。エルザ様への対応と同様に、二人静氏がお隣さんの為に用意したとあらば、生半可なものは備えられていないだろう。

その辺りが先方の感性に響いたようだ。

「すみません、衣類は家族に用意してもらったものになりまして……」

「久我さんから聞きましたわ。まだ中学一年生なんですってね？　太い実家をお持ちで羨ましい限りですわぁ」

貴宝院さんは割と率直な物言いをされる人物のようだ。相変わらずキャラ作りも凄い。

一方、これに気遣いの姿勢を見せるのがローリングさん。

「貴宝院ちゃん、もう少し自重しよーよぅ。私たちは枯木ちゃんのこと久我さんから色々と聞いてるけど、枯木さんは私たちとほとんどお喋りしたことないんだよ？急にあれこれと言ったら困らせちゃうよー」

「ですが、気になりませんこと？　枯木さんの実家について」

「枯木ちゃん、ごめんねぇ。貴宝院ちゃんも決して悪い子じゃないんだけどー」

「いえ、こちらこそ言葉足らずで申し訳ありません」

ニコニコと笑みを絶やさないローリングさん、いい人っぽい感じがする。

ただ、彼女もキャラ作りが半端ない。

ゴスロリ衣装と合わせて、言動までトータルコーディネート。口調は小さな子供のそれである。二人静氏がたまに見せる、冗談のような物言いを常時発動しているような感じ。普段からこういった言動で過ごしているのだろうか。

お隣さんが他人に対して引いている姿は、自分も初めて見たような。

「ローリングさんは気にならなくって？　そちらのマネージャーさんも枯木さんの実家が雇われているそうですわよ？　私たちであっても専属のマネージャーなんて付いた経験がないのに、どれだけお金持ちなのかしら」

「貴宝院ちゃんはこう言ってるけど、言いたくないことは言わなくていいからねー?」

「申し訳ありません。家の事情については、私もそこまで知らされておりませんでして」

先輩たちと後輩の間で交わされるやり取り。

自身とアバドン少年はこれを傍観。

するとしばらくして、我々の下にスタッフの方がやってきた。

自身よりも一回り年上の壮年男性である。待機スペースでは人一倍慌ただしくしていた人物だ。恐らくは現場を預かっている責任者の方ではなかろうか。彼はお隣さんの下まで一直線。そして、こちらに小さく会釈をすると、彼女に話しかけた。

「枯木さん、ちょっといいかな?」

「あ、はい。なんでしょうか?」

「急な提案で申し訳ないんだけど、欠員した久遠君の代わり、君に務めてもらえないかな? 久我さんから連絡があって、そういうことなら是非とも君に、みたいなことを指示されたんだけど」

「え……」

「心配しなくても大丈夫。台本はちゃんと用意があるからさ」

続けられた提案にお隣さんはポカンとする。

居合わせた二人の役者も驚いたように彼女を見つめている。

「だとしても、そのまま利用するような真似は無理があるように思いますが」

「それもこっちでちゃちゃっと直しちゃうから、どうか頼めないかな? デビューから間もない君にとっては悪い話じゃないと思うんだよ。なんたって久遠君の代わりだからね。発言の数だって段違いに増えるよ?」

スタッフの方は人の良さそうな笑みを浮かべて言う。

彼らも予期せず空いた穴を埋めるのに必死なのだろう。

経営層からの指示とあれば尚のこと。

「マネージャーさん、どうですかね?」

「私としては本人の意思を尊重したく考えておりますが」

皆々の注目がお隣さんに向かう。

彼女はしばらく考えたところで、素直に頷いて応じた。

「あの、わかりました。是非ともやらせて下さい」

「ありがとう。それじゃあ早速だけど、枯木さんバージョンで進めよう」

男性の号令を受けて、現場の方々が一斉に動き出した。

＊

【お隣さん視点】

スタジオでの収録が開始された。

そこで私は自らが追い返した天使の使徒、比売神といったろうか？　彼の代わりにマイクの前に立つこととなった。当初はゲストとして参加するはずであったところ、主要メンバーとして、台本まで書き換えてのこと。

脚本を扱うスタッフの方が優秀だったのか、それとも久遠君なるキャラの立ち位置と枯木落葉の親和性が高かったのか。幸いにして既存のシナリオは若干の調整で済み、役者は収録に参加することになった。

「オォォッホホホホホ！　このタイミングでアイテムの引きの良さを発揮するわたくし、流石でございますわぁ！　さぁて、前を走っているのは誰かしら。あら？　ローリングさん、これはいいところにございますわね」

「だめだめだめだめ！　それ撃っちゃだめー！　私の後ろで赤いの禁止でーす！」

「あっ、すみません。貴宝院さんに私の使った甲羅が……」

「ホォァァアアアアアアアアア⁉」

順番に、貴宝院、ローリング、枯木、そして、再び貴宝院の発言である。

貴宝院が運用している立体モデルは、高笑いが特徴的なお嬢様キャラクターだ。ガワの見た目も相応のもの。豪華なドレスを着用した、銀髪縦ロールが印象的な巨乳女となる。年齢設定は二十歳前後と思われる。

他方、ローリングが演じているのは、小学生ほどと思しき女児である。ブロンドの長髪と碧眼(へきがん)がアクセントの西欧風。衣装は黒を貴重としたゴスロリで、大量のフリルがあしらわれたワンピース姿である。

彼女たちがこれまで見せていた尖った言動はキャラ作りで確定だ。

そして、各々がギャーギャーと騒いでいる通り、我々は現在ゲームに興じている。

プレイしているのは発売から間もない新作。大手企業の人気キャラクターがカートに乗り込んで、レース場をグルグルと回り続けるやつだ。これを多人数で対戦、ランキングを埋めるのが本日の収録の趣旨となる。

ゲーム自体は、ロボット娘やマジカル娘の編入学に端を発した歓迎会の際、クラスメイトの自宅で遊んだ覚えがある。おかげで操作は問題なく対応できた。そうでなければ他の参加者に迷惑をかけていたことは間違いないように思う。

参加者は自身を含めて十余名。

うち三分の一が売れっ子であり、残りがデビューから間もない新人だ。今回のイベントはうだつが上がらない後者に対するテコ入れとして、運営側が企画したものらしい。少なくとも私はおじさんからそのように聞いた。

だからこそ、枯木落葉にも声がかかったのだろう、とも。

「枯木さぁん？　先輩に対する気遣いが足りていないのではないかしらぁ？」

「すみません、決して狙った訳ではないのですが」

「そんなことを言いつつ、先程もわたくしの進行方向に向けて、バナナを投擲（とうてき）しておりませんでした？　狙いすましたようにヒュンと来て、ツルっと滑りましたこと、向こう半年は忘れませんわよぉ！」

「いえ、適当に放り投げただけなのですが。あ、すみません、また……」

「ハァァァァン！　今度は爆発物が、爆発物が降ってきましたわぁぁん！」

それとゲーム中、私の投げた攻撃的なアイテムが、やたらと貴宝院に当たる。

別に狙った訳ではないのだが。

オーバーリアクションが売りのお嬢様キャラとして活動していることも手伝い、いちいち視聴者に向けて反応するのが大変そうである。ただ、スタッフの方々からの支持は上々。だったら自身も気にすることはないだろう。

やがて収録が半分ほど終えられたところで休憩時間となった。

ブース内から出て待機スペースに移動する。

売れっ子の先輩方が、部屋の中程に用意された椅子に座ってくつろいでいる一方、新人たちは目立たない場所に集まって立ち控えている。圧倒的な力を持った捕食者と、これに震える被食者といった雰囲気を覚える。

自身もこれに倣い、部屋の隅で小さくなる。

おじさんは外に出ているのか、フロア内に姿が見られない。

しばらくすると、席を立った貴宝院がこちらに歩み寄ってきた。

「枯木さん、ちょっといいかしらぁ？」

「なんでしょうか？」

「貴方ってば、デビューから間もない新人なのに、妙に落ち着いているわよねぇ」

「そうでしょうか？」

「収録は初めてでしょう？　少しくらいは緊張するのが普通だと思いますわぁ」

たしかに緊張はしていない。クラスメイトの自宅で同じタイトルをプレイしていた時と、感覚としては大差ないように思う。いいや、ロボット娘が同席していない分だけ、むしろ気が楽かもしれない。

原因ははっきりとしている。

今もすぐ近くに浮かんでいる性悪な悪魔の存在。

アバドンからもたらされたデスゲーム内での経験が、私のメンタルを多少なりとも図太くさせている。失敗したところで死ぬ訳ではないのだからと。まぁ、大御所に嫌われてしまったら、業界的には死ぬかもしれないけれど。

収録中もブース内に侵入、手を伸ばせば触れられる距離でプカプカとしていた彼だ。

「他の二軍の子から明らかに浮いているわよぉ？」

「…………」

言われて他の参加者に目を向ける。

貴宝院の言う二軍とは、決して比喩ではない。自身が所属することになった企業グループは、明確に役者のグレードを区別している。売れっ子の一軍、それ以外の二軍。当然ながら新米の自身は二軍で、話しかけてきた彼女は一軍だ。

この場では、椅子に座って談笑を楽しんでいるのが一軍であり、その様子を立ったまま遠巻きに眺めているのが二軍となる。自身も二軍らしく、小さく収まっているつもりなのだが、先方にはそうは見えなかったらしい。

「ご実家がお金持ちだからといって、調子に乗っているのかしらぁ？」

「いえ、そんなことはありませんが……」

これはもしや、アレか。

先輩からのイビリ、というやつか。

それとも単にゲームで攻撃アイテムを当てられまくった腹いせか。

「まさかとは思うのだけれど、久遠君の病欠まで仕込みであったりしませんこと？」

この女、なかなか鋭いではないか。

天使とその使徒には口止めをしている。我々の素性が他所に漏れた場合、それ相応の対処を行わせてもらうと。なので間違っても彼らの口から、この女に事情が伝わるようなことはないと思う。

独力で勘ぐったとすれば、大した妄執である。

「それは妄想が激し過ぎるのではありませんか？」

「冬フェスへの参加、狙っておりますの？」

枯木落葉が所属したグループは毎年、夏冬に大規模なイベントを催している。久我との打ち合わせに当たり、ネット上で情報を漁っていたとき、過去に開催されたイベントの記事を読んだ。参加者は十万人を超えるのだとか。

それを指しての話だとはなんとなく想像がついた。

しかし、このタイミングで何故に。

「冬フェス？　なんの話でしょうか」

「しらばっくれないで欲しいですわぁ。貴方たち二軍は事前の総選挙で一定の得票がないと、フェスに参加できない仕組みじゃないですの。だからこうして、久我さんまで抱き込んで手を回しているのではなくって？」

「…………」

あぁ、そういう仕組みなのか。

こちらが黙ると、それを肯定と取ったのか、貴宝院はつらつらと言葉を続けた。

「金持ちの道楽に付き合わされるのは勘弁して欲しいですわぁ。こちらはお仕事として、ファンの方々に夢と希望を与えるために頑張っておりますのに。他の子たちだって、そんなことをされたら迷惑千万ですわぁ」

地位、金、名誉が欲しくてやっている、との間違いではなかろうか。全員が全員そうだとは言わないが、世間には社会的弱者から金銭を引っ張ることを目的にしている輩が存在することは、子供の私でも知っている。

それに引き換え、おじさんは素晴らしい。

おじさんは私だけのコンテンツ。

私はおじさんだけのコンテンツ。

お互いだけで生産と消費が完結している。なんて完璧な二人なんだろう。

他には何も必要ない。

「あの、話はそれだけでしょうか？」

「ほらほら、そういったところですわよぉ？」

「……申し訳ありません」

私にどうしろと言うのだ。

アバドンから与えられた悪魔の力で、生気を吸い取ってみようか。軽く吸った程度なら死ぬこともない。今は亡き母親を相手に繰り返し実験したので確かだ。軽い体調不良として扱われることだろう。

いやしかし、それではまたスタッフの方々に迷惑がかかってしまう。

そんなことを考え始めた矢先のこと。

同僚の振る舞いを見かねたのか、ローリングが我々に声をかけてきた。

「貴宝院ちゃん、枯木ちゃんのこと虐めたら駄目だよぉー。可哀想だよぉ？」

「虐めだなんて、そんな人聞きが悪いことを言わないで欲しいわぁ。ただちょっと職場の先輩として、後輩に心構えを説いていただけですもの。こういったのは最初が肝心だと思いませんこと？」

「ううん、絶対に虐めてたよぉー！　私、向こうからチラチラと見てたもん！」

なにかと突っ慳貪な貴宝院と比べて、ローリングは面倒見がいい。女児の装いで話しかけてくるのは怖いけれど、根はいい人なのかもしれない。ゴスロリ姿でプリプリとする彼女を眺めてそんなことを思った。

「ローリングさん、ありがとうございます。ただ、どうか気になさらないで下さい」

「本当に大丈夫なのぉー？　困ったことがあったら、すぐ私に相談するんだよぉ？」

「お気遣い下さり恐れ入ります」

しばらくすると休み時間も終了。

再びブース内に戻っての収録となった。

以降もこれといって問題は起こらない。

ただ、私の投げたアイテムはその後も継続して、貴宝院に当たっていたけれど。

これは完全に嫌われたな。

収録は途中で昼休みを挟みつつ、丸一日かけて行われた。

　昼休みはおじさんと一緒に近所の飲食店に足を運んだ。これだけでも収録に参加して良かったと断言できる。他の二軍メンバーは皆々で誘い合っていたが、私には関係のない話だった。なにせ声がかからなかったから。

　最後のカットが撮影されたのは、そろそろ日も暮れようという時刻。

　お疲れ様でしたと、スタッフの声がスタジオ内に響く。その案内に促されて、収録ブースから待機スペースに移動する。すると、フロア内では昼までに見られなかった人たちがチラホラと窺える。内一名については自身も覚えがある人物。運営会社の取締役、久我である。

　しかもなにやら、おじさんと話をしているではないか。先方もこちらに気づいたようで、すぐに歩み寄ってきた。

「枯木さん、お疲れ様でした」

「いやぁ、枯木さん、急に大変なこと頼んじゃってごめんね」

　おじさんと久我から労(ねぎら)いの言葉を受けた。

　自(おの)ずと他の面々の注目を引く。

　直後には一軍メンバーからも声が上がった。

「久我さぁーん、私たちも頑張りましたよぉ？」「お疲れ様です、久我さん！」「わたくしたちの演技、見ていて下さってたのかしらぁ？」「収録先まで足を運んでくれるなんて、めっちゃ嬉しいッス！」「今日はこの後もお仕事だったりするんですか？」

　貴宝院とローリングも漏れなく交じっている。

　皆々して久我の周りに集まってくる。

　彼女たちとしても、自身を売り込む絶好の機会なのだろう。

　そうした面々を軽くいなしつつ、彼はこちらに向かい改めて言った。

「枯木さん、うちの会社が毎年やってる冬フェスのことは知ってる？」

「え？　あ、はい。貴宝院さんから教えてもらいましたが……」

「佐々木さんにもご説明してたんだけど、もしよかったら総選挙に参加してもらえないかな？　現状だと厳しいとは思うけど、今の枯木さんの勢いならワンチャン、参加のボーダーを越えられると思うんだよね」

「視聴者からの投票を通じて、参加者を決めるという仕組みでしょうか？」

「うん、それそれ。佐々木さんには問題ないって、お墨付きをもらったんだけど」

『それって人前に出るってことだよねぇ？　大丈夫なのかなぁ？』

アバドンの指摘は尤もなもの。

すると、即座におじさんから補足が入った。

「もし仮に参加できることになっても、表立って顔を出すようなことはないから、その点は安心して大丈夫だよ。イベント会場には足を運んでも、やることはオンライン上での活動とほとんど同じだってさ。間違いありませんよね？　久我さん」

「ええ、そうですね。ですが枯木さんなら、顔見せしても全く問題ないと思いますが」

ところで、周囲から圧を感じる。

原因は貴宝院やローリングを筆頭とした、収録参加者からの視線。一軍メンバーのみならず、二軍メンバーからも注目を受けている。中には露骨に表情を顰めているような人物も見られる。

ぽっと出の若造が上から可愛がられているのが面白くないのだろう。

とはいえ、彼らに気兼ねして断るようなこともない。

「そういうことでしたら、あの、是非とも参加させて頂けたらと」

総選挙とやらを勝ち抜くことが、枯木落葉の当面の目標となった。

〈Vチューバー　三〉

【お隣さん視点】

枯木落葉が世に出たことで、私の生活はなかなか忙しいものになった。

とりわけ顕著なのが、学校がある日の朝の時間。

「アバドン、本日の朝食ですが、支度をしている暇がないので、学校までの移動中に軽く食べようと思います。すみませんがキッチンに行って、買い置きの食パンを一枚ばかり取ってきてくれませんか?」

『そう言うと思って、君が寝ている間に用意しておいたよ!』

「えっ、なんの冗談ですか?」

『冗談じゃないよぅ。ダイニングに用意してあるから、さぁさぁ、食べて!』

家族ごっこが終えられてからの時間を動画の撮影に当てている為、必然的に睡眠時間が削られる。目覚まし時計のセット時刻も、PVバトルに参加する以前と比べて、三十分ほど後ろ倒しされている。

「驚きました。貴方にそのような甲斐性があったとは……」

『この屋敷は広々としているから、できれば寝室を離れたくはなかったよ。だけど、ここ最近はただでさえ睡眠時間が減っているだろう? 食事まで抜いて体調を崩されたら困るから、それはもう断腸の思いだったさ』

「迷惑をかけたことは悪いと思います。ありがとうございます」

ただ、見た目の割に上等な家事スキルを備えた相棒のおかげで、どうにか生活は回っている。家族ごっこの食事当番でも世話になった炊事のみならず、洗濯や掃除にまで自発的に手を貸してくれている。

このまま世話になっていたら、頭が上がらなくなりそうで恐ろしい。

収録の二日後、日曜日にはスタジオで撮影した映像が配信された。

私とアバドンも自宅の客間で末娘から借り受けたノートパソコンに向かい、揃ってこれを眺める。番組越しに耳にする枯木落葉のお喋りは、普段と比べてちょっとだけ他人のような響きを覚えた。

『オォォッホホホホホ！　このタイミングでアイテムの引きの良さを発揮するわたくし、流石でございますわぁ！　さぁて、前を走っているのは誰かしら。あら？　ローリングさん、これはいいところにございますわね』

『だめだめだめだめ！　それ撃っちゃだめー！　私の後ろで赤いの禁止でーす！』

『あっ、すみません。貴宝院さんに私の使った甲羅が……』

『ホォァァアアアアアアアア!?』

　こうして収録したものを耳にすると、貴宝院やローリングの存在感を意識させられる。枯木落葉と比べて声の響きっぷりが段違いによろしい。グループの稼ぎ頭だと称されていた所以を改めて理解した。

「横並びで聞き比べると、年季の差を思い知らされます」

『枯木さんはお喋りが控えめだから、純粋に声色で勝負するしかないんだよね。そういった意味だと、一貫してボソボソとお喋りしている割には、耳に残る響きだと思うんだけれど』

「アバドン、無理をして褒めなくても結構です」

　配信にはすぐさまコメントが付き始めた。

　枯木落葉に対する世間からの反応は賛否両論。

〝この枯木なんとか、ウザくない？〟〝麗華様に絡みすぎ〟〝むしろ、麗華様が誘ってくれてんだろ〟〝アドリブな訳ないじゃん。新人でしょ？〟〝事前に台本がなきゃ無理だよ。いくらなんでもアイテム当て過ぎｗｗｗ〟〝そもそも二軍向けのイベントだし〟〝麗華様ってばなんとお優しい〟〝個人的には嫌いじゃないけど〟

　貴宝院の人気に相乗りする形で我々も話題になっている。今回の配信の趣旨的には大変正しい。ただ、当日のやり取りを思い起こすと、なかなか複雑な気分である。あと、攻撃アイテムの行き先は完全に偶然の賜物だ。

　一部のコメントには見覚えのあるアイコンやハンドルネームが付いていた。

花野美咲の頃から絡んでいたアンチグループ一同である。

〝枯木の絡みこれアドリブだろ。花野ガチ勢の俺なら分かる〟〝どんだけ貴宝院のこと嫌いなんだよ〟〝グループ内で居場所を失う未来が手に取るように浮かぶ〟〝収録の日、一緒にご飯行く相手がいなくて困っていたに違いない〟〝いつか苛めが理由で卒業するんじゃないかな〟

〝俄然、期待せざるを得ない〟

　厚い信頼に図らずとも応えてしまっている自分が悲しい。

　そして、いずれにせよ運営会社が見込んだ通り、我々のチャンネルも配信の恩恵を受けて、登録者数がグッと増えた。一万前後で増えたり減ったりしていたそれが、配信の翌日には倍の二万を超えているから驚きだ。

　これにはアバドンもにっこり。

『やったよ、枯木さんのチャンネル登録者数がまた増えているね！』

「アバドンはこの子が人気者になると嬉しいのですか？」

『嬉しいに決まっているだろう？　枯木さんが人気者になれば、その分だけ収入も増えるんだ。君が経済的に自立する上で大切なパートナーだと思うよ。モデルを作ってくれた妹に報いることにもなるし』

「ええ、たしかにそうですね」

　収益化については、既におじさんや二人静にも相談をしている。銀行口座なども私名義で用意してもらえることが決まった。ただし、金銭的なやり取りは二人静が管理している法人を経由して、おじさんが処理してくれるそうな。

　収入は現在のＰＶ数が継続したのなら、月に数万程度が見込まれている。

　さっそく二人静に生活費の支払いを申し出たところ、こちらは断られてしまった。将来の為に貯めておくとええ、とのこと。彼女からすれば微々たる額だし、家賃なども含めて全額を支払うことは不可能。私の自己満足に過ぎないのは事実だ。

　二人静としても我々からのリターンは、金銭ではなくご褒美で欲しいのだろう。

『この調子ならＰＶバトルもいい成績が出せそうじゃないかい？』

「そうだといいのですが」

　平静を装って受け答えしているが、私としてはそれが一番嬉しい。恐らくＰＶバトルの最下位はおじさん。上手くいけば彼に願いごとを聞いてもらえる。どんなことを頼もうか、最近は毎晩布団に入ってから、あれこれと妄想が止め処ない。

　それでも問題があるとすれば、二軍の総選挙の投票日が目前に迫っていること。

選挙活動をするにせよ、あまりにも時間が足りていない。

なんなら投票の醍醐味である冬フェスの開催日も、投票日の二日後、次の土日に予定されている。直前に実施される総選挙もまたフェスの一環として、世間に話題を提供する為のものなのだろう。

それでフェスの支度が間に合うのかとは思わないでもない。ただ、そこは単体で集客が見込めない二軍メンバーの有効活用。大した仕事が任されることはないそうな。当日、催しの主体となるのは名前が売れている一軍メンバーと聞いた。

それでも参加しないよりは、参加できた方が断然いい。

スタジオ収録より以降は、毎日欠かさず動画で投票を呼び掛けている。

『枯木落葉です。先日もご案内した二軍の総選挙のご連絡です。陰キャ風情が生意気なことを、とは皆さんもお思いのことでしょう。しかし、学校や職場の光景を思い出して下さい。陰キャあっての陽キャです』

チャンネル登録者数が増えたとはいえ、グループ内での順位は底辺。

『私のような刺身のつまが如き存在があってこそ、上に載せられた切り身は眩く映えるのであります。ですからどうか皆さんには、ご自身が推している本命と合わせまして、大根の千切りもどきにも何卒、清き一票を頂けますと……』

確実に参加するのであれば、最低でもチャンネル登録者数が十万人は必要なのではないか、というのが我々の見立てである。過去の総選挙の結果を確認した限り、そのような分布となっていた。

現時点では五分五分、といった感じだろうか。

ただ、アバドンは既に参加する気も満々のようだが。

『もし仮に君が参加するとなると、天使の使徒は可哀想なことになりそうだなぁ』

「その場合はまた、彼らに泣いてもらいましょう」

『あぁ、なんて酷いことだろう』

「そもそもの原因は、代理戦争を主催している貴方たち天使と悪魔にあるのでは？」

『そう言われてしまうと、ぐぅの音も出ないんだけどね！』

スタジオ収録した動画配信の翌日には、貴宝院やローリングから連絡があった。

コラボ配信とやらの誘いだ。

オンライン上で互いの画面を共有しながら、ライブ配信を行うのだという。

意図は不明。

自身が思うに、憎たらしい後輩を公開処刑してやろう、といった算段なのではなかろうか。それでも彼女たちの抱えたファンにアプローチする絶好の機会。総選挙を勝ち抜くためには、断るという選択肢はなかった。

末娘に確認したところ、機材的には問題ないらしい。

『ライブ配信かぁ、不安だなぁ。お喋りがすぐさま世間に伝わるんだろう？』

「この業種で賃金を得ていくのなら、避けては通れない仕事だと思います」

『だけど、炎上とかしたらどうするんだい？』

「そんな単語まで知っているのですね」

『君はただでさえ不愛想だから、僕は心配だよ』

「代理戦争を勝ち抜いていく上で、就労規則の緩い職業を選ぶ場合、今より自由の利く仕事は作家や投資家など、ごく一部の限られた職種しかありません。これ以上の贅沢は控えるべきではありませんか？」

『まぁ、君がそう考えたのなら、これ以上は否定しないけどさ』

不安がないと言えば嘘になる。けれど、貴宝院やローリングと共演するメリットは大きい。有名配信者のおこぼれに与る旨味を知ってしまった私は、ライブ配信という響きに多少の危うさを覚えつつも、これを承諾することにした。

こうして人は政治というものに溺れていくのだろう。

配信日は翌日の夜。

家族ごっこを終えてから自宅で行うことになった。

テーマはＡＳＭＲとのこと。

彼女たちから聞かされた直後は、略語の意味が分からずに首を傾げる羽目となった。打ち合わせをビデオチャットで行っていた手前、何故か知っていたアバドンから説明を受けて、上手いこと話を合わせることができた。

彼が言うには、ＰＶを集めるのにかなり有用な手立てなのだとか。

ただ、ライブ配信で扱うには些か抵抗の大きなテーマでもあった。

『マッサージ、させて頂きます。この辺り、でしょうか？　この辺りが気持ちいいのですよね。どうですか？　お疲れなんですか？　私でよろしければ、ずっとずっと、マッサージをしていようと思います』

　事前に送られてきた台本には、台詞以外に多数、ここは若干喘ぎながら、ここは耳に息を吹きかけるように、などと妙ちくりんな指示が入れられていた。そんな馬鹿なと思いつつ、丸っとスルーして読み上げることひとしきり。

　すると、即座に貴宝院から指摘が入った。

『枯木さん、お待ちになって。それではボソボソと呟いているだけですわよぉ？　もっと色気を出さなければ、視聴者の皆さんは喜んではくれませんわぁ。ローリングさんのように、恥も外見もなく媚びるくらいがちょうどいいのです』

『分かりました、貴宝院さん』

『ねーねー、貴宝院ちゃーん、それはちょっと言い過ぎだと思うんだよなぁー！』

『それでは枯木さん、もう一回やってみましょう』

『はい、承知しました』

『枯木ちゃんも素直に頷いちゃってるの、そーいう目で私のこと見てるってことぉ？』

　特定の台詞以外はアドリブ指定が入れられていた。

　こっちは簡単だ。

　適当に先輩二名と軽口を叩き合う。

　配信は小一時間ほどで終えられた。

　配信元が枯木落葉のチャンネルであるにもかかわらず、同時接続者数が二万超え。アーカイブ後のＰＶ数は即日で二十万を上回った。我々がこれまでに投稿した動画をすべてあっさりと超えていった。

　チャンネル登録者数も追加で一万数千人。

　恐るべきは有名配信者の影響力。

　ところで気になったのは、配信後に交わしたチャット上でのやり取り。

『枯木さん、貴方には貴方のやり方があるから、それを私たちがどうこう言うのは違うと思うわぁ。だけど、その行いが周りからどういった評価を得ているのかは、多少なりとも把握しておくべきじゃないかしらぁ』

『貴宝院ちゃん、それだと意図が丸っきり伝わらないんじゃないかなぁー？』

「私のこと、脅しているのでしょうか？」

『そんなふうに聞こえたのなら、そう受け取ってもらっても構わないわよぉ？』

『あぁーんもう、私からすれば貴宝院ちゃんだって似たようなものなのになぁ』

『ローリングさんは何も言わない約束ですわよね？』

『あぐぅ』

微妙な間柄も手伝い、彼女たちの言葉はいまいち信用できない。

いいや、言い訳はやめよう。

代理戦争に参加するようになってから、利害関係を共にしてない相手の言葉がまったく信用できない。共にしていても常に疑ってしまう。同じグループ内のライバル関係にある人物など、敵以外の何物でもない。

彼女たちからの助言については、適当に頷いておいた。

そして、こうした催しを挟みつつも、毎日の更新は欠かせない。

平日は学校に通いながら、授業中の暇な時間や休み時間に脚本を作成。放課後は自宅に戻り、家族ごっこに参加しつつ、以降も日が変わるまで動画の撮影。こんなに忙しく日々を過ごすのは、生まれて初めての経験ではなかろうか。

緩慢に時が過ぎるのを待つばかりであった、これまでの人生。

再生速度が変わったかのように、日常が慌ただしく移ろっていく。

それでも決して悪い気はしない。

投票日までの時間は、あっという間に経過していった。

＊

ここ数日、お隣さんの活躍が留まることを知らない。

久我さんとの打ち合わせに同行して以来、彼女が公開している動画をチェックするのが日課となった。かなり意欲的に取り組んでいるようで、毎日必ず最低一本は新作の動画が公開されている。

クオリティも申し分ない。

というか、下手なプロよりも上手い。

その根底に機械生命体から提供を受けた立体モデルや、高性能な機材があることは間違いない。ただ、それらを利用した脚本や演出もまた目を見張るものがある。とても中学生の仕事とは思えないほど。

　何千時間、下手をしたら何万時間と、学校の図書室や図書館に籠もっていた彼女だからこそ、若くして行える妙技なのではなかろうか。事実、視聴者の大半は彼女が成人した女性という前提の上でコメントを送っている。

　こうして考えると、お隣さんのこれまでの人生も決して無駄ではなかったのだと思えて、ちょっとだけ心が温かな気持ちになった。何事も積み重ねが大切なのだと、自身もまた勉強になった。

　なによりも空虚だった彼女の人生に少しでも夢中になれるモノが生まれた、というのが喜ばしい。このように称しては彼女に失礼かもだけれど、今まさに育まれつつある生き甲斐の芽を枯らすことがないようにしたい。

『貴様よ、ＰＶバトルの具合はどうだ？』

「軽井沢の風景を４Ｋ撮影したものを公開してみたんだけど、やっぱり駄目だったよ。英語の字幕を付けると、海外の方々に需要があるっぽいような記事をネットで見たんだけど、誰にも見られてないみたい」

『……そうか』

　一方で自身の進捗はさっぱりだ。

　本日も家族ごっこの舞台となる和住宅に赴いて、自室で頭を悩ませている。

　現在の合計ＰＶ数は僅か七十八。

　最下位脱出は絶望的だ。

　部屋でうんうんと唸っていると、文鳥殿が様子を見にやって来てくれた次第。

『あの娘の動画だろうか？』

「うん、そうだね」

　ノートパソコンの画面に映された映像を眺めてピーちゃんが言った。

　昨日公開されたばかりの動画だ。事務所の先輩二人とお隣さんが後者のチャンネル上でコラボ配信を行っている。ライブ配信されたものがアーカイブとして残っていたので、自然と手が動いていた。

　今回はＡＳＭＲというのに挑戦しているらしい。

『貴宝院さん、ローリングさんのようにしっかりと媚びれていましたでしょうか？』

『ええ、断然良くなりましたわぁ！　その調子で存分に媚態を示していきましょう』

『あぁんもう、貴宝院ちゃんも枯木ちゃんも酷いよぅ！　ローリー怒っちゃう！』

『馬鹿にしている訳ではありませんわよぉ？　わたくし、貴方の世間に対する媚びっぷりには、これでも一目置いておりますの。デビュー間もない枯木さんには、今まさに欲されている技術なのですわぁ！』

『そ、そこまで言うなら仕方がなぁーい！　本物の媚(こび)ってものを見せてあげる！』

先輩が相手であっても、物怖(ものお)じせずに我が道を行くお隣さん。

感覚的には家族ごっこの最中、星崎(ほしざき)さんと軽口を叩き合っているときと大差ない。デスゲームを通じて培った圧倒的な胆力は、業界の大先輩が相手であっても、彼女に物怖じをさせない。むしろ、見ているこっちがヒヤヒヤするほど。

当然ながら、我々は映像の制作には一切口出しをしていない。

自身の役割は完全にマネージャー。

久我さんなどから送られてくる事務的な連絡に対応して、契約の締結だとか、配信用アカウントの運用だとか、細々とした雑務を引き受けている。動画の制作は外部での収録も含めて、お隣さんとアバドン少年のみで行っている。

『先達にも引けを取らない語りっぷりは、なかなか大したものではないか』

「僕としては職場で悪く言われないか不安だよ」

『ぶいちゅーばーというのは、いわば人気商売なのだろう？　ならば構うことはなかろう。売れさえすれば上下関係などすぐにひっくり返る。礼儀を欠いている訳ではないのだから、そこまで気にすることはあるまい』

星の賢者様ってば、相変わらずの肉食系。

ただ、それくらいの胆力がないと、競争社会で生き残っていくのは無理なのだろうなとも思う。圧倒的な実力と過去の実績に裏打ちされた自信がとても格好いい。自分には絶対に無理だろうから。

『ところで貴宝院さん、貴方の立場は些かズルくありませんか？』

『な、なにがかしらぁ？』

『お嬢様キャラを笠(かさ)に着ている為でしょうか、私に対する指示と比較して、ご自身の媚びっぷりが弱々しい気がします。ここはひとつ後輩への指導を思い、本物の媚態を示してはもらえませんか？』

『ぐっ、わ、わたくしに愚民どもの玩具（おもちゃ）になれと？』

『急にそういうこと白状しないで下さい。色々と台無しです』

『いいでしょう、そこまで言うのでしたら、貴方のような陰キャには醸すことのできない、陽キャの魅力というものを見せて差し上げます。ですが、わたくしの圧倒的な色気に当てられて、貴方のアカウントがＢＡＮされても知りませんわよぉ？』

『貴宝院ちゃーん、それはいくらなんでも大人げないよぉー』

　二人の先輩、貴宝院さんとローリングさんとの関係も悪くない。

　未成年にライブ配信でＡＳＭＲを提案する姿勢はさておいて、他の部分では上手いことお隣さんを扱ってくれている。少なくとも枯木落葉というキャラは立っているし、コメント欄の反応も悪くない。

　ピーちゃんからも同じような感想を頂戴した。

『威勢のいい新人という立場は、眺めていて痛快ではあるな』

「どうやらそういうのがウケてるらしいんだよね」

『相手にも旨味がない訳ではない』

「だからかな？　向こうから声をかけてきたらしいよ」

　常識的に考えたら、新人が先輩相手にこんな突っ込んだことはできない。台本があれば分からないけれど、お隣さんのこれは完全にアドリブである。ぶっちゃけ、普通に考えたら虐（いじ）められそうなもの。

　ただ、恵まれたことにこの先輩方は、意味のない自尊心よりも、実利を取るタイプの方々のようだ。いい感じでお隣さんを使ってくれている。少なくとも今はそのように考えて見守ることにした。

　結果として、新人にしては破格の活躍を見せるお隣さん。

　デビューから十日足らずでチャンネル登録者数は五万人近い。

　スタート地点は無名の個人にもかかわらず、企業が腰を据えて売り出したアイドルと同じくらい注目を集めている。グループ内では目立つ数字ではないけれど、活動期間を鑑みたのなら、かなり健闘しているように思う。

*

結局、その日もなんの成果もなく日が暮れてしまった。

窓から差し込む日差しが茜色となり、やがて段々と暗がりに落ちていく。それと合わせて台所から夕食を知らせる声が聞こえてきた。自室から居間に向かうと、室内には既に家族ごっこのメンバーが揃っている。

また、これはどうしたことか。

本日はマジカルピンクの姿まで見られる。

居間の中央に設けられた円卓、その一端にちょこんと正座で座っていた。

自身も空いたスペースに腰を落ち着けつつ、ふと疑問を口にする。

「二人静さん、そちらの彼女は……」

「夕食の材料を取りに軽井沢へ戻ったのじゃが、ちょうど玄関先に姿が見られてのぅ。せっかくじゃから夕食に誘ったのじゃよ。別に食客が一人くらい増えたところで、問題はないじゃろう？」

「なるほど」

先日、お隣さんの通学先で催されたスキー教室。その現場で擦った揉んだの末に、二人静氏と和解したマジカルピンクだ。当面は異能力者に対するアサシン稼業も控えるとの言質を頂戴している。

おかげで和テーブルは人でいっぱい。

時計回りにお隣さんとアバドン少年、星崎さん、十二式さん、エルザ様、ルイス殿下、二人静氏、マジカルピンク、自身とピーちゃんの並び。食事を取らないアバドン少年と小さな文鳥殿のおかげで、辛うじて皆々席に着けている。

これ以上人が増えるようなら、もっと大きなテーブルを用意しないといけない。

個人的には、王族として優雅な生活を営んでいたルイス殿下が、苦言の一つも上げずに馴染んでいる姿に違和感を覚える。お召し物もエルザ様と同様、現代日本のそれに着替えている。完全に今風の若者。なんと適応力のあるお方だろう。

「この座卓もだいぶ手狭になってきましたね」

「もう少しでかいのを用意するかのぅ？」

「祖母よ、家財ヲ用意するノであれば、その仕事ハ是非とも末娘ニ任せて欲シイ」

「お主にはそれ以前に、家屋へ祖母の私室を増築して欲しいのじゃけど」

「母屋ノ増築には綿密ナ計画が求メられる。そう容易に行ウ訳にはイかない」

「機械生命体の超科学はどこへ行ってしまったのかのぅ」

自身が席に着いたのに応じて、皆で仲良くいただきます。

テーブルの上には今晩の夕御飯が並ぶ。本日もエルザ様とルイス殿下が用意して下さった。チャーハンにエビチリ、春巻き、麻婆豆腐など、中華料理が大皿にズラリ。肉汁たっぷりの焼き餃子など、専門店のお品と大差ない出来栄え。

二人静氏が手伝ったのだろうけれど、それにしても素晴らしい。

「ねぇ、佐々木。ちょっと尋ねたいことがあるのだけれど、いいかしら？」

「なんでしょうか？　星崎さん」

お皿の上の料理が半分ほど消えた辺りで、先輩から声をかけられた。

その口から続けられたのは予期しない横文字。

「佐々木はＤＭＣＡというのを知っているかしら？」

「ええまぁ、多少は存じておりますが」

デジタルミレニアム著作権法。

隣国で制定された連邦法である。インターネット上などに存在するデジタル著作物の管理を主体としたもので、同国の著作権法を改正する立法でもある。制定当時の九〇年代後半、海賊版の流通増加を受けて制定されたものだ。

我が国では大手検索サイトに対するクレームの呼称方法として有名である。対象のサイトにＤＭＣＡを申請する、みたいな語用が一般的に用いられており、検索サイト上に表示されている特定の情報を削除するときに目にすることが多い。

「アレってとても複雑にできていると思わない？」

「検索サイトの削除申請などでしょうか？」

「え、ええ。そうだけれど」

星崎さんもそういった用途で利用しているみたい。

ネット上から消したい情報でもあるのだろうか。

「ＤＭＣＡを申請するのには、ネット上のフォームに本名から住所まで入力しないといけないみたいだし、嘘の情報を入力すると、罰金とか取られるようなこともあるそうじゃない？　しかも全部英語でやらなきゃいけないし」

「制度が設けられた隣国では、基本的に弁護士の業務として行われていますからね。入力される名前や住所も、案件を担当する弁護士の名前や事務所が一般的です。エンドユーザー向けのフォームではないようですよ」

「えっ……そ、そうなの？」

「自分もネットの記事で読んだ程度の知識ですが」

「…………」

何気ないこちらの返事に応じて、続く言葉を失った星崎さん。

やたらと深刻そうな表情をしているの気になる。

何か問題でも抱えているのだろうか。

「星崎さん、何か困っていることがあるようなら、私でよければ力になりますが」

「え？　あ、ううん？　そんな大したことじゃないから！　ぜんぜん大丈夫よ？」

「そうでしょうか？」

「そうに決まってるでしょ？　ちょっと気になって聞いてみただけだから！」

めっちゃ怪しい。

絶対にちょっと気になった程度じゃない。

しかし、本人が大丈夫だと言っているので、無理に踏み込むことも憚（はばか）られた。以前に流出したバストアップが、再び世の中に出回り始めたのだろうか。いやしかし、それならすぐさま十二式さんが対応しそうなもの。

「母よ、問題が発生シテいるようであレば、是非トも末娘に相談されタシ」

「問題っていうほど大したものじゃないから、気にしなくていいのよ？」

「母ノ心拍数に顕著ナ上昇がみらレる。体表面の温度変化モ平時と比較シて、ベースラインに若干の変化ヲ確認。もし仮に精神的ナ問題でない場合、細菌やウィルスによる感染症ノ疑いが考えラレる」

「それよりも確認なのだけれど、ＰＶバトルってそろそろ最終日じゃないかしら？」

「母よ、あまリ露骨に会話ヲ無視されルと、末娘ハ心が寂シくなってしまウ」

「うぐっ……わ、私についての話題はこれで終わり！　いいわね？」

「承知シタ。母に関連した話題ハこれにて終えルこととスル」

　これまた強引に話題を変えるべく星崎さんが言った。

　その視線はテーブルを挟んで二人静氏に向かう。

「そうじゃのぅ。当初の予定通り二週間とするなら、明後日が最終日じゃな」

「そうよね？　期日までは丸々二日は猶予があるのよね」

　先輩、ちょうどいい話題を上げて下さった。

　自分からも皆々に提案があったのだ。

「その件なんですが、私からも提案、というか皆さんにお願いがあります」

「なんじゃ？」

「お隣さんの活動がＰＶバトルを超えて進捗しておりまして、場合によっては最終日に仕事が入る可能性が出てきました。差し支えなければ、二日ほど期日を後ろにずらして頂けるとありがたいのですが」

　二軍の総選挙に勝った場合、枯木落葉の冬フェス参加が決まる。前日にはリハーサルが予定されており、これに参加して欲しいとの連絡が久我さんから入っていた。家族ごっこに参加している余裕があるかどうかも分からない。それにイベント期間中にもＰＶ数の増加が見込まれる。

　彼女を推しているマネージャーとしては、是非とも参加させたいところ。

　すると、二人静氏は合点がいったとばかりに頷いて応じた。

「あぁ、異世プロの冬フェスかのぅ？」

「ご存知でしょうか？」

「そりゃあのぅ？　毎年デカいイベント会場を貸し切って、派手にやっておるし」

「そちらの参加権を懸けて、明日にも二軍メンバーの投票イベントがあるそうです。これを勝ち抜くと、晴れて一軍メンバーと共に冬フェス参加となります。翌日には朝から晩まで、現地でリハーサルが入ってくる予定となります」

「投票結果の発表も生配信じゃったっけ？」

「ええ、そのように聞いています」

　今後の予定を時系列で並べたのなら、明日にもお隣さんが参加する二軍メンバーの総選挙、そして、二人静氏主催のＰＶバトル最終日、冬フェス（二日目）といった形で催しが続いている。

「Ｖチューバーって貴方、そんなことをしていたの？」

「末娘やおじさんが面倒を見て下さいましたので」

「前者はまだしも、佐々木が何の役に立ったのかしら」

「マネージャーをして頂いています」

『おぉ、今日はなんだか頑張っているね！』

ということで多数決。

家族ごっこのメンバーで決議を取ったところ、賛成多数でＰＶバトルの期日は冬フェスの最終日に移動となった。個人的には、誰よりも率先して手を挙げていた星崎さんがちょっと気になった。

パイセン、無関係なのに。

「末娘まで賛成するとは驚いたのぅ？」

「祖母よ、これハ以前にも提示シタ。舞台が電子戦デあれば、機械生命体が人類に劣ルことはあり得ない。それに末娘モ姉の活躍ハ喜ばしく感じてイル。これに承諾スルことも吝かでハない」

「そういえばお主、姉とも意外と仲良しじゃったな」

「祖母よ、そノ発言は違ウ」

「何が違うのじゃ？」

「末娘ハ祖母以外のメンバーと確実ニ仲良くなリつつあル」

「べつにいいもん！　儂にはこっちのマジカル娘がいるから、別にいいんだもん！」

その事実には自身も危機感を抱いている。

いつか母星にお帰りを願わねばと思いつつも、交流のある面々が着実に攻略されつつある。高高度に控えた未確認飛行物体という圧倒的武力の他に、情の上でも絆されつつある地球人類は、かなり危うい状況にあるのではなかろうか。

「フタリシズカ、私からもいいかしら？」

「なんじゃい？」

「その可愛らしい格好の子も、家族ごっこというのに参加するのかしら？」

座卓に着いたマジカルピンクを見つめてエルザ様が仰った。

自身としては、それ以前に彼女が抱えている住まいの問題が気がかりだ。今もホームレスをやっているに違いない。児童養護施設に案内するのが正しいと思うけれど、果たして彼女はそれを受け入れるだろうか。

「それは主幹を務めておる末娘に伺いたいのぅ。そこのところ、どうなのじゃ？」

「末娘のポジションは絶対ニ譲れナイ」

「それは分かっておるから、他に空いているポジションを教えてくれんかのぅ」

「そノ人間は孤児ト聞いた。家の近所ニ住み着いた孤児とシテは何か問題が？」

十二式さん、自身よりも小柄で歳幼い見た目のマジカルピンクに、脅威を覚えているのかも。こうした部外者に容赦がないところ、機械生命体って感じがする。その価値観に振り回される我々もいつも通り。

「いくらなんでも殺伐とし過ぎじゃろ。ほのぼのとしたファミリードラマが、一変して陰鬱とした社会派ドラマに早変わりしてしまう。最近じゃと地上波で流したら、速攻でクレームが飛んでくるタイプのやつ」

平成初期のドラマって今にして思うと味付けがとても濃かった。それに慣れてしまった弊害からか、中期以降の作品にどうしても物足りなさを感じる。それが理由でアニメや漫画に流れた人もいるのではなかろうか。

「別に、孤児で構わない。それが事実」

「祖母よ、本人モこう言ってイル」

「それなら儂のところで寝泊まりしてもええんじゃけど。既に二人ほど住まっておるし、部屋には余裕があるからのぅ。一人くらい増えたところで、そう大した負担にはならんじゃろ。家族ごっこの役割については、また今度じゃ」

「……いいの？」

「なんなら引っ越しが面倒じゃからと、いい年した大人の癖して、勝手に仮住まいにしておるような輩もいるくらいじゃ。郵便物の転送までされていたときには、あまりの図々しさに驚いたわい」

こちらを眺めて二人静氏が言った。

そう言われるとぐぅの音も出ない。

早く新居を決めなければ、とは思いつつも、まとまった時間を取ることができなくて、一向に目途が立たないの申し訳ありません。というか、都内で相応のセキュリティを求めるなら、毎月のお家賃は十万円が最低ライン。家賃に十万円以上を支払うという選択肢、元社畜にはあまりにも心因的ハードルが高い。そのような贅沢をして本当にいいのかと自問自答。そんなの貴族の生活である。自身の懐具合はさておいて、どうしても躊躇してしまう。

「あの、……ありがとう、二人静」

「おぉ、初めて名前で呼んでもらえたのじゃ。ババァ、マジで感激なのじゃけど」

他方、マジカルピンクは当面の住まいをゲット。

実際に転がり込むか否かはさておいて、彼女に拠り所が生まれたのは喜ばしい。

こうなると自身も軽井沢にマンションなど借りるべきか。

「そういうことであれば、余にも役柄をもらえないだろうか？」

「ならばエルザの兄トいう設定ヲ推奨する。我が家ノすぐ近くに兄妹デ住まっているとスレば破綻はない。近隣ノ住民と家族ぐるミの付き合いがある、といった関係ハこの国でも一般的なものダと様々ナ文献に記載ガ見らレル」

「ふむ、承知した」

「仮初とはいえ、私などが殿下と血縁の関係など恐れ多くございます！」

「不甲斐ない兄ではあるが、どうかよろしく頼みたい。妹よ」

「め、滅相もありません！　こちらこそよろしくお願いいたします！」

エルザ様は相変わらず、ルイス殿下との距離感で苦労しているっぽい。きっとミュラー伯爵からも色々と言われていることだろう。いつかピーちゃんの素性を明かしたら、彼女はどんな反応を見せるだろうか。

「ところでエルザよ、そちらの鳥さんの扱いはどうなっているのだろうか？」

「この鳥さんでしたら、彼らの家庭のペットとなります、ルイス殿下」

『うむ、我はこの家でペットを担当している。貴様も気軽にピーちゃんと呼ぶといい』

「なんと、そ、それはまた随分と混沌とした……」

そして、これはルイス殿下も同様だ。

星の賢者様を隣家のペットに迎えて、神妙な面持ちを浮かべていた。

＊

家族ごっこを終えたのなら、ピーちゃんと一緒に異世界へショートステイ。

ここ最近は三日に一度くらいの頻度で足を運んでいる。なにかと忙しない現代とは打って変わって、異世界では比較的余裕に恵まれたもの。けれど、そうした時間の大半を動画投稿のネタ探しに溶かしている昨今。

前回、前々回とはミュラー伯爵とお話をしたり、ケプラー商会に軽油を届けたりと、ルーチンワークをこなすばかりで終えられていた。魔法の練習も行ってはいるけれど、どうにも身が入らずに成果はゼロ。いくつか呪文を暗記したくらい。

今回もまた首都アレストで伯爵にお会いして、エルザ様を親元に送り届ける。

からのルンゲ共和国に飛んで、ヨーゼフさんとお取り引き。

行うべきことを一通り行って、エイトリアムの滞在先に戻って来た。異世界を訪れてから本日まで一貫してお世話になっている高級志向の宿屋である。こちらの世界の時間経過で一年以上、連泊を重ねているのではなかろうか。

『ここしばらくだが、時間の経過差の変化が緩やかになってきたように思う』

「僕らの世界の一日が、ピーちゃんの世界の一週間くらいかな？」

『うむ、そのくらいで安定しつつあるのではなかろうか』

「となると、僕らの移動の頻度が原因なのかな？」

『こちらへ持ち込んでいる品々の嵩や重量も、以前の方が多かったように思う』

「たしかにそうだね」

以前は砂糖だけで毎回何トンも持ち込んでいた。他にもチョコレートだとか、工業製品だとか、目についたものを片っ端から売り込んでいた。移動の手間も相応で、一回のショートステイで何往復もしていた。

対して今は一度の往復で軽油が二、三トンのみ。倉庫内に積まれた二百リットルのドラム缶をまとめて持ち込んでいる。フォークリフトを利用して小一時間はかかる整列作業も、物を浮かせる魔法があれば数分の仕事。

「個人的には可逆性があるか否かが気になるんだけれど」

『うむ、我も同じことを考えていた』

「向こうしばらく、もう少しだけこっちと行き来する頻度を下げてみる？」

『我はそれで構わないが、こちらの世界との交易は大丈夫だろうか？』

「言われてみると、これ以上は厳しいかも。ヨーゼフさんに不安に思われたくないし」

『なかなか難しいところだな』

　当初からピーちゃんがデータを収集してくれていたおかげで、時間を無駄にすることなく検討が行える。もしも自分一人だったらきっと、今頃になってからようやくメモとか取り始めていたことだろう。

『ところで、トンネル工事はよかったのか？』

　前に訪れてから、異世界の時間に換算して、半年以上が経過している。

　そろそろ顔を見せておかないと不味いかも。

「申し訳ないけど、現地までお願いしてもいいかな？」

『うむ、承知した』

　ピーちゃんの空間魔法のお世話になり、アルテリアン地方へひとっ飛び。

　現地には既にちょっとした集落が生まれていた。

　これまでにも見られたテントの並びの他に、木材で組まれた家屋がいくつも確認できる。前回の来訪時に建造中であった建物が軒並み完成していた。また、追加で更に沢山の新築が進められていた。

　付近には馬車も多数停められている。

　馬係留場も併設されており、繋牧されたお馬さんが秣桶から干し草を食んでいる。

　現地ではフレンチさんのパパと妹さんにすぐお会いできた。

　というか、フレンチさんもご一緒だった。

「旦那、遠いところよく来て下さいました！　歓迎させて頂きます！」

「フレンチさんが足を運ばれているとは思いませんでした」

「ロタンに足を運ぶ機会があったんで、そのついでに寄り道をさせてもらったんですよ。親父と妹が世話になっている場所なんで、前々から自分の目で見ておきたかったところ、今回の遠征は渡りに船でした」

「そうだったんですね」

現場は集落の中程に設けられた木造の家屋。

小綺麗な室内には応接室が用意されており、ソファーセットまで配置されていた。青々とした木の香りから察するに、現地で製造された品だろう。向かい合わせの片割れにフレンチさんが掛けており、対面に自身というポジション。

お父さんと妹さんはフレンチさんの後ろに並んで立っている。

どうかお座り下さいと繰り返し伝えたものの、頑なに直立を維持していらっしゃる。

「旦那のおかげでロタンはとんでもない活気ですよ。あちらの町では国の財務を預かっていらっしゃるディートリッヒ伯爵とお会いしたんッスが、旦那にお礼をしたいと繰り返し仰っていました」

久しぶりに耳にしたよ、ディートリッヒ伯爵のお名前。

そういえば彼はミュラー伯爵の傍らで財務大臣なる職に付いて、ヘルツ王国のお財布を握っているのだった。過去の諍いはさておいて、今は一致団結して国政を担っているミュラー家とディートリッヒ家である。

「ロタンが賑わっているおかげで、国土を接しているブラーゼ王国との交易も過去になく盛り上がりを見せているそうです。降って湧いたヘルツ王国の好景気に、近隣諸国も驚いているみたいッス」

「それはなによりですね」

「それもこれも旦那のおかげですよ！」

ヨーゼフさんには不評な穴掘りではあるけれど、ヘルツ王国内では皆々から喜ばれているみたい。こうしてフレンチさんから現場の声を耳にしたことで、少しだけ報われたような気分になった。

肩の上の文鳥殿に目を向けると、小さく頷く仕草が返ってくる。

この程度、星の賢者様の施政には遠く及ばないだろう。けれど、少しでも彼の杞憂を取り除くことが叶ったのなら幸いだ。

「ところで親父、肝心の工事はどうなんだ？」

「当初の予定通り進捗しております、フレンチ子爵」

「っ……だ、旦那の前でそれは止めてくれよ！」

フレンチさんから尋ねられたことで、お父さんに反応が見られた。恭しくも頭を垂れての応対は上司と部下のそれ。いいや、それ以上に畏まったもの。これには息子さんも驚いたように指摘を上げる。

しかし、当の本人は至って真面目にのたもうた。

「我が家の爵位は子爵の代より授爵となりました。閣下の御前にありながら、初代であるフレンチ子爵に失礼な口を叩くわけにはいきません。この地で私が仕事に就けているのも、閣下と子爵のお力添えあってのことです」

「だからって、旦那も困ってるじゃないか」

「どうかご容赦下さい、フレンチ子爵」

「兄貴、いい加減に慣れたら？」

「どうやったら慣れるんだよ、こんなの！」

妹さんからも突っ込みが入った。

息子さんの急な出世を受けて、フレンチさんちも大変そうである。

ということで、今回もせっかくの機会なので穴掘りを手伝って行くことにした。

ここのところ頭を使う仕事ばかりしていた為、単純作業が心地良い。ゴーレムの魔法を駆使して、ただひたすらに穴を掘る。気づけばあっという間に時間は過ぎて、異世界へのショートステイも期日を迎えていた。

＊

【お隣さん視点】

異世プロの二軍メンバーから冬フェス参加者を選出するための総選挙。

その当日がやってきた。

私とアバドンは同行を申し出てくれたおじさんと一緒に軽井沢を出発。例によって機械生命体から提供された円盤型の未確認飛行物体に乗り込み、都心でも背の高いビルが建ち並んでいる界隈までやってきた。

足を運んだ先は、以前もお世話になったスタジオだ。

選挙自体は数日前からネット上で行われている。

本日はその結果発表会となる。

枯木落葉の参加は選挙期間の途中でアナウンスされた。なので他の参加者よりも少しだけ不利である。しかし、これで落選するなら、上を目指すような真似は困難ではないかとも考えている。

当落の様子はネット上の番組として、動画投稿サイト

『今回は前と比べて随分と沢山人間がいるねぇ』

「…………」

では、椅子に座しているのは誰かというと、数名の一軍のメンバーだ。本日の司会進行やゲストなど、配信を主だって担当する業界の先輩方。これに直立不動で仕えるのが、二軍メンバーの恒例であるのだとか。

貴宝院やローリングの姿も見られる。

我々二軍メンバーは彼女たちの引き立て役に過ぎない。その事実を否応なしに意識させられる。

何故に一軍と二軍を判別できるのかというと、二軍メンバーは首から自身の芸名を記入したストラップを掛けているからだ。顔が売れていない上に数が多いので、スタッフ側の苦肉の策だろう。自身も枯木落葉と書いたものを下げている。

『これが全員、君のライバルになるのかな？』

「…………」

皮肉屋の悪魔もいつも通り、私の傍らに浮かんでいる。手を伸ばせば触れられる距離に人、人、人。

まさか会話をすることなど叶わず、一方的に語りを聞かされている。


でライブ配信。

選挙にノミネートされた二軍メンバーの一喜一憂する姿を眺めるのが、今回の配信の主な楽しみ方となる。番組を盛り上げる為、敗者には罰ゲームと称して、物真似やラップバトルなどが強要されるのが慣例らしい。

現在はスタジオ内の収録スペースで壁沿いに立って控えている。

フロア内の間取りは、端的に称するなら角三区切りの弁当箱。

おかずを入れる横並びのエリアが収録スペースと調整室だ。我々は前者で待機しており、後者では音響機材を前にスタッフの方々が忙しそうにしている。そして、各々に面する白米を入れるエリアに、フロアへの出入口を備えた待機スペースが配置されている。

収録スペースには多数の二軍メンバーと思しき者たち。

誰もが例外なく壁際に立っている。

椅子がない訳ではない。スペース内には前回にも増して用意がある。しかし、今回はそれ以上に収録の参加者が多い為、隅の方に追いやられた形だ。二十名を超える参加者が部屋の外縁に沿って立っている。

本来であれば、久遠・J・グレンも参加する予定であったらしいが、私の参加が決定した為、彼は残念ながらリモート参加となった。事前に連絡を入れた際には、絶対に落選してくれと、冬フェスを目前に控えて呪詛を吐かれた。

絶対に当選したくなった。

ちなみにおじさんは待機スペースにいる。

なので収録スペースから様子を窺うことはできない。

「あの子のストラップ、枯木落葉って書いてある」「まだ子供じゃん。見た感じ中学生くらい？」「もっと年上だと思ってた」「枕してるって噂、本当なのかな？」「そうでもしなきゃ、貴宝院さんやローリングさんとコラボとか事務所が許さないでしょ」「ちょっとバズったからって調子に乗ってるよね」

ところで、二軍メンバーの私に対する反応が辛辣である。

遠目にこちらを眺めながら、ヒソヒソと小声でやり取りしている。隠すつもりがないのか、一部の会話は本人の耳にまで届く。大半は女性だ。年齢は下が十代から上は三十代くらいまで、かなり幅がある。

「外にいた七三でスーツの人、彼女のマネージャーらしいよ」「え？　二軍なのにマネージャーが付いてるの？」「しかも専属って噂を聞いたんだけど」「あり得なくない？」「本当だとしたら絶対に枕してるでしょ」「見た感じやってそうな顔してるもんね」「あのマネージャーともやってるかもよ？」「うわぁ、マジきもい」

わざわざ外野に指摘されるまでもない。

おじさんと枕したい人生だった。

『同僚受けが最悪なの、まさに枯木さんって感じがするね！』

「…………」

アバドンにいい笑顔で言われた。

この悪魔はどっちの味方なのか。

いずれにせよ、気にするだけ無駄である。

新興のVチューバー業界とはいえ、芸能界の一端には違いない。界隈が嫉妬と欲望のドロドロと渦巻いた世界であることは、前に図書館で手に取った何とかという芸人の自叙伝にも色濃く書かれていた。

周囲の声は聞こえない振りをして過ごす。

すると、しばらくしたところで一軍メンバーに変化が見られた。

内二人が席を立ち、こちらに向かい歩み寄ってきたのだ。

共に自身も面識のある人物。

貴宝院とローリングである。

彼女たちは私の正面まで足を運ぶと、事もなげに語ってみせた。

「枯木さん、あちらでテーブルを囲んで、わたくしたちとお話をしましょう？」

「貴宝院ちゃん、それだと不良が後輩を校舎裏に呼び出してるみたいだよぉー」

まさにローリングの指摘通り。

一体何の呼び出しだ。

「失礼ですが、どうして私に声をかけるんですか？」

「仲のいい後輩とお喋りをしようと考えただけですわぁ。それともお嫌かしら？」

「いいえ、嫌ではありません。ですが、この場では控えておこうと思います」

ただでさえ二軍メンバーから邪険にされている。この状況で一軍メンバーから贔屓（ひいき）にされている姿など見られたのなら、どのような扱いを受けるか分かったものではない。ただでさえ多いアンチが更に増えてしまいそう。

いいや、むしろそれが狙いか？

敢（あ）えて私に構うことで、今以上に二軍メンバーの反感を煽（あお）るという作戦なのでは。

「まぁ、貴方がそう言うのでしたら、決して無理にとは言いませんけれど」

「いちいち言葉に棘（とげ）があるの、本当にどーしょもないなぁー、貴宝院ちゃんは」

私が断りを入れると、二人はすぐに引き下がった。

そして、元居た椅子に着くと、他の一軍メンバーとの談笑に戻る。

マネージャーとして頑張って下さっているおじさんには申し訳ないけれど、二軍メンバーとの交流は絶望的かもしれない。ただ、アバドンの言葉ではないが、枯木落葉はそういうキャラなので、差し支えはないだろう。

収入源としての性能を優先するなら、ピン芸人として評価されてこそ価値がある。

＊

【お隣さん視点】


収録スペースに収まってから数分ほど待つと収録が始まった。

本日の配信の基本的な流れは、当選者のうち得票数の少ない順に、参加者の名前が挙げられていくスタイル。司会役から名前を呼ばれた二軍メンバーは、カメラやマイクの前に立って喜びのリアクションを取る。その繰り返し。

収録の参加者は全部で二十二名。一方で異世フェスの参加枠は十名。司会進行と当落の発表、それに付随する二軍メンバーのアピールタイムを含めて一人頭十分としても、枠全体を発表するには一時間以上かかる。

その間、参加者は全員立ちっぱなし。

一軍メンバーがずっと立って収録しているのだから、二軍メンバーも同じように立っていろ、という思いは分からないでもない。けれど、これが待っているだけで大変なこと。お喋り以外のところでメンタルを削られる。

しかも当落は事前に知らされていない。

ぶっつけ本番のライブ配信。

当選した場合の挨拶は昨晩のうちに用意した。しかし、落選した場合の罰ゲームは、クジ引きにより決定されるとのこと。内容も伏せられている。過去の実績からいくつか見繕って下準備は行ったが、果たしてどうなることか。

「はきゅぅーん！　みんなぁ！　チルチルにいっぱい投票してくれてぇ、本当にありがとうだよぉぉぉ！　みんなが投票してくれたからチルチル、異世フェスに参加できる！　当日は一緒にたぁーっくさん、キュンキュンしちゃおうねっ！　約束だよぉ⁉」

この場で初めて名前を耳にした、どこかの誰かが喜びの声を上げている。

とても嬉しそうだ。

失礼な話ではあるが、挨拶を眺めていて背筋がゾワゾワとするような輩も多い。立体モデルの可愛らしい見た目に対して、中の人との落差が激しい。年齢差も十や二十は当たり前。目を背けている二軍メンバーもチラホラと見受けられる。

自身も他人事ではないのだけれど。

ふと気になって調整室に目を向ける。すると、我々の立っている収録スペースとは大きなガラス窓に隔てられて、音響機材を前にしたスタッフの方々が窺える。誰もが真剣な表情で撮影に向き合っている姿には、プロの凄みとでも称すべき気迫を感じた。

　当落の発表は滞りなく行われて、当初のスケジュール通り進行。

　そして、上位三名の発表を残した時点で休憩となった。二十分後、収録スペースに集まって下さい、とのこと。ちなみに枯木落葉の名前はまだ呼ばれていない。

『ずっと立ちっぱなしだったけれど、身体の調子は大丈夫かい？』

「…………」

　アバドンの言葉に無言で小さく頷きつつ、収録スペースを後にする。

　待機スペースに戻ったのなら、すぐにおじさんの下へ向かった。

　彼は部屋の隅の方に立ってスマホを弄っていた。隣室から二軍メンバーが吐き出され始めたのを確認して、視線が手元から上げられる。ちらりと覗いた画面には、今まさに我々が配信している番組が映されていた。

「長々と付き合わせてしまい申し訳ありません、おじさん」

「お疲れ様。まだ名前は呼ばれていないみたいだね」

「はい、せっかく付き合って下さっているのに申し訳ありません」

「むしろ上位に入り込んでいるんじゃないかな？」

「そうであれば嬉しいのですが……」

「ところで、スタジオの近くにディスカウントストアがあったから、折りたたみの椅子を買ってきたんだけど、どうかな？　ずっと立ちっぱなしで疲れてるでしょ。休憩時間くらいは足を休ませたらどうかと思うんだけど」

　自身の足元を視線で示して彼は言った。

　そこには小さく折り畳まれた椅子が壁に立てかけられている。わざわざ私などの為に用意してくれたようだ。

　オフィスに置かれていても自然なデザイン。丸い座面が印象的なパイプチェアだ。小さいながら背もたれも付いている。

「せっかくのご厚意を申し訳ありません。他の方々は皆さん立っていらっしゃるので」

「それなら外にタクシーを停めているから、そっちで休む？」

「えっ、どこかに行かれるんですか？」

「間に休憩を挟むって聞いたから、落ち着いて休める場所を確保しておいたんだけど」

「いえ、そ、そこまでしていただかなくても……」

おじさんの仕事が凄い。

Vチューバーのマネージャーとは、普通ここまでするものなのだろうか。とても失礼な話、おじさんのことはうだつの上がらないサラリーマンと認識していた。けれどそれはとんでもない勘違いで、非常に優秀な社会人だったりするのではないか。

このタイミングで足を揉んで欲しいと頼んだら、どうだろう。

彼は私の身体に触れてくれるだろうか。

抗い難い妄想が脳裏でムクムクと膨れていく。

しかし、そうした交流もほんの僅かな間のこと。

「枯木ちゃん、ちょっといいかな？」

すぐに誰かから声をかけられてしまった。

いつの間にやら隣に人が立っている。

首から下げたストラップから判断するに、二軍メンバーの参加者だ。性別は女性。見たところ年齢は私よりもいくつか上で、十代後半から高くても二十歳前後と思われる。ピンク色に染められた頭髪が印象的だ。

本日の収録では得票十位で名前を呼ばれていた。

「なんでしょうか？」

「同じ二軍のメンバー同士、枯木ちゃんと仲良くしたいなって。周りの人たちは年上の方も多いから、どうしても一歩を踏み出せなくてさ。もしよかったら近くのコンビニまで飲み物とか買いに行かない？」

ニコニコと人当たりの良さそうな笑みを浮かべている十位の人。

まさかの誘い文句を耳にして、陰キャは内心ビックリである。

「ええ、それは構いませんが……」

おじさんにチラチラと視線を向けつつ応える。

私の見つめる先で彼は小さく頷いた。

「よし決まり！　休憩時間そんなに長くないし、さっそく出発だ！」

「おじさん、申し訳ありません。少しだけ外に出てきます」

「お財布は手元にある？」

「はい、大丈夫です」

おじさんに見送られて、私は待機スペースを後にした。

フロアのエントランスを過ぎて、エレベータで一階に降りる。スタジオが収まっているビルの近所にコンビニエンスストアがあることは、前にスタジオを訪れた際にも確認している。十分もあれば往復できる距離だ。

すんなりとやってきたエレベータに揺られて一階に到着。

ビルの出入り口を屋外に出る。

建物に面した道路の路肩には、おじさんの言葉通りタクシーが停まっていた。既に十分な額を前払いしているのだろう。運転手は気分を害した様子もなく、ぼんやりとフロントガラスの先を眺めている。

その様子を尻目に、コンビニのあった方向に足を動かす。

すると、直後にも共連れから言われた。

「枯木ちゃん、ちょっとこっちにいいかな？」

「なんでしょうか？」

十位の彼女に言われるがまま、ビルの脇に延びた細い路地に向かう。

建物の間に生まれた道幅二、三メートルほどの狭い通路だ。

昼間であっても人通りは見られない。

少しばかり歩いたところで、十字路を曲がる。曲がった先も同じくらいの道幅の路地が続いている。周囲を背の高いビルに囲まれて、大通りから届けられる喧騒も、幾分か遠退いて感じられる界隈だ。

そこに自動車が一台、強引に停められていた。

黒いミニバンだ。

近くには見覚えのある顔が何名か。

いずれも総選挙に参加している二軍メンバーだ。ただし、十位の彼女とは異なり、残る面々はまだ名前を呼ばれていなかったけれど。ちなみに男性の姿は見られない。一人の例外なく女性のメンバーだ。

女性の割合が高い収録ではあったけれど、かなり偏っているように思う。

『なんだか不穏な雰囲気を感じるなぁ』

アバドンに言われるまでもない。

きっと碌でもないことに巻き込まれた。

「これはどういったことでしょうか？」

「私、見ちゃったんだよね。ディレクターが手にしてた今日の台本」

「それがどうかしましたか？」

「おめでとう、枯木ちゃん。今回の総選挙で二位だってさ」

「………………」

この状況でネタバレを喰らうとは思わなかった。罰ゲームに参加せずに済みそうなのは幸いだ。

「だけどそれ、私たちには全然おめでたくないんだよね」

「改めて確認しますが、それがどうかしましたか？」

「それそれ、そういうところ。マジでムカつくんだけど」

「癇に障ったようであれば、この場で謝罪します。すみませんでした」

「アンタ、私たちのこと馬鹿にしてるよね？　絶対にそうだよね？」

意味が分からない。

この女、私にどうしろというのだ。

子供相手にイキって恥ずかしくないのだろうか。

「単刀直入に言うけど、アンタ、今すぐに帰ってくれない？　理由は体調不良でもなんでもいいから。それで向こう数日くらい、家に引き籠もっててよ。陰キャの枯木ちゃんなら、別にそれくらい普通だよね？」

「………………」

枯木落葉の当選が気に入らない、或いは繰り上げて当選させたい人物がいる、といったところか。この身は子供だ。彼女たちの目には弱々しく映ることだろう。人数を揃えたのなら、多少強引であっても言うことを聞かせられると考えたのだろう。

大人げないと思わないでもない。

けれど、彼女たちも将来が懸かっているからこそ、必死なのだろう。

隔離空間内ではいい年した大人たちから、たびたび命を狙われてきた。亡くなる子供も少なくない。利益の奪い合いには大人も子供もないのだと、私は学んでしまった。だから、こんなことで当確を譲歩するなどとんでもない。

「すみませんが、それはできません」

「この状況でイキってどうするつもり？」

「むしろ、それは私の台詞なんですが」

「なにこのクソガキ。本当に腹立たしいんだけど」

甚だ憤慨したように先方は言う。

直後にも彼女の意識は私から離れて、路上に停められたミニバンに向かった。すっと伸びた手が、後部座席の窓ガラスを軽くコンコンと叩く。その行いにどういった意味があるのか。これといって車内から反応は見られない。

「私の言うことを聞かなかったこと、後で後悔しても知らないんだから」

そうかと思えば、捨て台詞を残して彼女たちは去っていく。

路地から表通りへ、スタジオの収まるビルに向かい歩いていく。

これを私はその場に立ったまま、何をするでもなく見送った。

一体何だというのだ。

疑問に思ったところで、彼女の行いについては、すぐに答え合わせとなった。

路地に停められていた黒いミニバン。

そのスライドドアが内側から開かれて、車内から人が二人現れた。

共にかなり大柄な男性だ。私よりも頭二つ分くらい身長がある。年齢は片や二十代、片や四十代といった雰囲気。前者は真っ黒なダウンジャケットにジーンズ、後者は黒いロングコートに上下スーツといった格好をしている。

特徴的なのは刺青(いれずみ)。

両名とも全身のあちこちに入れている。

見るからに反社会的な者たちではなかろうか。

「あの、私になにか用でしょうか」

「お嬢ちゃん、俺らと一緒にドライブしない？」

「週明けにはちゃんと家に帰してあげるから」

想像した通りの返答が戻ってきた。

是が非でも枯木落葉を落選させたいらしい。ディレクターの台本とやらを確認したタイミングで、すぐさま他所(よそ)から呼び寄せたのだろう。この場へ至るまでの決断力と手際の良さは大したものだと思う。

代理戦争を勝ち抜いていく上では、何よりも大切な技能。

自身も見習うべきだと考える程度には。

「すみません。この後も仕事がありますので、ドライブは遠慮しておきます」

「断られたとしても、連れて行っちゃうんだけどね」

「痛い思いをしたくなかったら、大人しくするんだよ？」

化粧女がそうであったように、拳銃などの飛び道具を持ち出されたら危なかった。けれど、今のところ男たちは無手。しかも相手をひ弱な子供と判断して、不用心にも近づいてくるではないか。

だとすれば、性悪悪魔から与えられた摩訶不思議な力が威力を発揮する。

男たちの片割れ、若い方がこちらの腕を掴んだ。

そのタイミングで私は悪魔由来の力を発動させる。

「っ……ちょっ……な、なんだこれっ……」

自身の身体に変化を感じたことで、男の口から驚愕が漏れる。

膝から崩れるようにして、路上に倒れこむ。

そして、ピクリとも動かなくなった。

大丈夫、死んではいない。気を失っているだけ。今は亡き母親とその彼氏を昏倒させまくったおかげで、力加減はバッチリだ。ただ、傍目にはかなり危うく感じられる光景ではなかろうか。

私はさも驚いたように、自らの関与を否定するべく疑問の声を上げる。

「あの、大丈夫ですか？」

「お、おい、どうしたんだよ⁉」

それまで余裕綽々であったもう一人の男性。

その顔に驚きが浮かび上がる。

目に見えて狼狽したように片割れを呼ぶ。

けれど、返事は戻らない。

「救急車とか、呼んだ方がよくないですか？」

「このガキ、今なんかしたのか？」

「どうしてそうなるんですか。脳梗塞とかじゃありませんか？　それとも何か、危ない薬物にでも手を出していたりするのでしょうか。いずれにせよ、放っておいたら大変なことになりそうですけれど」

「…………」

言われてみれば、たしかに、みたいな反応が返ってきた。

これがまた滑稽である。

もう一人の男、年上の方はその場にしゃがみこんで、倒れた片割れの首筋に手を伸ばす。脈でも計ろうというのだろう。そうして相手の意識がこちらから離れたタイミングで、私は彼の後方に回り込んだ相棒に目を向ける。アバドンは私が頷いたのを確認して、男の首筋に指先を触れさせた。

「っ……」

残る一人も意識を刈り取られて、地面に突っ伏す。

男たちは二人、重なり合うようにして倒れた。

間髪を容れず、野太い男の声が響く。

「おい！　お前らどうなってんだ!?」

時を同じくして、ミニバンの運転席から男がもう一人、降りてきた。

三十路ほどと思しき中年男性だ。側頭部を刈り上げた長髪を後方で団子状に結い上げている。たしか、マンバンヘアといっただろうか。サングラスを着用しており、かなり厳つい印象を受ける。腕や顔にはもれなく刺青。

「このガキ、何かしやがったな!?」

「っ……」

男は懐からナイフを取り出し、こちらに向かい突き出した。

声をかけてきた二人にも増して短絡的な性格の人物だ。

私は大慌てで身を引く。

それと合わせて、突き出された相手の腕に向かい、自身の手を伸ばした。上手いことタイミングが合ったようで、先方の腕が伸び切った状況で、ナイフを握りしめた男の手の甲にこちらの指先が軽く触れる。

肌が接した瞬間にも、男はナイフを取り落とす。

そして、前のめりに地面へ倒れた。

傍らに目を向ければ、とても近い場所にアバドンが控えている。万が一に備えてくれていたようだ。いつの間にか伸ばされていた手の平は、私の肩口に向かい伸びていたナイフの切っ先を受け止めるような位置関係。

幸いにして、刃は寸前で止まっていた。

『運動が苦手な僕の相棒が、こんなにも頑張るとは思わなかったよ』

「代理戦争で日々鍛えられていますから」

ここ最近、相手の何気ない身じろぎにも目が行くようになった。刃物や銃器を向けられる機会に恵まれたからだろう。ふと脳裏に思い返されたのは、三宅島でゲームに敗北した口の悪い小学生だ。

『だけど、仲間の存在を事前に考慮していなかったのはマイナスかなぁ』

「ええ、そうですね。精進したいと思います」

アバドンと受け答えしつつ、ミニバン内を確認する。

これ以上は味方も見られない。

安全を確保した私は、周囲に人の目や監視カメラがないことを確認。先方もこの辺りは事前に都合のいい場所を選んでいたようだ。おかげで我々としても非常にありがたい。おじさんに迷惑をかけることもないだろう。

これ幸いと、私は倒れた男たちの懐に手を伸ばした。

*

【お隣さん視点】


当初の予定通り、コンビニで飲み物を購入してスタジオに戻った。

すると、得票十位の彼女を筆頭にして、二軍メンバーの一部からギョッとした眼差しを向けられた。どうしてお前がここにいるのかと、言外に訴えんばかりの面持ち。待機スペースに居合わせた数名が目に見えて驚いていた。

対してこちらは素知らぬ顔で主犯の下へ。

やられてばかりというのも面白くない。

おじさんへの言い訳も必要だ。

「せっかく声をかけてもらったのに、先に戻って頂いてすみませんでした。レジの前の方がもたついておりまして。セルフレジが使えたらよかったんですが、あいにく電子マネーも残高が不足しておりまして」

「え？　あ、ええ……べつに、構わない、けど」

おじさんにも聞こえるよう、別々にスタジオへ戻った経緯をでっち上げ。

からの、声を小さくしてボソボソっと。

「次は許しませんよ。佐藤紀子さん」

「っ……！」

私の囁きを耳にして、十位の彼女改め、佐藤紀子の顔色が変わった。

顕著に狼狽する様子は、仕返しという意味合いでは心地良いものだ。しかし、他者の目を思うと、もう少し抑えて欲しいところ。せっかく小声で話しかけているのに、

STAFF
PASS

注目が集まってしまうではないか。

「……あ、あんた、どうして……」

「彼らのスマホに貴方との通話履歴が残っていましたので、名前と番号を控えさせて頂きました。貴方とどういった関係にあるのかは知りませんが、他者に自身の卑猥な姿を撮影させるのは、流石にどうかと思いますよ」

「なっ……」

これだけ脅しておけば、当面は大丈夫ではなかろうか。警察への通報は控えておく。

異世界プロダクションもいい顔はしないだろうし、なによりも、おじさんに心配されてしまいそうだから。男たちの個人情報は、スマホや財布に収められていた免許証から把握した。最近の端末は指紋認証で簡単に中身が確認できるから便利だ。

通話履歴や電話番号のほかに、内部メモリーには彼女と男たちの交わり合っている映像や画像が多数見られた。眺めていてあまり気持ちのいいものではないけれど、データは自身の端末にコピーさせてもらった。

こうして握ったライバルの弱みは、いつか利用できるかもしれない。少なくとも今後、私に楯突こうとは考えないだろう。アイドル候補から前科一犯へと堕ちて、自暴自棄になられるよりも遥かに具合がいい。

「わ、私のこと、脅してるつもり？」

「失礼ですね。私を貴方と同じにしないで下さい」

「だったら……」

「ですが、貴方は今後どれだけ成功しても、本日のことを忘れないでしょうね」

「っ……」

そこまで伝えると、佐藤紀子は言葉を失った。

世の大人たちはこうやって、他者との信頼関係を築いていくのだろう。

時を同じくして、スタッフから休憩時間の終わりと、収録スペースに戻って欲しい旨が伝えられる。待機スペースで過ごしていた参加者たちは案内に促されるがまま、ぞろぞろとブース内に戻っていく。

自身も素知らぬ態度でこれに続いた。

『あぁ、なんて悪い子になってしまったんだろう』

「………」

貴方のせいですよ、アバドン。

それ以降、投票イベントのライブ配信は滞りなく行われた。

　私は事前に二位当選が伝えられていた為、十分に検討を行った上で挨拶に至ることができた。こうして考えると、佐藤紀子が画策した拉致未遂も決して悪いことばかりではない。むしろ、得るモノの方が大きかった気もする。

「枯木落葉にご投票を下さった皆さん、本当にありがとうございます。先輩方の歩みと比べては小さな一歩でございますが、高校デビューに失敗した陰キャの末路としては、これ以上ない成果を残すことができました」

　私は内心ほくそ笑みながら、マイクに向かって挨拶をする。

「こうして皆様の好意から与えられた役目をしっかり果たせるよう、当日は粉骨砕身の思いで現場に臨みたく存じます。何をさせても半端な身の上にはございますが、どうぞ今後とも枯木落葉を少しでもお気に留めて頂けましたら……」

　すぐ隣には司会役の貴宝院とローリングが並ぶ。

「枯木さん、そんな政治家のような堅苦しい挨拶、誰が喜ぶというのですか。わたくしたちはエンターテイナーとしてこの場に立っているのですわよ？　貴方には以前から先輩として、色々と講釈を垂れてきたつもりですが、これではてんで駄目ですわぁ」

「でしたらすみません、是非とも先輩にお手本を示して頂けたらと」

「お手本、ですわぁ？」

「これより枯木落葉になりきって、二位入選の挨拶を我々にご教示下さい」

「いいでしょう。そこまで言うのなら、わたくしが先輩として立派なお手本を……」

「貴宝院ちゃんってばぁ、またそうやって枯木ちゃんの手玉に取られるぅー」

「ち、違いますわぁ！　これはわたくしが自らのキャラを立てる為、敢えて後輩の話題に乗っかりつつ、少しでも発言の機会を増やしていこうという、非常に野心的且つ一石二鳥な作戦であって、決して手玉に取られた訳ではっ……！」

「あぁーん、早口で必死過ぎなの哀れだなぁ」

　ということで、枯木落葉の冬フェス参加が決まった。

　こうなると当日はもう、おじさんとのデート以外の何物でもない。

＊

お隣さんとアバドン少年の冬フェス参加が決まった。

投票イベントの翌日にはリハーサルがあるとのことで、収録を終えるや否や、我々は都内のホテルに移動。事務所に軽井沢在住と伝えていた手前、先方が会場の近くに宿泊先を取ってくれていた。業界大手の確かなサポート力を感じる。

周囲の目もあるので、その日は大人しくホテルで一泊。

家族ごっこの時間も、夕食を食べてすぐにトンボ返り。未確認飛行物体内に滞在していたのは小一時間くらい。皆々からは頑張ってこいと、笑顔で送り出されたお隣さんとアバドン少年である。自身もこれに付き合ってホテルに戻った。

未だに余裕の見られた十二式さんの言動には、彼女が現時点で得ているPV数が気になるところ。また、星崎さんが昨日にも輪をかけて挙動不審であったのは、それ以上に気がかりである。本人はなんら問題ないと語っていたけれど。

翌日のリハーサルは、ホテルから会場にタクシーで直行。

冬フェスの会場は、東京臨海副都心に設けられた大規模な屋内展示場。宙に浮かんでいるかのような逆三角形の四つ並んだ建物が有名だ。自身も以前の会社に勤めていたとき、商材の展示会などで何度か足を運んだ覚えがある。

イベントはその東展示棟全体を利用して催されるとのこと。

事前に配付されたマップに従えば、会場内は大きく三区画に分けられている。

メインステージを中央にして、フードエリアやカフェ、物販ブースが設けられたエリアA。サブステージと様々な展示、体験企画が配置されたエリアB。そして、関係者以外立ち入り禁止のスタッフ専用エリアC。

事前に連絡されていた集合場所はエリアCに所在する控え室だ。

広々とした会場を背の高いパーティションで区切った一区画。百平米以上ありそうな空間に、折りたたみ椅子や長テーブルが多数設置されている。隅の方には自動販売機や業務用の温水ディスペンサーなども並ぶ。

スタッフの方々が休憩したり、食事を取るのに利用するスペースと思われる。

「会場も大きいですが、控え室もこんなに広々としているんですね」

控え室を眺めて、お隣さんが言った。

フロアには多くのスタッフが見られる。役職によって姿格好も千差万別。作業服を身に付けた設備担当者と思しき方から、スーツ姿のディレクター層まで。首から下げたストラップにより、各々の役職を確認できる。

長机に突っ伏して眠っている方がいれば、食事を取っている方もいるし、打ち合わせをしていると思しき方々も見られる。そして、この場に居合わせた人たちも全体からすればごく一部に過ぎない。

末端まで含めたら、幾百人という方々がスタッフとして参加していることだろう。

こういう景気がいい会社に新卒で入りたかったと切に思う。

「ここの会社さん、従業員の福利厚生が充実してるので有名だからね」

「福利厚生、ですか？」

「あぁ、ごめんね。社員さんの待遇だから、お隣さんには関係のない話だったかも」

「単語は知っています。天使と悪魔の代理戦争に欠如している概念ですね」

『来期以降の代理戦争の開催に当たって、貴重な意見とさせてもらおうかな！』

控え室はここ以外にも会場内に多数存在するらしい。基本的には会場に配置された企画ごとに、その規模に見合ったスペースが用意されているとのこと。３Ｄモデルの中の人たちは当日、各々のスケジュールに従って、これらスペースを梯子（はしご）していくことになるのだとか。

ただし、会場で主立って活躍されるのは、一軍メンバーや裏方に付いたスタッフの方々。認知度が低い二軍メンバーはあまり仕事が与えられていない。これはお隣さんが演じる枯木落葉も同様。当日はこちらの控え室で過ごす時間が長くなりそうだ。

「集合時間にはまだ少し時間があるから、椅子に座っていようか」

「はい、分かりました」

「飲み物を買ってくるけど、何か希望はあるかな？」

「あっ、でしたら私も一緒に……」

『できることなら今のうちに、施設内の地理を確認しておけると嬉しいなぁ』

お隣さんやアバドン少年と自動販売機の下へ。

ところで、控え室を訪れるまでの間に気になったことが一点。

会場の至るところに警備員が見られる。

大手警備会社のロゴが入った制服姿の人たちだ。イベントの規模を鑑みれば、必要な措置だとは思う。けれど、その数がかなり多い。控え室に至るまで立っていると、どうしても物々しさを感じてしまう。

「佐々木さん、少々よろしいでしょうか？」

自動販売機で商品を選んでいると、背後から声をかけられた。

振り返るとそこでは見覚えのある顔がこちらを見つめている。

「犬飼さん、どうしてこちらに……」

「そちらも含めてお話をさせて頂けたらと」

海上自衛隊のキャリア組、犬飼三等海尉。

耳にかかるほどのショートヘアにキリリとした面持ちが印象的な美人さんだ。年齢は防衛大学校を卒業して間もないように思う。それでも落ち着いた口調でキビキビとお喋りをする仕草には、出自が背後に透けて見える。

「承知しました。でしたらそちらの隅の方へ」

「ご快諾下さりありがとうございます」

ただし、本日は警備会社の制服を着用している。

まさか民間に転職されたのだろうか。

自衛隊や警察からの天下りが多いとは聞くけれど、流石に早過ぎるような。疑問に首を傾げつつ、打ち合わせスペースの隅の方へ移動する。自動販売機では彼女の分も飲み物を購入することを忘れない。

長机に犬飼さん、自分、お隣さんといった並びで腰を落ち着ける。

アバドン少年は我々の正面、長机の上にプカプカと浮いておりますね。

「数日前、こちらの施設の管理会社に爆弾テロの予告が届きました。日付にあった催しの運営元、異世界プロダクションには管理会社の手配した警備会社を入れることで、イベントの開催を許可する旨を警察から伝えています」

犬飼さんから聞かされたのは、これまた刺激的なお話である。

思わず回れ右をして会場から逃げ出したくなった。

それと同時にふと思い至る。

傍迷惑(はためいわく)な爆破テロ予告の差出人に。

このタイミングで犬飼さんから声をかけられた、というのも大きい。

「失礼ですが、テロ予告の差出人はもしや、弊局となりますでしょうか？」

「はい、少なくとも私は上司から、そのように聞いております」

「…………」

とても局っぽいやり口である。

なんなら阿久津(あくつ)さんっぽい。

この様子だと異世界プロダクションさんは何も事情を聞かされていないことだろう。事情を把握しているのは恐らく、警察や警備会社の上層部と、犬飼さんを筆頭とした、現場に入り込む一部の人たちだけ。

局として、会場で何かするつもりなのだろうか。

それとも単にお隣さんの身辺警護や調査を兼ねた行いなのか。

「失礼ですが、我々に情報を漏らしてしまってよろしかったのでしょうか？」

「現場で問題が発生した場合には、皆さんに協力を願うこともあり得るとの判断から、事前に話を通しておくように上司から指示を受けております。有事の際には私が窓口として、皆さんと対応することになりましたので」

「左様でしたか」

課長の秘密主義は今に始まったことではないので、いちいち気にするのは止めよう。

聞かれなかったから教えなかった、くらいのこと普通に言ってきそうだし。

「これは我々の見解ですが、局の通告とは関係のないところで騒動が起こる可能性も、決してゼロとは言えません。これまでの経緯を考慮しますと、むしろ無視できないリスクではないかと判断しております」

「そうですね。犬飼さんの仰る通りかと」

「ですが、即座に看破されるとは思いませんでした。局からテロ予告を装い人員が派遣されることを、佐々木さんは事前に知らされていたのでしょうか？」

「いえ、この場で初めて知りました」

「どうして予告が本物だと考えなかったのでしょうか？」

「犬飼さんがこうして事前に接触してきた時点で、狙いは爆発物を引き合いに出したイベントの中止ではなく、機械生命体や我々に関係した事柄だと考えました。だとすれば、相手がテロ組織や反社などであった場合、予告に疑問を覚えます」

「…………」

「もし本当に爆破したいのなら、予告なしに実行すると思います。予告するメリットがありません。なのでテロ組織や反社などは除外。次点で局の可能性が高かったので、そのように判断しました」

「なぜ次点で局の名前が上がったのでしょうか？」

「予告から僅か数日で公的機関との調整を終えて、これだけの警備員を導入しています。イベントの規模に対して、警察や警備会社などとの連携があまりにもよろしいものですから」

「……それだけのことを一瞬で見極めるとは、感服いたしました」

「我々の上司は少々変わった人柄なものでして」

先日お隣さんの通学先でも一騒動あったばかり。

今回は十二式さんこそ出張っていない。しかし、お隣さんやアバドン少年が天使と悪魔の代理戦争で、ある種のキーパーソンと化していることは事実だ。なんなら界隈で最大のウィークポイントとなる自身も同行している。

敵の首根っこを押さえることができればいいのだけれど、敵対している組織や団体が多過ぎて一網打尽とはいかない。問題が起こったタイミングで個別に対処していくしかない、というのが我々の置かれた状況である。

「お話は以上となります。急に話しかけてしまい申し訳ありませんでした」

「そんな滅相もない。わざわざお声がけ下さりありがとうございます」

「当日はどうぞ、よろしくお願いいたします」

そして、言うが早いか犬飼さんは席を立っていった。

ちなみに肝心のリハーサルは、どこの誰にも邪魔されることなく、予定通りに終えられた。危なげなくお仕事に当たるお隣さんの姿を眺めながら、どうか本番当日も無事に過ぎて欲しいと願うばかりであった。

*

翌日、冬フェスの開催初日を迎えた。

当日は前泊したホテルから、お隣さんと一緒に会場入り。そして、午前中はお仕事に掛り切りとなる彼女と分かれて別行動。暇になってしまった時間を、会場を見て回ることで過ごす運びとなった。

「これまたやたらと金がかかっておるのぅ？　こりゃ準備だけで三日はかかるじゃろう。儲かっておるとは聞いておったが、これだけ盛大にやってくれると、傍から眺めていても気持ちがええのぅ」

自身の隣には二人静氏。

昨晩の家族ごっこの席で、イベントに知り合いを誘うくらい、運営から余分にチケットを受け取っておるのじゃろ？　などと言われたので素直に頷いたところ、こうして一緒に行動することとなった。

「こちらのイベントですが、以前からご存知のように言っておりませんでしたか？」

「知ってはおったけど、客として中に入ったのは初めてなのじゃ」

「そうだったんですね」

活気に溢れた会場内、エリアBの展示や体験企画などが配置された区画を眺めて、感心したように語る二人静氏。個々の出展は彼女の指摘通り結構な規模があり、一つ一つが遊園地のアトラクションさながら。

お化け屋敷のような王道から、学校の教室を再現した交流系、ゲームセンターや神社の縁日のような変わり種に至るまで、ブースによって千差万別。各々のスペースではVチューバーの方々がリアルタイムでお客さんの相手をしている。

当然ながら画面に映っているのは3Dモデル。中の人たちは各所に設けられた裏方の仮説スタジオから映像を配信している。会場内で何十にも及ぶ映像信号、これらを適切に捌いているエンジニアの方々の技術力には圧倒される。

「去年は二日間で十五万人じゃったっけ？」

「ええ、そのように聞いております」

お客さんの入りも上々。

というか既に入場規制がかかっている。

我々も最初はエリアAに配置されたメインステージを訪れていた。しかし、そちらは別チケットが必要な上に、現地販売の待機列が二時間を超えていたので諦めた。数字の上では理解していた入場者数も、実際に現地で居合わせると気圧（けお）される思い。

それと本日は、十二式さんも同行している。

「この環境にハ、末娘ノ傷ついた心ヲ癒やすタメの可能性をひしひしト感じる」

「ヤリモク相手にオフ会でチヤホヤされるとか、姫プレイの鉄板じゃからのぅ」

「知らない人に声をかけられても、どうか付いて行かないで頂けたらと」

たぶん、自身がデザインした3Dモデルがイベントで利用されると聞いて、興味を覚えたのではなかろうか。

昨晩は二人静氏と併せて、即座に同行を求められた。駄目だと言っても勝手に付いてきそうだったので、素直に承諾した形である。

「父よ、そノ提案には確約できナイ」

「せめて事前に連絡だけはもらえませんか？」

「承知シタ」

不安の種は星崎さんが同行していないこと。

彼女が不在だと、十二式さんのフリーダムっぷりに磨きがかかる。今も表情こそ平素からの能面っぷりを披露している一方で、館内放送や会場から上がる歓声に反応して、しきりにソワソワとしていらっしゃる。

次の瞬間にもどこかへ駆け出して行ってしまいそう。

なので昨日は先輩にも声をかけていた。

是非とも一緒にどうですかと。

しかし、こちらは辞退されてしまった。

ついでに言えば団欒（だんらん）の間、前日以上に顔色を悪くしていた星崎さんである。ただ、我々から何を尋ねても大丈夫の一点張り。十二式さんからも再三にわたって助力の申し出が見られたけれど、気にしないで欲しいからと断りを入れていた。

こちらは冬フェスが終わり次第、上司に報告を入れようと考えている。

ピーちゃんやエルザ様、ルイス殿下も軽井沢の別荘でお留守番だ。

「ところデ父よ、末娘ハ姉と兄が活躍シテいる場所に向かいタイ」

「期待されているところすみませんが、二人の担当はサブステージ上での演目となりまして、開始まで少し時間があります。こちらのエリアの常設ブースには、彼女たちに任されたお仕事が存在していないのです」

そして、問題の演目が始まるまでには小一時間ほど余裕がある。だからこそ自身も、二人静氏や十二式さんに付き合い、会場内を見て回っている訳だけれども。お隣さんとアバドン少年は今頃、控え室で直前のリハーサルに励んでいるのではなかろうか。

「会場に入場したときから、儂らに付かず離れずしておるのは局の人間かのぅ？」

「そうですね。局と自衛隊の方々が入り込んでいるとは伺っています」

「九時方向に三名、四時方向に二名、我々に注目シテいる個体ヲ把握。また、各所に配置されレた警備員からも同様ノ反応を確認。個体間の音声通信を傍受シタ結果、敵性及び脅威ノ度合いは低いト断定」

「のぅのぅ、もしかしてイベントの会場内にも末端っていうの入り込んでおる？」

「祖母の意見は正シイ。こちらノ会場内外に小型の末端ヲ多数展開していル」

「持ち込むのは結構じゃけど、出し物にぶつけたりしないようにして欲しいのぅ」

「機械生命体ハそのような稚拙なミスを起こさナイ」

「お主、自身がバグってる前提で喋っておらんよね？」

二人静氏や十二式さんとやいのやいのしつつ会場内を歩く。

すると、一際賑やかな場所にやってきた。きらびやかな衣装をまとってポーズを決める人たちと、カメラを構えてこれを囲んでいる人たち。特徴的なあり方は案内板を探すまでもなく判断できた。

コスプレスペースである。

一昔前まではニッチな趣味だったのに、今では完全に市民権を得ているように思う。

「この手のイベントじゃと、最近はコスプレも付きものになったのぅ」

「更衣室さえ用意できれば、お金をかけずに会場を盛り上げることができますからね。イベント自体に興味がなくとも、人が大勢来る場所で衣装を見せたい、という方々も多いと聞きました。手軽に使える集客装置として機能するのでしょう」

「なんじゃ、詳しいのぅ？」

「以前の勤務先で、その手のイベントに関わったことがありまして」

「ほぉん」

　事前に確認したところ、本日はドレスコードが敷かれている。

　利用可能なコスチュームは、異世プロに関係したものに限定されていた。それでも様々な衣装が窺える。Vチューバー本人を模したものから、映像内でのネタを再現した際物まで色々と。

　その中でも取り分け人気があるのは、やはり美男美女による人気キャラクターのコスプレだ。沢山のカメラに囲まれており、中には本人の姿が囲いに隠れてしまい、外から見えないほどの人集り（ひとだか）も窺える。

　これが十二式さん的にクリティカルヒット。

「父ヨ、末娘もコスプレをシたい」

「それだけは勘弁してもらえませんか？」

　思わず即答していた。

　どう転んでも碌な未来が見えてこない。

「検討シテいる素振りすラ見られナかった。父は末娘ガ嫌いナノだろうか？」

「そういう訳ではありません。しかし、未成年のコスプレ参加には色々とハードルがあります。これらをクリアする上で末娘という現在の貴方の立場は、親の監督下にあるのが適切ではないかなと」

「父ノ危惧は早計であル。機械生命体は誕生かラ非常に長い時ヲ経ている。地球人類が未確認飛行物体ト呼称する機体ノ製造年月を取ってモ、この国の成人とは比較にならナイ時間を存在シ続けている。故に未成年ノ範疇（はんちゅう）には含まレない」

「その場合だと、末娘のポジションはお隣さんに譲渡することになりませんか？」

「父よ、そノ提案はいけナイ。私ガ私ではなくなってシまう」

「家族ごっこの関係を自我に組み込むの止めない？　めっちゃ不安なのじゃけど」

　こうして言葉を交わす間も、十二式さんの注目はコスプレスペースに見られるレイヤーさんに向けられて止まない。他に観測方法を多数お持ちにもかかわらず、接点自ら視線を注いでいらっしゃる。

表情こそ変化は見られないが、心なしかプルプルと身体が揺れているような。

「観衆の面前で素っ裸に剥かれて、エロ画像が出回る未来しか見えてこんのぅ」

「それデ心が癒やサレるとあらば、許容スルことも已むなしト判断する」

興味の矛先は完全にコスプレに向けられておりますね。こうなると無理に言い聞かせることは困難である。

「そこまで言うのなら、母親に相談したらええんでないの？　親父殿も母親が同伴しておれば、これ以上はしょっぱいことを言うまいて。無論、あやつが駄目だと言ったのなら、無理強いをするのはよくないと思うがのぅ」

「承知シタ。自宅に戻リ次第、母に相談スルこととするル」

星崎さん、絶対に駄目だって言うだろうな。

そういうの嫌いそうだし。

なにより局での業務を思えば、顔写真が世間に出回るとか完全にアウト。二人静氏もその辺りを勘定した上で提案したのだろう。参加するにしても、もう少しメンタルが落ち着いてからにして頂きたい。

そんな感じで他愛無い会話を交わしつつ、会場を回ることしばらく。

いよいよお隣さんたちの出番が迫ってきた。

我々はエリアBに配置されたサブステージに足を向ける。

事前に用意していたチケットをもぎりに提示して、会場内に配置された椅子に腰を落ち着けた。横並びに二人静氏、自分、十二式さん。ステージの観客席はぎっちり満員で、我々の前後左右にも隙間なく観客が入る。

数分ほど待つと演目が始まった。

我々の見つめる先、ステージ上の大型モニターに映像が映し出される。

仮想的な空間に立ち並ぶ形で、異世プロの二軍メンバーがずらりと並ぶ。基本的には3Dモデルでなくイラスト形式である。一部パーツだけが動くやつ。お隣さんだけ3Dモデルだから妙に浮いている。

中央にはスタンド付きのテレビが小道具として配置。映っているのは一軍メンバーのバストアップだ。

『観客席の皆々、今日はよく会場まで来てくれた。この場は久遠・J・グレンが司会進行を務めさせてもらう。一人だけテレビの中の人になっているのは、まぁ、気にしないでもらえたら幸いだ』

テレビに映された3Dモデルには見覚えがある。

先日、お隣さんに言われて調べたVチューバーだ。なんでも中の人は比売神(ひめがみ)君なのだという。

しかも結構な売れっ子らしい。

『この時間のサブステージでは、二軍メンバーにクイズで勝負をしてもらう』

天使の使徒である彼は、悪魔の使徒であるお隣さんと一定以上近づくと、隔離空間が発生してしまう。後者が冬フェスへの出場を主張したところ、前者はリモートでの参加を余儀なくされたのだろう。

故にテレビ画面でバストアップ。

『しかし、ただクイズ番組をやるだけではつまらない。そこで今回は正答がもっとも多かった者に賞品として、運営から3Dモデルが与えられる。二軍メンバーは基本的に薄っぺらいと思うので、この機会にお披露目(ひろめ)を目指して頑張って欲しい』

司会進行は比売神君が単独で担当するようだ。

クイズはすぐに開始された。

大型ディスプレイの映像もここで一新。画面全体がタイル状に分割されて、そこに二軍メンバーのバストアップがずらりと並ぶ。中央には少し大きめで、比売神君が映されているタイルが配置された。

司会進行が問題を読み上げる。

回答は早押し。

回答権が発生するのに応じて、ピンポンと甲高い音が鳴り響き、参加者の周りを囲んでいるタイルがピカピカと光るような仕組み。テレビ放送のそれと比べると雰囲気は違うけれど、番組としては成り立っている。

クイズの題材は一般的なもので、文学や科学、歴史、芸能など。

予定されている演目の枠は一時間。

その半分が過ぎた辺りで、比売神君が若干焦り気味に言った。

『さぁて、これはどうしたことだろう。問題の半分が消化されたところで、回答の三分の一を枯木落葉が取っている。次点との差は五ポイント。このままだと最後の問題まで待たずに彼女の優勝が決まってしまう！』

『久遠さん、それは私に回答を控えろという指示だったりしますでしょうか？』

『いいや、そうは言っていないだろう？』

『でしたらこのまま、回答を続けてしまっても問題はありませんね』

『二軍メンバーでは唯一3Dモデルを所有しているにもかかわらず、この強欲っぷりはどうにかならないものか。よし、こうなったら僕の独断と偏見で、以降の問題の得票はこれまでの二倍にしよう！』

　比売神君のお隣さんに対する当たりが強い。

　きっと冬フェスに現地参加できなかったことを根に持っているのだろう。ここぞとばかりに先輩風を吹かせている。しかし、なんら堪えた様子が見られないのが、フィジカルで彼を圧倒している後輩だ。

『ここで私が優勝したのなら、異世プロの運営は売れるかどうかも分からない二軍メンバーの立体モデルを制作せずに済みます。私ほど運営思いの二軍メンバーは他にいないのではありませんか？』

『う、噂に聞いていた以上の陰キャっぷりだ。コイツにだけは勝たせちゃいけない！　優勝させてはいけない！　他の二軍メンバーのみんな、どうか頑張ってもらえないだろうか。枯木落葉から首位を奪還しよう！』

　一方で会場からはワッと笑いが湧いた。

　自前の端末で配信サイトを確認してみると、お隣さんの言動に多数のコメントが付いている。比売神君からの塩対応も、これはこれでウケているみたい。歯に衣着せない物言いが、枯木落葉の持ち味として認知されていた。

　そして、結論から言うと、クイズ大会はお隣さんが一番を取ってしまった。

　人生の大半を図書室や図書館で過ごしてきた彼女だからこその勝利である。

　会場のお客さんからは非難の声がチラホラと。大半は女性。恐らく比売神君のファン層ではなかろうか。逆に男性からはお褒めの声が聞こえてくる。これほど男女で評価が分かれるVチューバーも珍しいような。

　これをステージ上から淡々と往なしていたお隣さんのメンタルは、あまりにも強靭なもの。お客さんもまさか、中身が十三歳の女の子だとは思わないだろう。配信ページだと、ババァは引っ込んでろ、みたいなコメントも多数見られる。

ステージを最後まで見終えたところで、我々はエリアCの控え室へ向かうことに。

昨日にもリハーサルで訪れた区画である。

ものの試しに二人静氏と十二式さんを連れて向かったところ、出入り口の警備に当たっていたのは犬飼さん。勝手知ったる内通者のおかげで、本来であればアウトのところ、来客用のストラップをゲット。三人で楽屋に入り込むことができた。

控え室内には既にお隣さんとアバドン少年の姿が見られる。

「お隣さん、お疲れ様です。ステージだけど、かなり盛り上がっていたね」

「えっ、あの、おじさんも見ていて下さったんですか？」

「そりゃあもう、前の方でしっかりと楽しませてもらったよ」

「二軍メンバーの中じゃと、ぶっちぎりに目立っておったのぅ」

多数並んだ長机の一つを陣取って椅子に腰を落ち着ける。

室内ではリハーサルの時と同様、机に突っ伏して寝ている人がいれば、打ち合わせをしている人もいるし、食事を取っている人も見られる。舞台衣装で着飾った方も多いので、銀髪の十二式さんや和服姿の二人静氏もそこまで浮いてはいない。

おかげで周囲の目を気にすることなく会話を行える。

「妹が立派なモデルを用意してくれたので、一際目立つことができました」

「姉よ、その評価ハ妹の心ヲとても温かくスル。今後とモ重用するトいい」

『末娘には場を改めて、ちゃんとお礼をしないとだね！』

「そうですね。ただ、我々にできることがあるといいのですが」

「そうイうことでアレば、近々母ヲ説得するノを手伝って欲シい」

「説得ですか？　それくらいであれば手伝わせてもらいますが……」

十二式さん、依然としてコスプレする気も満々である。

そうこうしていると見知った方々から声をかけられた。

「枯木さん、そちらはお友達かしらぁ？　異世プロの子には見えないですの」

「あぁん、とっても可愛い子たちだねー！　私たちにも紹介して欲しいなぁー」

貴宝院さんとローリングさん。

異世プロの一軍メンバーにして、お隣さんの先輩となる方々だ。我々より少しだけ遅れて控え室を訪れた彼女たちは、フロア内に後輩の姿を見つけるや否や近づいてきた。投げかけられた言葉もかなり気さくなもの。

「お友達というと少々語弊がありますが、知り合いのようなものです」

「首から下げていらっしゃるの、来客用のストラップですわね」

「異世プロの運営とは少々伝手があってのぅ。融通してもらったのじゃよ」

疑念の眼差しを向ける貴宝院さんに対して、飄々と語ってみせる二人静氏。十二式さんは何を語るでもなく彼女たちのやり取りを眺めている。Vチューバーの中の人には、あまり興味がなさそうだ。

こちらに対する注目を逸らすように、お隣さんが貴宝院さんに向かい問う。

「ところで、先輩方は私に何か用事でしょうか？」

「会場で久我さんを見ていないかしらぁ？　見かけていたら教えて欲しいですわぁ」

「取締役ですか？　いいえ、会場に入ってから一度も見ていませんが」

「しばらく姿が見られなくて、色々な方々が困っておりますの」

「そぉーなの！　私たちのところにまで確認の連絡がきてるんだよねー」

お隣さんと先輩方の間で会話が交わされ始める。

門外漢の我々は黙って彼女たちを眺めることに。意識して耳を澄ませたのなら、控え室内では久我さんの名前がチラホラと聞こえてくる。彼を探しているのは彼女たちに限った話ではないのだろう。

「お偉い方々は会議棟に部屋を取っているのではありませんでしたか？」

「部屋は内側から施錠されていて、ドアをノックしても反応がありませんの」

「なるほど」

「久我さん、午後イチでメインステージに立って、挨拶がありますでしょう？」

「だからみんな困ってるんだよねぇー。枯木ちゃんなら何か知ってるかなって」

「まさかとは思いますが、部屋で倒れていたりしませんか？」

「ええ、ディレクターもその辺りを気にしてるみたいですの」

そうして語る貴宝院さんの懐から、ブブブと端末の震える気配が届けられた。

端末の画面を確認した彼女は、我々に断りを入れてこれを受ける。

通話をしていたのはほんの二、三分ほど。

すぐに端末を耳元から下げた彼女は、改まった態度で我々に言う。

「ディレクターからでしたわぁ。私たちで会議棟まで見に行って欲しいそうですの。他の人たちは今丁度忙しいそうで、現場から手を離せないとのことですわ。部屋の合鍵は施設の管理側に連絡して、ここまで持ってきて下さるそうです」

そういうことであれば、現場で暇にしている我々こそ適任ではなかろうか。

貴宝院さんの説明を耳にしたところで、ここぞとばかりに声を上げる。

「もしよろしければ、我々もご協力をさせて頂きます。何かあったときに手の空いている者が同行していた方が都合がいいでしょう。お二人はフェスの主役ですから、雑務にお時間を取られてばかりもいられませんでしょうし」

「枯木さん、貴方のマネージャーを借りてもいいかしらぁ？」

「そういうことでしたら、私も同行させて下さい」

「よぉーし、それじゃあ皆で久我さんのことを探しにいこー！」

えいえいおーと声を上げるローリングさん。

これといって反対の声は上がらない。

久我さんの所在を確認するべく、皆々で会議棟へ向かうことになった。

＊

【お隣さん視点】

控え室の設けられた東展示棟から、会議棟までやってきた。

施設内での位置関係としては、東西の展示棟に挟まれた、逆三角形の建築物がいくつも連なっている辺り。大きな国際会議場を中心にして、大小様々な会議室や、レセプションホールが配置されている。

異世プロの運営元は、そうした会議室の何部屋かをＶＩＰ用として借りているそうな。

我々が探している取締役にしても、うちの一室を利用しているとのこと。

目当ての部屋はすぐに見つかった。

施設の案内に従えば、特別応接室。

部屋の前に立ち、皆々で声を上げたりドアをノックしたりするも反応がない。

なんならドアに耳を押し付けて、内部の様子を窺ってみるも、物音一つ聞こえてこない。普通に考えたのなら留守にしているのではなかろうか。聞こえてくるのは我々の息遣いと空調の音が精々である。

喧騒の絶えない東展示棟とは打って変わって、会議棟は静かなものだ。本日は他にイベントなども行われていないようで、フロア内はどこも閑散としている。廊下を歩いていても、他に誰ともすれ違わなかったくらい。

「久我さんと連絡が取れなくなったのは、いつ頃からなのでしょうか？」

「わたくしたちはフェス開始直前にお会いして以来ですわね」

「うんうん、朝イチで顔を合わせたから、会場には来てると思うよぉ」

貴宝院やローリングに尋ねると、今朝時点での所在は確認が取れた。

問題の部屋の前には私とおじさんの他にアバドン、二人静とロボット娘、貴宝院とローリング、それに合鍵を届けに来た施設の担当者の姿が見られる。アバドンに限っては身内以外に見られないよう、姿を隠しているけれど。

「時間もだいぶ押していますわぁ、サクッと中を確認するとしましょう」

貴宝院がドアに向けて一歩を踏み出した。

施設の担当者から受け取ったスペアキーをドアノブに

差し入れる。

カチャリと錠の外される音が響く。

そのタイミングで彼女の隣に並んだおじさんから声が上がった。

「出しゃばるような真似を申し訳ありません。この場は私が先頭に立たせて頂いてもよろしいでしょうか？　おふた方はご多忙の身の上、万が一にも何かあってはいけません。もちろん大丈夫だとは思うのですが」

「枯木さん、貴方のマネージャーはとても気が利きますわね」

「はい、私などには勿体ない方です」

ここ数日のマネージャーっぷりも手伝い、おじさんの恭しい態度を眺めていると、なんだかふわふわとした気分になる。やはりというか、どうしても性行為を無理強いする妄想が脳裏に浮かんでしまう。

「すみません、それでは失礼しまして……」

貴宝院が身を引いたのに併せて、おじさんがドアの前に立つ。

その手がドアノブを握り、ひと思いに開けた。

ドアは外開き。

おじさんの背中越し、背後に控えた我々からも室内の一部が目に入る。

「……なんだか、異臭がしませんか？」

間髪を容れず、彼が言った。

半歩身を引いての物言い。

ドアノブから離れた手は口元を覆っている。

その姿を目の当たりにして、すぐにでも部屋に押し入らんとしていた皆々の身がビクリと強張りを見せる。おじさんの後ろに控えていた貴宝院も咄嗟に一歩、出入り口から距離を取っていた。

「そうかのぅ？　なんにも臭ってはこんが」

「二人静さん、鼻が詰まっているんじゃないですか？」

「お主こそ鼻くそが香り立っておるのではないかぇ？」

ドアの前に立ち並んで言葉を交わすおじさんと二人静。

言い合っていたのはほんの僅かな間のこと。

「そこまで言うのなら、どれ、儂が先に様子を見てきてやろう」

「あっ、待って下さい。せめて少し換気をしてからでも……」

我先にと足を踏み入れた二人静。

その背中を追いかけるようにおじさんも室内へ。

彼が向かったとあらば、躊躇することはない。私もアバドンを伴い、会議室に足を踏み入れる。相棒は物言いたげな眼差しを向けていたけれど、他に人目があるこの場で議論をしている余地はない。

室内は二重構造になっていた。

入ってすぐのレセプションスペースは三十平米ほどの広さがあり、ハンガーラックやソファーの他、専用のトイレが設けられている。奥まった場所には廊下に面した出入り口とは別に、観音開きのドアが見られた。

「こっちかのぅ？」

先を行く二人静の手が、続くドアを豪快に引き開いた。

応接室内の光景が我々の目に飛び込んでくる。

室内のデザインはシンプルなもの。

真っ白な空間に黒を貴重としたソファーセットが配置されている。向かい合わせで設けられた座面の間、ガラス製のローテーブルが並ぶ。あとはソファーの周りにサイドテーブルがいくつか。

それくらいだろうか。

かなりシンプルな装いである。

「……おるのぅ」

そうした一室の窓際に取締役は掛かっていた。

都内を一望するように、部屋の一面に配置された大きなガラス窓。締め切りである窓枠の上部、換気のために取り付けられた内倒しの開口部との凹凸にフックがかけられており、そこからロープが輪っか状に下へ伸びている。

その一端にコートでも引っ掛けるように、取締役の首が掛かっていた。

部屋の天井はそれなりに高く、窓のサッシも縦長なもの。ロープは十分に彼の足先を床から浮かび上がらせている。足元には少しだけ距離をおいて、一人がけのソファーが蹴り飛ばされたように位置する。

首吊り自殺以外の何物でもない光景。

「えっ？　ちょっとこれどういうこと!?」

「なんで、こ、こんなこと……」

我々に続いて室内に足を踏み入れた貴宝院とローリング。彼女たちの口から悲鳴じみた声が漏れる。最後にやってきた施設の管理人も同じような反応を示した。皆々、応接室に一歩を踏み込んだところで、取締役の自殺を前に立ち往生。

「久我さん！」

誰にも先んじて動いたのはおじさんだった。

駆け足で取締役の下に向かう。

彼は相手の腰回りに両腕を回すと、その身体を抱え込むように持ち上げた。私も大慌てで駆け寄り、微力ながらこれを手伝う。衣類越しに触れた肌は、まだそれなりに温かみが感じられる。緩んだロープは顎からするりと抜けた。

支えを失った肉体はロープの下に寝かされた。

首を吊っていたときの姿勢のまま仰向け(あおむ)け。

その間、取締役はピクリとも動かない。

しゃがみ込んだおじさんが首筋に手を当てる。

脈を取っているのだろう。

「……亡くなっています」

続けられたのは案の定な結論だった。

まるで生気の感じられない顔面の蒼白(そうはく)っぷりからして、無事とは思えなかったから。薄(う)っすらと半開きになった目は、我々の行いに対して何ら反応をせずに、今もずっと虚空を眺め続けている。

「ど、どうして、久我さんがこんなことに……」

「自殺なんてする方じゃないと思うんですが」

貴宝院とローリングから立て続けに驚愕の声が上がった。常日頃からキャラ作りに余念がなかった両名も、この状況では素に戻って思われる。共に目の前の光景が信じられないと言わんばかり。

「部屋には鍵がかかっておったし、状況的に考えて自殺が濃厚かのぅ？」

二人とは対照的に、淡々と状況を述べて見せるのが二人静。

彼女の言葉通り、こちらの応接室の出入り口は一つしかない。そのドアには内側から鍵がかけられていた。我々も施設の管理人からスペアの鍵を受け取るまで、出入りすることができなかった。

なんなら貴宝院が錠を外す瞬間まで確認している。

「室内の様子から察するに、その可能性が高そうですね」

応接室を見渡しておじさんが呟いた。

釣られて自身も一巡するように室内へ目を向ける。

これといって事件性のありそうなものは見られない。

様々な設備が運び込まれている東展示棟とは異なり、この部屋はイベント期間中、一部の立場のあるスタッフが利用する控え室。精々コートやカバンなどが置かれている程度だ。

「とりあえず、警察や救急を呼んでおくぞぇ？」

「あ、はい。お願いします、二人静さん」

そうした中でふと、気になるものがあった。

部屋の中央に向かい合わせで設置されたソファーセット。その間に配置されたローテーブルの上にノートパソコンが置かれていた。取締役の持ち物だろう。ディスプレイは開かれており、デスクトップが表示されている。

画面を覗き込んでみると、アカウントにログインしたままだった。

「…………」

目につく場所でメーラーが起動している。

背後には同じアプリの子ウィンドウ。

メールの文面を作成する為のウィンドウがいくつも窺えた。それ以外にはアプリも立ち上がっておらず、画面内はメーラーのウィンドウだけで一杯になっている。そして、どのウィンドウにも例外なくテキストが確認できた。

『おやおや？　なにやら難しい顔をして、どうしたんだい？』

私が足を動かすのに応じて、ふわりと宙を舞ったアバドンが隣までやってくる。すぐ横に顔が並んで、共にノートパソコンを覗き込むような位置関係。その視線は私と画面との間で行ったり来たり。

『まさか死体を見て気分を害したとか言わないよね？』

アバドンと出会う前だったら分からない。

けれど、今となっては日常の風景。裏路地を覗いて、そこに野良猫を見つけるのと大差ない感覚。人としてそれはどうなのかと思わないでもない。けれど、いちいち驚いていたら身が持たない。

「……………」

ノートパソコンの横にはマウスの用意があった。

服の袖を引っ張り、これを間に挟みつつカーソルを操作する。相棒の軽口に構わず、小ウィンドウに残されているテキストを読む。すると、そのいずれもが同じ目的から書かれていることに気づいた。

どうやら遺書のようだ。

様々な人たちに向けて個別に遺書が書かれている。メールの下書きではあるが、宛先は設定されていない。代わりに件名へ宛名と思しき人名や組織名が。こうして遺体を発見されたタイミングで、誰かの目に留まるように用意したのだろう。

いくつかあった下書きのウィンドウの内一つには、我々に向けたメッセージも残されていた。件名は、SC興業様へ、となっている。本文中には私とおじさんの名前が記されているので、我々に宛てたもので間違いない。曰く、

SC興業
枯木様、佐々木様

一緒にお仕事をさせて頂くようになってから間もない時分にもかかわらず、このようなことになってしまい申し訳ありません。

すべては私の至らなさが原因です。

自ら逝くことに不安はありません。それでも心残りがあるとすれば、枯木さんの才能が花開く瞬間に立ち会えないことでしょうか。

どうか枯木さんの未来に幸があることを、遠くから祈らせて頂きます。

久我より。

私が文面を読んでいると、おじさんから声がかかった。

「枯木さん、ノートパソコンがどうかしたのかな？」

「いえ、ちょっと気になるものがありまして」

「……気になるもの？」

私の発言を耳にして、応接室に居合わせた面々がやってくる。

皆々に場所を譲るようにして、私はおじさんたちをノートパソコンの正面に促した。我先にとやってきたのが貴宝院とローリング。これに二人静やロボット娘、施設の管理者も続いてディスプレイに目を向ける。

しばらく眺めたところで、先輩方が呟いた。

「これはわたくしたちに宛てた、遺書、なのかしらぁ？」

「そんなぁ！　久我さん、本当に自殺だなんてぇ……」

緊張した面持ちでおっかなびっくりディスプレイを眺める貴宝院。その傍らで涙目となるローリング。取締役の彼は、部下からそれなりに愛されていたようだ。少なくとも嫌われてはいないように思う。

それにしてもこの遺書、引っかかる。

私は医者じゃないので、遺体の具合を判断することはできない。索条体が索痕と一致しないだとか、死後硬直がどうのだとか、その手の推理アニメや漫画にありがちな問答をする余地はゼロ。

ただ、こうして残された遺書はちょっと気になる。

「おじさん、久我さんの自殺について、少々気になる点が見られるのですが」

「えっ⁉　それってまさか、自殺ではないとかっ……！」

「枯木ちゃん、ど、どういうことなのかなぁ？」

こちらの何気ない物言いに貴宝院とローリングが喰い付いてきた。

私はおじさんに話しかけたのに。

彼は二人に配慮してか、控えめに応じてみせる。

「もしよかったら理由を聞かせてもらってもいいかな？」

「こちらのメッセージを見て下さい」

いくつか並んでいた子ウィンドウのうち一つ、件名にSC興業様へとのテキストが見られる一枚。その文面を示すようにマウスを操作して、ウィンドウの上でカーソルをぐるぐると回してみる。

「僕らに向けての遺書、というよりは謝罪かな？」

「ええ、そのように思います。宛名もおじさんの名刺にあった会社名に相違ありません。しかし、こうしてノートパソコンに残されていたメッセージですが、本当に久我さんが書いたものなのでしょうか？」

「……どういうことかな？」

「おじさんもご存知とは思いますが、久我さんは我々とのメールのやり取りで、自身を一貫して僕と称していました。例外は一度もありません。しかしながら、こちらの遺言では私として扱っています」

皆々の注目が対象に向いたところで、私は一部のテキストを反転。

それは文章の中ほどにあった短い一文だ。

「単純に畏まっているだけじゃないかな？」

「ですが、こちらのメッセージでは同じような内容で、一人称が僕になっています。また、こっちのメッセージではオレとなっています。それなりに意識して一人称を使い分けているように感じられます」

おじさんの呟きに応じて、別の子ウィンドウをいくつか最前面に持ってくる。社外の関係者に向けたものと思しきメッセージでは僕となり、社内の同僚に向けたメッセージではオレとして遺言が残されている。

「そうした背景から、我々に対してのみ一人称が崩れている点に疑問を覚えました」

「僕らとは出会ってから間もないし、そこまで意識していなかったんじゃないかな？」

「私もそのように思います。ただ、どうしても気になってしまいまして」

マウスから手を離した私は、ノートパソコンから一歩身を引く。

だからどうした、と言われたら、それまでの違和感である。おじさんの言う通り、我々は彼と出会ってから間もない。先方のキャラ作りが上手く行えていなかったと指摘されたのなら、これを否定することはできない。

ただ、こうした我々のやり取りを耳にしたことで、他所から反応があった。

「枯木ちゃん！　そ、そ、それだよぉぉ！」

ローリングが自慢のロリボイスで素っ頓狂な叫びを上げた。

彼女はマウスに手を伸ばすと、ノートパソコンの画面に一枚のウィンドウを呼び出す。直に握りしめてボタンをカチカチとやっているけれど、指紋とか付いてしまって構わないのだろうか。後で警察に怒られそうなのだけれど。

「ほら、これ！　私や貴宝院ちゃんに宛てたメッセージ！」

「それがどうかしましたか？」

「久我さん、私たちとメールするとき、いつもオイラって言うの！　ううん、メール以外にメッセージアプリなんかでも、基本的にはオイラで統一してる。それなのにこのメッセージだけオレってなってるのぉ！」

鬼気迫る面持ちで訴えるローリング。

舌足らずなロリ口調と相まって、妙な迫力を感じる。

貴宝院もそうだけれど、このような状況であっても自然とキャラ作りが働いているのは、そうした行いが既に身体へ染み付いてしまっているからだろう。彼女たちは本物だ。

「たしかに一般的な呼称として私を選択するならまだしも、わざわざ過去に利用した覚えのない一人称に変えてくるのは妙な感じがしますね。遺言だなどと、ただでさえ気を遣いそうなテキストであるにもかかわらず」

「枯木ちゃん、それってまさか……」

「自殺を考えるほどの極限状態ですから、久我さんの心境の変化など、他に理由は考えられます。しかし、もし仮にそうでなかった場合、この文章を書いた人物は本人ではない、という可能性も出てくるのではないでしょうか」

「ちょ、ちょっとお待ちになって！　枯木さん、それってつまり……」

「もしくは本人以外の可能性を、久我さんが意図的に残そうとした、などとも考えられます。そして、その場合はいずれにせよ、こうして我々が発見した彼の姿は、本人にとって甚だ不本意なもの、ということになります」

自身にしてみれば、ただ事実を指摘したに過ぎない。

けれど、時を同じくして周囲からは、息を呑む気配が伝わってきた。

〈名探偵お隣さん〉

新米Vチューバー枯木落葉(かれきおちば)の事件簿～自グループ取締役COO殺人事件、密室に残されたVたちとの絆(きずな)～

そんな題字が自然と脳裏に浮かんだ。

それもこれもお隣さんの名探偵っぷりが理由。

おかげで犯人一派は困ってしまう。

なんたって彼女の発言はすべて事実。

実行犯は阿久津(あくつ)さんの派遣した局員なのだから。

ことの発端は小一時間ほど前に遡る。

お隣さんのステージを見終えた我々は、エリアBに配置されたサブステージを出て会場内を歩いていた。二人(ふたり)静(しずか)氏や十二式(じゅうにしき)さんと他愛無(たあいな)い会話を交わしつつ、エリアCに設置されたスタッフ用の控え室に向かっていた。

「見るものを見たところで、昼飯はどうするのじゃ？　腹が減ってきたのじゃが」

「せっカクのイベント参加、会場内ノ出店で楽しムのが道理だト末娘は提案スル」

「自分も出店には興味があるのですが、会場内のフードスペースだと、めちゃくちゃ並びそうなんですよね。ソーシャルメディアで軽く調べてみたんですが、待ち時間がどうのと話題になっていましたし」

「さっきチラっと見えたのじゃけど、二時間待ちとか看板が出ておったぞぇ？」

「そ、それはちょっと勘弁願いたいですね……」

そうこうしていると、局支給の端末に着信のお知らせ。

画面を確認すると阿久津さんの名前が表示されていた。本日はカレンダーの上だと休日なのだけれど、無視する訳にもいかない。二人静氏と十二式さんに断りを入れて、渋々通話を受けることにする。

こんなことなら律儀に端末を持ち歩かなければよかった。

「はい、佐々木(ささき)ですが」

『位置情報を確認して連絡を入れたのだが、フェスの会場で間違いないかね？』

「ええ、間違いありません。しかし、それがどうかしましたか？」

『佐々木君、君にどうしても頼みたい仕事がある』

「……なんでしょうか？」

どうせまた碌(ろく)でもない仕事なのだろう。

などと考えたのも束の間。

本当に碌でもない仕事が降ってきた。

『先程、会場内で国外のテロ組織と繋がりのある人物、異世界プロダクションCOOの久我との交渉に失敗、対象を処分した。併せて自殺に見せかける工作を行う予定が、会場に入り込んだ同テログループによりこれが妨害され、現時点で作戦に滞りが出ている』

「えっ……」

『本来であれば、空間移動の異能力者を利用して現場を脱するべきところ、当該異能力者を含むチームが会場内で行方不明。交渉及び処分の実行部隊が現場で孤立している。君にはこれを回収の上、自殺に見せかける隠蔽工作を頼みたい』

「…………」

昨日、犬飼さんから伝えられた局発端となる架空のテロ予告、理由はこれか。

恐らく久我さんの扱いについては、彼女たちも知らされていないのだろうな。

「お言葉ですが、会場には他にも局員が出張っているのではありませんか？」

『ああ、その通りだ。そして、佐々木君は二人静君や十二式殿と行動を共にしているとの報告が、現場の局員から上げられている。会場内には人目も多い。確実性を重視するのであれば、君に任せるべきだと判断した』

「ですが課長、本日は休日であったと思うのですが……」

今回ばかりは上司からの無茶振りもお休みだと思っていたのに。

伝えられた業務内容も、あまり手を出したいものではない。

どうにか辞退できないかと試みる。

しかし、課長は鰾膠もなく言った。

『休日であっても局支給の端末の携帯を義務付けているのは、こういった状況に備えてのことだと研修で学ばなかったかね？　それに今回の騒動だが、君たちも決して無関係ではないと理解しているだろう』

「……承知しました」

お隣さんの活動が影響して、久我さんの背後関係が露見したのだろう。

反社会的な方々が控えているとは思わなかったけれど。

スカウトを受けて以来、グループ内での彼女の待遇の良さを思えば、久我さんはお隣さんを取り込もうと考えていたのではないか。よしんば天使と悪魔の代理戦争に一枚噛んで、ご褒美をゲットしようとか画策していてもおかしくない。

だからこそ局に処理されてしまったのだろう。

芸能界って怖いなぁ。

薄壁一枚を挟んで、目と鼻の先に魑魅魍魎が跋扈しているような雰囲気。

などと思ったけれど、もっと怖い方々がすぐ隣で聞き耳を立てていることを思い出す。

「また碌でもない仕事が降ってきそうな気配を感じるのぅ」

「父よ、コノ国では仕事ヲ優先して家庭を顧ミない父親が、稼ぎヲ失ったタイミングで熟年離婚を迫ラレるという統計情報が国から出されてイル。家族の中長期的ナ幸福を考えたのナら、仕事ばかりでナク家庭への寄与モ重要な……」

彼女たちの協力が得られたのなら、課長からの無茶振りも決して不可能ではない。

致し方なし、部下は上司に頷いて応じる。

「承知しました。引き受けさせて頂きます」

「父ヨ……」

『あぁ、君ならそう言ってくれると信じていたよ、佐々木君』

「早速ですが、職務を遂行する上で確認になります。会場内に人目を誤魔化せるような異能力者はおりますか？　以前、ボウリング場で二人静さんに同行していたような、透過の異能力であるとありがたいのですが」

『隠蔽工作用に手配した者が一名、現場に出ている』

「そちらの方の協力があれば、恐らく対処は可能かなと」

『承知した。すぐにそちらへ連絡を入れさせる』

「それと現場への立ち入りですが、我々が第一発見者として足を運べるよう、イベントの責任者の方を誘導できませんでしょうか。我々と交流のあるVチューバーの方々など、比較的利用しやすいかと思います」

『あぁ、出来得る限り対応しよう』

「ありがとうございます」

会場内に設置された監視カメラなどは、十二式さんにお願いすれば対処は可能だろう。冬フェスを中止させない為、お隣さんの活躍の場を奪わない為、などと説明すれば、協力を願うことも不可能ではない。

『では、頼んだぞ。佐々木君』

「承知しました」

通話をしていたのは、ほんの数分ほど。

相変わらず無駄のない上司である。

通話を終えて端末を懐にしまう。

すると早々にも二人静氏から問われた。

「なんじゃい、また仕事かのぅ？」

心底嫌そうな表情を浮かべておりますね。

そんな彼女に上司から伝えられた仕事をそっくりそのまま説明する。隣では十二式さんも聞き耳を立てておりますね。せっかくのお出かけなのに、我々の都合に巻き込んでしまい申し訳ない限り。

「……ということで、すみませんがお二人にも協力を願えませんか？」

「協力も何も上司から指示が飛んできたのじゃ、他に選択肢はあるまい。それにイベントのチケットを強請ったのは儂じゃからのぅ。やることは決まっておるのじゃ、サクッと片付けてしまおう」

「ありがとうございます、二人静さん」

「父よ、今回ノ出来事は家族ごっこのルール、第六条に抵触スルのだろうカ？」

家族ごっこのルール、第六条。家族のピンチには、一家で協力して助けに当たること。十二式さんにとっては何かと振り回されることが多い条項だ。しかし、今回の場合はこれといってピンチという訳でもない。

「抵触しないと思います。しかしながら、冬フェスの会場内で事件が他者の目に触れた場合、イベントが中止になる可能性があります。それはお隣さんやアバドンさんとしても、残念な結末のように思います」

イベント会場で殺人事件が露見したのなら、二日目の開催は絶望的である。

けれど、死因が自殺であれば、運営元もイベント終了まで隠蔽を試みるのではなかろうか。冬フェスの実施には膨大な費用がかかっている。事件性がなければ、イベントを中止せずとも世間から叩かれる可能性は低い。

「承知シタ。妹は姉ノ為に協力を惜しまナイ」

「ありがとうございます、十二式さん。とても助かります」

そして、機械生命体の協力が得られたのなら、仕事は半分達成したも同然。

直後には局支給の端末に課長と局員からメールで連絡が入った。

阿久津さんからは現場の所在や写真、段取りなどが送られてきた。また、彼に頼み込んだ透過の異能力者からは、今後の動き方についての相談。後者とメール越しに落ち合うタイミングを確認したのなら、支度は万全である。

「今のうちに末娘に伝えておくけど、機械生命体は嘘が吐けないのじゃから、誰かから何かを聞かれても、不用意に応えるのは控えておくのじゃぞ？　下手なことを口走られたら、せっかくの密室殺人がパーになってしまう」

「承知シタ。末娘は情報ノ不本意な流出に備えル」

お隣さんの為とあってか、二人静氏の進言にも素直に頷いた十二式さん。

実行犯の撤収については単純である。

自身が現場となる部屋の出入り口で時間を稼いでいる間に、異能力で姿を消した局員が先んじて室内に侵入する。そして、孤立していた実行犯の姿を透過させた上、久我さんの遺体を発見して狼狽する我々を尻目に室外へ脱出、といった具合。

現場に居合わせた面々の証言を利用すれば、これで密室が完成だ。

久我さんの死因も自殺と扱われることだろう。

犯行グループの脱出中、施設内の監視カメラは十二式さんが押さえる。透過の異能力を解いてからも、しばらくは施設の管理者やスタッフに実行犯の姿がバレることはなくなる。犯人視点からすれば、晴れて密室殺人を達成したことになる。

事実、作戦は上手くいった。

お隣さんと合流した我々は部屋の鍵を入手。現場で孤立していた実行犯を解放の上、局員による措置を自殺に見せかけることに成功した。あとは警察に通報を入れれば、局の息がかかった方々がよしなに対応してくれるはず。

部屋の出入り口で異臭がどうのと言い合っていたのもこれが理由。

あのタイミングで透過した異能力者が応接室内に入り込んでいた。

狼狽しているお隣さんの同僚や、施設の管理者の方々には申し訳なく思う。けれど、それもこれも世間の平和と冬フェスの開催継続、それに我々の社会生命の為である。現場では素知らぬ態度で、善意の第一発見者として振る舞う。

そんな我々の仕事へ、果敢にも挑んでくる人物が現れた。

そう、お隣さんである。

「自殺を考えるほどの極限状態ですから、久我さんの心境の変化など、他に理由は考えられます。しかし、もし仮にそうでなかった場合、この文章を書いた人物は本人ではない、という可能性も出てくるのではないでしょうか」

「ちょ、ちょっとお待ちになって！　枯木さん、それってつまり……」

「もしくは本人以外の可能性を、久我さんが意図的に残そうとした、などとも考えられます。そして、その場合はいずれにせよ、こうして我々が発見した彼の姿は、本人にとって甚だ不本意なもの、ということになります」

居合わせた皆々を見渡すようにして、お隣さんが呟いた。

一瞬、現場は静まりを見せる。

誰かの息を呑む音が妙に大きく耳に届く。

けれど、それも束の間のこと。

すぐに彼女の同僚たちから声が上がり始めた。

「それってつまり、久我さんは誰かに殺された、って言いたいの？　枯木ちゃん」

「もし仮にそうだとしても、こちらの部屋には鍵が掛かっていましたわぁ！」

「その通りだよ。この状況で何かあったら、密室殺人ってことになっちゃうよぉ」

職場の上司が亡くなったとあって、彼女たちはかなりテンパっているように感じられる。鍵を持ってきてくれた施設の管理者の方など、もはや顔色が真っ青。愕然とした面持ちで久我さんの遺体を見つめている。

対してお隣さんは粛々と言葉を続ける。

「密室殺人というフレーズに対して、その手の娯楽作品ではバラエティに富んだ仕組みが提案されています。ですが、基本的には密室でなかったケースか、密室の外から手を出されたケースかで二分できるのではないでしょうか」

彼女の視線が応接室の窓枠に向けられた。

そこには久我さんを吊っていたロープがある。

「自殺以外で自発的にあのような姿勢に落ち着くことは困難でしょうから、可能性の上で言えば、我々の認識が誤っており、彼が殺害されて吊るされた当時、こちらの部屋は密室でなかったと考えるのが自然のような気がします」

「そうは言っても、この部屋の窓は嵌め殺しですわぁ」

「出入り口だって一つしかないよぉ？」

貴宝院さんとローリングさんからは繰り返し疑問の声が上がった。

お隣さんの返答はノータイム。

「その場合だと、犯人やその仲間が未だ現場に隠れているのが鉄板でしょうか」

「んなっ……！」

「まだ部屋にいるのぉ!?」

お隣さんの呟きを耳にしたことで、彼女の同僚二人と施設の管理者の方が、急にキョロキョロと周囲の様子を窺い始める。舞台裏を知る自分や二人静氏も棒立ちで過ごす訳にはいかず、周りを警戒する羽目となる。

我々の後ろめたい行いが、名探偵の手によって白日の下に晒されつつある。

今まさにピンチに立たされている犯人一派。

小学生の頃から学校の図書室や図書館に入り浸っていたお隣さんだから、推理小説の類いもそれなりに嗜んでいることだろう。本人にしてみれば、推理をしているというより、思いついた意見をただ口にしているだけなのかもしれない。

それが尽く的中。

「だとしても、出入り口は塞がれておったのじゃ。自殺以外にはあり得んじゃろ」

このままではヤバいと考えたのだろう。

二人静氏からフォローが入った。

嘘が吐けない十二式さんはお口にチャック。

彼女の何気ない一言は、すべてを崩壊させる威力を備えている。

「こちらの応接室は廊下との間に、専用のレセプションスペースが別室として設けられています。対象を殺害した後、そちらに身を隠していた犯人は、我々の目を盗んで部屋から逃げ出した、といった形であれば成立はするかなと」

「隠れるようなスペースがあるかのぅ？」

　二人静氏の疑問から、皆々で場所を隣室に移す。

　そこには応接室からドア一枚を隔てて、三十平米ほどのスペースが設けられている。入ってすぐの場所にはハンガーラックがあり、その後ろには壁一枚を挟んで専用のトイレが設けられている。

　犯人が身を隠すには絶好のロケーションだ。

「枯木さんの指摘通り、トイレなどに犯人が隠れていたら気づけませんわぁ」

「私たち、廊下から入って真っ直ぐに、応接室の方へ向かっちゃったもんね……」

　同僚二人からはすぐさま、お隣さんの意見を肯定する声が上がった。

　他方、これに異論を唱えたのが二人静氏。

　応接室へ真っ直ぐに向かったのも二人静氏。

　なんなら遺体の第一発見者にしても二人静氏。

「だとしても、廊下には監視カメラがそこかしこに目を光らせておる。どう考えても逃げ出すような真似はできんじゃろう。施設の管理会社まで口裏を合わせておったら、話は変わってくるじゃろうけど」

「覆面などで顔を隠しておけば、少なくとも個人を特定されるようなことにはならないかなと思います。幸い本日はイベントで客入りがありますから、そちらに紛れてしまえば会場から逃げ出すことは容易かなと」

「ほ、ほほぉん？　なるほどのぅ？」

　早々論破されてしまいましたね。

　ちょっと悔しそう。

　けれど、それで片付くなら話は早い。

「でしたら、監視カメラを確認してみましょう」

　施設の管理者の方に向けて問いかける。

　先方は二つ返事で頷いて応じた。

　それはもう是非とも、と。

　これ幸いと犯人一派は名探偵に畳み掛ける。

「カメラに誰も映っていなかったら、その時点で自殺と断定できることと思います。パソコンに残されたメッセージについては疑問も残りますが、それだけで他殺を肯定するほどの証拠にはならないかなと」

　機械生命体の超科学などという反則技のおかげで、首の皮一枚で繋がった。

現場に十二式さんが居合わせていなかったら、今頃とんでもなく面倒なことになっていた。それとなく二人静氏に目を向けると、やれやれじゃわい、とでも言いたげな眼差しが返ってくる。

「あっ……」

時を同じくして、お隣さんの口から小さく声が漏れた。

何かに気づいたみたい。

ハッとした表情を浮かべている。

そうかと思えば、急にこちらを振り返った。その顔には、え？　マジで？　とでも言いたげな表情が浮かんでいる。久我さんの遺体を発見した際と比較しても、尚のこと驚いているような気がしないでもない。

まさかこの短時間で、真犯人に辿り着いてしまったのか。

「枯木さん、どうかしましたか？」

「いえ、そ、その、なんというか……」

だとしたらお隣さん、本当にもう名探偵。

＊

【お隣さん視点】

異世界プロダクションの取締役が遺体で見つかった。

その事実はさておいて、私は現場に残されていたメッセージが気になった。遺体は窓枠からロープを垂らして首を吊っており、メッセージはそうした自らの不甲斐なさを申し訳ないと語る遺言であった。

けれど、彼のような人物が本当に自ら命を絶つだろうか。

いや、自殺の意向自体はどうでもいい。

大切なのは会社の存続。

異世界プロでの枯木落葉としての活動は、我々にとって二人静に依存せず現金収入を得る貴重な機会だ。当面の食い扶持を確保するべく、決して少なくない努力を重ねている。問題を抱えているようなら、憂いは払ってしまいたい。

そうした思いから、ついつい色々とお喋りしてしまった。

「覆面などで顔を隠しておけば、少なくとも個人を特定されるようなことにはならないかなと思います。幸い本

日はイベントで客入りがありますから、そちらに紛れてしまえば会場から逃げ出すことも容易かなと」

「ほ、ほほぉん？　なるほどのぅ？」

我ながら偉そうにああだこうだと語ってしまった。

やがて想像を巡らせたところで、ふと気づく。

「カメラに誰も映っていなかったら、その時点で自殺と断定できることと思います。パソコンに残されたメッセージについては疑問も残りますが、それだけで他殺を肯定するほどの証拠にはならないかなと」

おじさんの提案を耳にして、確信を得る。

「あっ……」

これって犯人、おじさんと二人静ではなかろうか。

間抜けな声を上げた私に彼から声がかかる。

「枯木さん、どうかしましたか？」

「いえ、そ、その、なんというか……」

だとすれば、彼らの虎の子は監視カメラの映像。

きっと何も映っていない。

即座に確認を申し出たことから察するに、末娘の協力を得ている可能性が高い。いいや、彼らの勤務先の協力が得られているなら、異能力者の力によって、姿そのものを隠している可能性も考えられる。

「………」

自ずと意識はロボット娘に向かう。

会場で出会ってから碌に口を利いていない彼女に。

「……姉よ、どうシテ妹をジッと見つめル？」

「いいえ、なんでもありません」

下手に尋ねては駄目だ。

機械生命体は嘘が吐けない。

一発で下手人が判明してしまう。

こちらが話しかけた途端、指先がそわそわと動き始めたのには不安しかない。

「すみません、調子に乗って変なことを喋ってしまいました。久我さんのことは残念ですが、監視カメラを確認するまでもなく自殺だと思います。故人を冒涜するような意見を述べてしまい申し訳なく思います」

私は大慌てで持論を撤回する。

取締役は自殺。

自殺なのだ。

他殺だろうと自殺。

それ以外にあってはならない。

「お待ちになって、枯木さん。今の推理はかなり的を射ていたように思いますわぁ」

「そ、そうだよ！　私も枯木ちゃんの推理っぷり、普通に信じちゃってたもん！」

「すみません。所詮は子供の戯言となりまして、どうか聞き流してやって下さい」

　おじさんや二人静に迷惑をかけるなど言語道断。

職場の先輩に向けて繰り返し自殺説を推す。

殺害理由など些末な問題だ。

　そうした傍ら、近くに浮かんでいたアバドンの姿が視界に入った。腕を組んで困った表情を浮かべる悪魔は、やっちゃったねぇ、みたいな眼差しをこちらに向けていた。気づいていたなら教えて欲しかった。

　そして、私が頭を悩ませている間にも、状況は粛々と移り変わっていく。

　パタパタと賑やかな足音が近づいてきたかと思えば、廊下に面したドアが勢いよく開かれた。

「警察よ！　その場から動かないで！」

　姿を現したのは化粧女である。

　あぁ、なんたる偶然だろう。

犯人はおじさんと二人静で確定だ。

「こちらで死亡事故があったと通報があったわ！　通報されたのはどなたですか？」

　化粧女は懐から警察手帳を取り出して、現場に居合わせた皆々に掲げた。最近はご無沙汰であった厚化粧とスーツ姿で実年齢を取り繕っている。第一発見者に問うてくる文句が出会い頭から既に怪しい。

　しかし、貴宝院とローリング、それにイベント施設の管理者の三名は、旭日章のあしらわれた手帳を目の当たりにして身を強張らせた。どうやら本物の警察官だと信じたようである。途端にお喋りも失われた。

　化粧女の他にも何名か、制服姿の警察官が廊下からドタバタと雪崩れ込んでくる。

「お巡りさん、通報したのは儂ですのじゃ」

「遺体はどちらに？」

「ドアを越えた向こうの部屋ですのじゃ」

　化粧女は顔見知りである我々に対しても、さも初めて顔を合わせたとばかり、淡々と事情の確認を行っていく。おじさんや二人静も偶然から事件に出くわした一般人として、彼女に受け答えをしている。

遺体を発見した直後、警察への連絡を買って出た二人静が、緊急通報ではなく彼女たちの上司に連絡を入れたのではなかろうか。こうなると化粧女が連れてきた制服姿の警察官も本物なのか怪しいところである。

　おじさんの言うところの、局とやらの職員が化けている可能性が高そうだ。

「この場は鑑識を入れるから、事情聴取は場所を移して行いましょう。そっちの三人はあちらの警察官の指示に従って下さい。こっちの人たちは私の方で担当しますので、しばらくこのまま待っていて下さい」

　化粧女が指示を出すのに応じて、警察官たちがキビキビと動いていく。

　そっちの三人とは貴宝院やローリング、イベント施設の管理者を指してのこと。一方でこっちの人たちというのは、私やおじさん、二人静、ロボット娘を示している。

　前者は制服姿の警察官に連れられて、応接室から廊下に消えていった。

　いくつも連なった足音が段々と遠退いていく。

　これが完全に聞こえなくなったところで、態度を崩した化粧女が言った。

「さてと、こんなもんでいいかしら？」

　ひと仕事した、みたいな感じの台詞にイラッとくる。

　遺体のある応接室とは隣接するレセプションルーム。室内には自身の見知った相手しか見られない。化粧女が連れていた警察官の内、現場に残った数名は全員、遺体のある応接室に向かっていった。

「驚きました。星崎さんもイベント会場に足を運んでいたのですね」

「当然でしょう？　なんたって私はランクBの異能力者なのだから」

「いつ頃から来ておったのじゃ？」

「朝方に課長から連絡があったのよね」

「なるほどのぅ」

　おじさんや二人静に受け答えする化粧女。

　つまり今朝の時点で既に、異世界プロダクションの取締役は排除されることが決まっていた、ということだ。

　わざわざ彼女に尋ねたことから察するに、おじさんや二人静はそこまで知らされていなかった可能性が高い。

「おじさん、失礼ですが今回の騒動は……」

「急な話になってしまい本当に申し訳ない。異世界プロダクションの久我さんなんだけど、彼は反社会的な組織との関係が確認されていました。局からの交渉も虚しく、今回のような対応になってしまったそうです」

「ぶっちゃけ、お主らを利用するなり他所へ売るなり、画策しておったようじゃのぅ」

やはり、取締役は自殺ではなく他殺。

密室工作はおじさんと二人静の仕事だった。

「私の素性がバレていた、ということでしょうか？」

「表沙汰にはなっておらんが、一部では顔写真が出回っておるのじゃろう。お主が気に病むことはあるまい。儂やこやつ、そっちのパイセンなんかの人相書きもきっと、一緒に流通しておることじゃろうて」

おじさんや化粧女を視線で示しつつ二人静が言う。

日頃から学校に通っている手前、顔写真を盗撮するような機会はそれなりにあることだろう。なんなら先日は学校の校舎内にまで、他所の国や組織の人間が入り込んでおり、銃声まで鳴り響いていた。

「お主らを利用しようなどと考えておった時点で、デスゲームの事務局からは話が行っておらん。だとすれば、あの男は界隈でも小物じゃろう。なんなら天使や悪魔の存在も把握していない可能性すらある」

「そうですね。自分も二人静さんと同じように思います」

「手元に転がり込んできた相手の素性すら碌に分からないまま、一儲けしようと考えたのではないかぇ？　局の強権を把握しておったら、まさか喧嘩を売ろうとは考えまい。交渉の時点で譲歩しておったはずじゃ」

「そうだったのですね。色々とご説明を下さりありがとうございます」

「ちなみに実行犯は別におるのよ？　儂らはついさっき急に上司から連絡があってのぅ。現場でしくった実行犯の尻拭いをする羽目になったのじゃ。やったことと言えば、部屋の出入り口でお主らの足を少しばかり止めたくらいかのぅ」

おじさんにチラチラと視線を送りながら二人静が語る。

人が一人死んでいる手前、彼を気遣ってのことだろう。おじさんは好んで人を害するような性格をしていない。いくら仕事の上とはいえ、殺人の片棒を担ぐような真似はきっと負担になっているに違いない。

いいや、そういう意味だと私やアバドンは既に、おじさんに殺人の片棒を担がせるどころか、実行犯に仕立て上げてしまっている。天使と悪魔の代理戦争。隔離空間内での行いと比べたら、今回の件など誤差のようなものではないか。

「すみません、私のせいでお二人に迷惑をかけてしまいました」

「迷惑というほどのものでもないじゃろ。なかなか見事な推理じゃったしのぅ」

「ええ、そうですね。まるで探偵モノのドラマやアニメを見ているみたいでしたよ」

これまでの台詞がフラッシュバックする。

花野美咲（はなのみさき）に勝るとも劣らない黒歴史を作ってしまった。なにが、この文章を書いた人物は本人ではない、という可能性も出てくるのではないでしょうか、だろうか。書いたのはきっとおじさんの勤務先の人たちだ。

思い返しただけで、顔が羞恥からかっかとする。

「皆さんの仕事を邪魔しただけでした。本当に申し訳ありません」

「探偵？　なんのことかしら」

「気にしないで下さい。過ぎたことですから」

「なによ、私だけ仲間外れなの？」

「まぁ、名探偵なんていうものは、娯楽コンテンツの中の出来事よのぅ。実際に警察が捜査を中止した事件を片っ端から解決しておったら、次に発生する事件は名探偵殺人事件で決定じゃろうに。漏れなく迷宮入りじゃ」

「二人静さん、若い方々の前なんですから、夢のないことは控えておきましょうよ」

「だってそうじゃろ？　実際にその手の事件を追いかけていた正義感溢（あふ）れるジャーナリストが、いつの間にか東京湾に浮かんでおるとか、よくあるパターンじゃし？　あれって要は頑張り過ぎた名探偵の末路以外の何物でもなかろうに」

今回もそのパターン、ということなのだろう。

よかった、東京湾に浮かばずに済んで。

「しかし、イベント会場にテロ組織の人間が入り込んでいるとのことですが、放っておいて大丈夫なんでしょうか？　既に現地の局員にも被害が出ているような話を、阿久津さんから聞いているのですが」

「どう考えても大丈夫だとは思えないのじゃけど」

「そっちは別働隊が動いているわね」

相手の狙いはなんだろう。

本丸はロボット娘のように思う。

彼女を攻略する上で私やアバドン以外に、おじさんや二人静、化粧女などに意識が向けられているのではなかろうか。これまでにも家族ごっこの最中や、ロボット娘の通学などに合わせて仕掛けてきている。

などと私が浅慮を巡らせている間にも、状況には変化が見られた。

おじさんの胸元からブブブという音が響く。

皆々の注目が向かったところで、彼は端末の画面を眺めて言った。

「すみません、上司から電話のようです」

「嫌じゃのぅ。悪い予感しかせんわぃ」

我々に断りを入れて電話を受けたおじさんは、すぐにその表情を強張らせた。これまた大変な仕事を振られたのではないかと愚考してしまう。通話をしていたのは、ほんの二、三分ほどだろうか。

端末を耳元から下ろした彼は、真面目な面持ちとなり我々に言った。

「会場内に潜んでいたテログループに動きが見られたそうです」

「言わんこっちゃない。別働隊とやらは何をしておるのじゃ？」

「そちらも動いてはいるそうです。しかし、行方不明となった局の戦力から想定して、現時点で相手グループにはランクB相当の異能力者が複数見込まれているそうです。そこで我々にも現場へ赴いての対応が求められました」

「まさかイベント会場でドンパチやるつもりかぇ？」

「先方は局員や会場のイベント参加者を人質にして、我々との交渉を求めているそうです。こちらの返答次第ではどのように動くか分からないとの判断から、阿久津さんとしては最悪のケースも考えて人員を集めているようですね」

「テロ組織などに屈する訳にはいかんのだよ、みたいな感じかのぅ？」

「ええまぁ、そんな感じですね」

おじさんはさらりと説明をしているけれど、イベント参加者が人質に取られているというのは、かなり危うい状況なのではなかろうか。場合によっては何千、何万という被害者が発生しかねないような。

「父よ、末娘からラ相談がアル」

「なんでしょうか？」

「末娘は姉ノ晴れ舞台ヲ大切にしたいト考えてイル」

ロボット娘が健気なことを言い出した。

テログループが表立って騒動を起こした場合、冬フェスは中止せざるを得ない。それどころか今冬以降の催しについても、開催の是非を巡って議論が交わされることだろう。枯木落葉としては大きなマイナスだ。

けれど、彼女から気を遣われるとは思わない。

「我々も同じように考えています」

「末娘ハ父母の仕事に協力スル意思があル」

「貴方にそう言って頂けると、とても心強いですね」

「だったらさっさと現場に向かった方がええと思うよ。会場の混雑っぷりを思うと、ここから移動するだけで時間を食いそうじゃ。人混みに揉まれている間にズドンとやられたりしたら、溜まったもんじゃないからのぅ」

「ええ、そうですね」

「だったら私も一緒に行くわよ！　なんたってランクBの異能力者なんだから」

「この場はどうするのじゃ？」

「他の局員に任せるから問題ないわね！」

化粧女も付いてくるらしい。

普段からやかましい女ではあるが、本日はいつも以上に騒々しく感じられる。わざわざ無理をして大きな声を上げているような気配を感じる。おじさんに良いところでも見せようと考えているのか。それとも他に何かあるのか。

いいや、この女の心情などどうでもいい。

皆々、駆け足で東展示棟に戻ることとなった。

*

上司の指示に従い、我々は会議棟から東展示棟に戻ってきた。

向かった先はエリアA、メインステージが設置されている区画だ。会場内には普通に歩いて回るのも大変なほどお客さんが詰めかけている。時刻はランチタイムを少し過ぎたところで、お客さんの入りや会場の熱気も最高潮といった具合。

おかげで会議棟から移動するだけでも二十分くらい時

間を要した。

その間にも改めて、課長から現場の状況について追加で連絡が入った。

なんでもテログループの仲間は既に、メインステージ内に入り込んでいるらしい。グループメンバーの内一人が舞台袖で関係者を人質に取りながら、我々との交渉を要求しているとのこと。

「課長、先方の要求は何なのでしょうか？」

『十二式殿との直接交渉だ』

「交渉ですか。会場内に爆発物など仕掛けられていなければいいのですが」

『先方には十二式殿と星崎君がイベントに参加していることを伝えた。この状況で会場を爆破するほど愚かではないだろう。以前、星崎君が誘拐された件で、他所の組織も機械生命体の人類に対するスタンスは把握しているだろうからな』

万が一にも星崎さんが失われようものなら、地球は滅亡待ったなしである。昨今の十二式さんの先輩に対する懐きっぷりを思えば、決して冗談では済ませられない展開だと思う。地表にクレーターの追加は免れない。

だからこその交渉、なのだろう。

元より彼らの目的は、十二式さんとの交渉を前提としたお隣さんの確保であった。しかし、お隣さんを引っ張ってくる前に、窓口であった久我さんが失われてしまったので、こうして実力行使に出てきたと思われる。

『相手の戦力を加味すると、現場で対処可能なチームは佐々木君、君たちしかあり得ない。どうか上手いこと先方を無力化の上、イベント参加者に超常現象の存在を気取られないように撤収して欲しい』

「相手の異能力について情報はありますか？」

『詳細は不明だ。現場の状況に合わせて臨機応変に対応してもらえないだろうか』

「課長、いくらなんでも無茶ではないかと」

『今回の仕事だが、無事に達成されたのなら局からはしばらく暇を出そうかと思う』

「その言葉、信じさせてもらいます」

阿久津さんの説明によれば、現時点でステージの進行には影響は出ておらず、観客も異変に気づいていないとのこと。先方はイベントを人質に取ることで、強引にでも交渉を進める腹積もりなのだろう。

ということで、二人静氏と自分は人前でのアクションに備えて、セーラー仮面と怪人ミドルマネージャーに衣装替え。メインステージの裏方に設えられた控え室に駆け込み、大急ぎで装いを替えている。

「万が一に備えて持ち込んではいましたが、本当に利用する羽目になるとは……」

「ほれ、じっとしておれ。動かれると化粧が上手く乗らんじゃろうが」

当初は苦肉の策で利用した装いが、ここ最近は仕事着になりつつあるの困る。

ちなみに本日はピーちゃんが不在のため、怪人ミドルマネージャーへの変身はゼロから化粧での対応となる。椅子に座り込んだ自身の手前、化粧道具を手にした二人静氏が、ファンデーションやアイシャドウを盛ってくれている。

「二人静さん、以前から多趣味だとは思っていましたが、化粧もお上手なんですね」

「お主、儂のことなんだと思っとるの？　この程度、女なら誰だってできるじゃろ」

「そうは言いましても、普段からほとんど化粧とかされていないじゃないですか」

「なんたって素材がええからのぅ？　ノーメイクでも普通に美少女じゃし？」

偉そうなことを言うだけあって、彼女の手際は大したものだ。ヴィジュアル系バンドのメンバーさながら、あっという間に元の顔立ちは化粧の下に隠れた。角付きのヘアバンドを嵌めたのなら、怪人ミドルマネージャーが完成である。

常に彼女が一緒とも限らないし、今後は自前で化ける練習をするべきかも。

「佐々木、二人静、まだなのかしら!?」

「よぉし、いっちょ上がりじゃ！」

テロ組織からは繰り返して交渉を求められている。

窓口に立っているのは阿久津さん。

彼は現場に姿が見られず、局から対応に当たっている。先方とは電話越しにやり取りしているそうだ。上司から急かされた星崎さんが、スマホを片手に何度目になるか分からない催促を寄越す。

これにようやく頷いて、セーラー仮面と怪人ミドルマネージャーは控え室を出発。

　スタッフ専用の通路を抜けてメインステージの後方、関係者用の待機スペースに向かう。観客席の後ろ側から演者が登場するタイプの舞台演出用に設けられた動線とスペースである。お客さんの目からは完全に隠されている。

「セーラー仮面や怪人ミドルマネージャーですが、世間的にはどういう扱いなんでしょうか？　以前、都内で活動したときの動画がネット上で話題になっていましたが、否定的な意見が見られるようなら、発言の内容も考えなければなりません」

「良くも悪くもネットミームじゃのぅ。誰でも便利に使える玩具と化しておるよ。軽井沢の件も地元住民に撮影されていたようじゃ。ピンク色のマジカル娘と合わせて、馬に跨ったお主に儂が引き上げられる映像が拡散されておった」

「脚本もへったくれもない断片的なシーンばかりだと思うのですが」

「おかげで利用する側にしても、自由度が上がって都合がええんじゃろう」

　現場に駆け足で向かいつつ二人静氏とやり取り。

　我々の舞台設定について最後の打ち合わせ。

「お互い化けておいてよかったですね」

「ちなみに画像投稿サイトで検索すると、セーラー仮面のエロ画像が沢山出てくるのじゃけど、知っておった？　怪人ミドルマネージャーとの絡みもあったぞぇ？　なんていやらしいのじゃろうなぁ」

「それ、私に伝えてなんの意味があるんですか？」

「似たようなエロ画像でも、赤の他人より職場の同僚の方が実用性あったりせん？」

「すみません、どちらかというと萎えるタイプなんで」

　世間様からの評価は、出たとこ勝負でフラッシュモブを仕掛けて回るユーチューバー、みたいな感じだろうか。自前のチャンネルを持っていないので、得体のしれない変人として映っているかもだけれど。

『佐々木、こっちは配置に付いたわよ！』

「承知しました。我々もすぐに到着しますので」

　耳に嵌めたイヤホン越しに星崎さんの声が届く。

　十二式さん提供の翻訳機だ。

　お隣さんやアバドン少年、二人静氏も含めて皆々装着している。おかげでリアルタイムに双方向でやり取りが可能。会場内で何か異変が起こっても、末端や小型ポッドから十二式さんを経由して、即座に状況を把握することができる。

ちなみに星崎さんは今回、ステージの裏方から我々のサポートを担当。主な仕事は課長との連絡要員。過去にテレビでバストアップが流出している為、人前に出るような真似は控えたほうがいいだろう、との判断である。

お隣さんやアバドン少年、十二式さんも彼女と同じくメインステージの裏手で待機している。状況によっては彼女たちにも協力を仰ぐことになるかもしれない。いいや、十二式さんには既に色々と世話になっているけれど。

比売神（ひめがみ）君の協力を得て、隔離空間を発生させることで、その内部で対処を行うといった方法も検討した。しかし、本人に連絡を入れたところ、現地までは急いでも小一時間かかるとのこと。本日も冬フェスにリモート参加している彼女だった。

十二式さんに末端を提供してもらえば、それも数分に短縮が可能である。ただし、機械生命体の存在は局内においてもトップシークレット。上司かその上層が渋ったこともあり、残念ながら今回は見送りとなった。お役所仕事あるある。

「パイセン、待機スペースに到着したぞぇ」

「タイミングを見て乗り込もうと思います」

『ええ、二人とも頑張ってよね！』

メインステージでは現在も当初の予定通り、演目が進行している。

ステージ上のディスプレイには、異世プロの一軍メンバーが何名か投影されており、音楽に合わせて歌を歌いながらダンスを踊っている。その光景を我々は、待機スペース内から各所のカメラ越しに確認。

六畳ほどのスペースには多数のモニターが配置されており、メインステージ内の情報がそれなりに把握できる。カメラはステージの舞台袖にも設置されており、そこには拳銃を手にした中年男性の姿が見受けられた。

多分、この人物が問題のテロ犯の一味だろう。

「二人静さん、行きましょう」

「あいあいさーっ！」

歌唱パートが終えられて、間奏となったタイミングで我々は飛び出した。関係者以外立ち入り禁止の札がかけられた待機スペースのドアを開け放ち、観客席の間に敷設された通路をステージに向かい全力疾走である。

先んじて飛び出したのが怪人ミドルマネージャー。

これを追いかけるようにセーラー仮面。

「待てぇい、怪人ミドルマネージャー！」

「いいえ、待ちませんよ、セーラー仮面」

会場に設けられた大出力のスピーカーから、我々の声が会場中にズドンと響いた。

出処（でどころ）は機械生命体謹製の翻訳セット。

胸元に付けたマイクから音声を拾っている。

会場内の音響システムはＩＰベースのネットワークオーディオの為、大半が十二式さんの制御下にあるそうな。

こちらに彼女が持ち込んだ小型ポッドや末端を経由することで、我々の声を流し込んでいる。

当然ながらお客さんはビックリだ。

何がどうしたとばかり、会場のそこかしこから疑問の声が上がり始めた。

「えっ、なんか急に始まったんだけど」「ちょっと待ってよ、いきなり誰？」「前にネットで話題になってたやつじゃん」「どうしてこのタイミングで乱入？」「推しのライブはどうなっちゃうの？」「ヘルメットの子、動画で見るよりもかなり小さいね」「もしかして異世界プロダクションの関係だったとか？」

観客席の間に何本か延びた通路を別ルートで、二人静氏と並走するように走る。

最前列まで移動したのなら、地を蹴って舞台の上にジャンプ。人類を逸脱しない程度に飛行魔法を行使して、一息にステージ上まで移動した。チラリと横目で見ると、二人静氏も少しだけ遅れて舞台の上に登ってくる。

次いで反対側、舞台袖に目を向ける。

こちらには待機スペースでカメラ越しに確認した異能力者の姿があった。

手には拳銃を構えており、すぐ近くには銃口を向けられて、人質となったスタッフの方々が見られる。先方はステージに乱入してきたセーラー仮面と怪人ミドルマネージャーを目の当たりにして困惑。

予期せぬ出来事に戸惑っているようだ。

一見しては演出とも取れる。

事実、お客さんは騙（だま）されている。

「怪人ミドルマネージャー、貴様もいい年したおっさんなのじゃ。あまり調子に乗って派手なアクションを決めておると腰をいわすぞぇ！　ギックリと逝く前に観念して、さっさとお縄につくのじゃ！」

「若さでマウントを取るような正義の味方は、いつか大人になった視聴者に見捨てられますよ、セーラー仮面。誰だってなりたくて腰痛になっている訳ではないのです。人は座って生きるようにはできていない！」

我々の台詞に合わせて、ステージで流れていた曲調が変化した。

アップテンポな激しめの楽曲だ。

当初は戸惑っていたVチューバーの方々も、音楽が鳴り始めたことで歌唱を開始。恐らく十二式さんが気を利かせたのではなかろうか。大型のスクリーン上で立体モデルが元気良くダンスを踊り始めた。

幸いであった点は、出演者の大半が別室からモーションを届けていること。おかげでイベント出演者の動揺は最小限に留まっており、ステージを見ているお客さんは、会場が抱えた問題に気づいていない。

我々もステージ全体を利用してアクションを取れる。

「さりとて立ち仕事が楽かといえば、そういう訳でもあるまいて！」

台詞に合わせて、二人静氏がかっこいいポーズを取った。

応じてステージ上にホログラムが浮かび上がる。

異世界の魔法陣を彷彿とさせる代物が、怪人ミドルマネージャーに向けて掲げられた手の平の先に発生。その只中に光が収束していき、次の瞬間にも魔法少女のマジカルビームさながらの演出が発せられた。

機械生命体お得意の空中ウィンドウと、これを利用した舞台演出である。

直後には自身を中心として、ズドンと爆発の演出まで付いてくる。

これがまた見栄えもよろしく、観客からはワッと歓声が上がった。

「ぐわぁぁぁああ！」

怪人ミドルマネージャーは悲鳴を上げつつ後退。

よろめきながら舞台袖に向かう。

当然ながらダメージはゼロ。

袖幕に隠れて観客から目の届かないところまで移動すると、そのすぐ近くには拳銃を手にしたテロ組織のメンバーが見られる。事前に打ち合わせた通り、対象のすぐ近くまで接近することができた。

　一方で相手は未だ我々の行いに当惑。

　舞台演出の一環であるのか、自分たちに対するアクションであるのか、ステージ外からの闖入者を判断しかねているのだろう。そうこうしている間にも、互いに言葉を交わせる距離まで間隔が縮まる。

「機械生命体はこちらのイベントに執着しています。これを妨害せんとした貴方たちに交渉の余地はありません。これ以上の接触は互いに不利益を生むばかりです。どうかこの場は引いて頂けませんか？」

　懐から拳銃を取り出して、異能力者に向かい構える。星崎さんから借り受けたものだ。

「大人しくこちらの指示に従うようなら、貴方の身の安全は保証します」

「…………」

　先方は悩むような素振りを見せる。

　何かをボソボソと呟いているのは、耳に嵌めたイヤホンでどこかの誰かと通話をしているからだろう。聞き耳を立ててみるも、ステージ上のスピーカーから轟く音楽にかき消されて、ほとんど内容は聞こえてこない。

　ちなみにこの瞬間は自身の台詞もスピーカーとの連携がオフ。舞台上での台詞以外は、会場のスピーカーから流れないように十二式さんが制御を行ってくれている。なんて便利なんだろう、機械生命体の超科学。

　すると、先方が躊躇していたのは僅かな間のこと。

　手にした拳銃を足元に落とすと、両手を頭上に上げて、こちらの勧告に従うように一歩を踏み出した。近くにはランクAの異能力者が控えている上、施設内には局員が多数入り込んでいる。逃走は不可能だと考えたのではないか。

　お相手が異能力者であった場合、どのような異能力を扱えるのか、気にならないといえば嘘になる。けれど、それを理由に躊躇していては仕方がない。我々には思い悩んでいる時間的な猶予がない。

　相手の身柄を確保した怪人ミドルマネージャーは、これ幸いと意識を舞台に向ける。ステージ中央には舞台袖を見つめるようにセーラー仮面が佇む。そちらに向かい小さく頷くと、彼女からも同じく頷きが返ってきた。

　同僚の反応を確認したところで、怪人ミドルマネージャーはステージに舞い戻る。

「セーラー仮面。この者の命が惜しければ、大人しくして下さい」

「この期に及んで人質じゃと!?　なんと面白みのない展開じゃ！」

確保したテログループのメンバーも一緒だ。

手にした拳銃をその頭部に向けながらのアクション。

ここまでくれば後はどうとでもなる。セーラー仮面の手によって、慢心した怪人ミドルマネージャーは敗退。倒された怪人はステージから退場。怪人から奪還された人質は、二人静氏がその圧倒的な身体能力により連行。そんな感じ。

などと今後の段取りを考えていたところ、同僚の様子がおかしい。

溌剌（はつらつ）と突っ込みを入れて見せたかと思えば、ビクンと全身が大きく震える。

「そう、なんと、なんと面白みのない。このようなこと、さっさと終わらさねば」

そうかと思えば、発言から抑揚が失われた。

顔立ちこそフルフェイスのヘルメットに隠れて窺うことができない。ミラー仕様のシールドは着用者の顔立ちを完全に隠している。それでも急な声色の変化から、彼女の身に何かしら変化があったことが、なんとなく想像された。

「正義の前に犠牲は厭（いと）われない。偽信仰者を滅ぼすことはすべてに優先される」

「…………」

言っていることは微妙に二人静氏っぽいような、そうでないような。

いずれにせよ語り口には不安が残る。

まさかと思いつつも、もし仮に想定が正しかった場合には命取り。

万が一に備えて拳銃を放つ。

銃弾は脚部に当たった。

彼女はこれに構うことなく、鬼気迫る面持ちでこちらに迫ってきた。

片足を引きずりながらである為、動きは普段の彼女と比べて緩慢なものだ。それでも人類を超越した身体能力は健在であり、次の瞬間には、すぐ目の前にまで拳が迫っているから恐ろしいこと。

「っ……！」

障壁魔法を展開しつつ、咄嗟に後方へ身を反らす。

拳は鼻先を掠めた。

ブォンという風切り音まで聞こえてくる。

「セーラー仮面、貴方の目にはこちらの人質が見えていないのですか!?」

「邪教徒には死を。正義は必ずや執行される」

「正義の為であれば、善良なる市民が犠牲になっても構わないと言うのですか！」

「それは犠牲とは言わない。神へ捧げられた供物であると理解せよ」

どうしよう、セーラー仮面のキャラが急に変わってしまった。

色々な意味で危うい感じに。

狼狽する怪人ミドルマネージャーの傍ら、銃口が他所へ逸らされたことで、人質役に収まっていたテログループの人がこちらから距離を取るように動きを見せる。その振る舞いはセーラー仮面の変化になんら構った様子がない。

二人静氏の変化は、彼の異能力が原因ではなかろうか。精神に影響を与えるタイプの異能力者には、以前にも出会ったことがある。星崎さんの自宅近所で不特定多数が対象となり、暴動騒動が起こされていた。あれと比べると今回の異能力は幾分か洗練されている。お喋りも可。

さしずめ対象の精神を乗っ取り、好き勝手に操る異能力とか想像された。

そうかと思えば、別所からも不穏な気配が届けられる。

我々の立っているステージの裏方から、不意にパゥンと甲高い音が聞こえてきた。

今度は何だというのだ。

*

【お隣さん視点】

メインステージの近隣に設けられた関係者用の控え室。そちらでおじさんや二人静と別れた我々は、ステージ裏のスペースで待機している。ステージ上の彼らに何かあった場合、そのサポートに回るのが役割だ。

傍らにはアバドンの他に、ロボット娘と化粧女の姿が見られる。

また、我々の面前には半透明のディスプレイが空中に浮かぶ。

　メインステージの光景が観客席の上空から映し出されており、おじさんたちの活躍を確認することができる。ロボット娘が用意してくれた。おかげで裏方からでも鮮明に現場の状況を把握できる。

『待てぇい、怪人ミドルマネージャー！』

『いいえ、待ちませんよ、セーラー仮面』

　会場の後方から飛び出した二人がフロアの前方、ステージに向かい走っていく。

　彼らがステージ上へ移動するのに応じて、ディスプレイに映し出されていた映像も構図に変化が見られる。舞台袖に設置されたカメラから、ステージの中程に立ったおじさんを後方より映し出すような位置関係。

　袖幕の後ろには拳銃を手にした男の姿が見られた。

　傍らには人質と思しきスタッフ。

　前者が問題のテロ犯だろう。

「上手いこと対象に近づくことができたわね」

「アバドン、やはり貴方はおじさんの援護に向かえませんか？」

『この状況で使徒の隣を離れるようなことはできないなぁ』

　そうした彼らの活躍を私は、相棒の悪魔や化粧女、ロボット娘と共に眺めている。

　ステージ上でのやり取りについては、事前に打ち合わせを行っている。当初の予定通り、おじさんが機械生命体による舞台演出、架空のビームもどきを受けて舞台袖に引っ込んだ辺りでのこと。

　不意にロボット娘が言った。

「母よ、姉よ、兄よ、大気中ノ粒子の動きに不穏ナ反応を検出した。光学では識別不可ナ存在が末娘ノ正面より二時方向カラ、こちらに向かイ接近してイル。機械生命体としてハ、即座に警戒態勢ヲ取るコトを推奨する」

「えっ……」

　間髪を容れず、化粧女の身体が空中に浮かび上がった。

　状況的に考えて、異能力による攻撃で間違いない。

「アバドン、妹の示した方向に向かい迎撃を！」

『うん、まっかせて！』

　テレキネシスといったろうか。

　モノを浮かせたり飛ばしたりする異能力は、割とポピユラーなものらしい。おじさんからそう聞いた。高ランクになると非常に厄介であるとも。敵地に乗り込んできた時点で、それなりのランクだと想像する。

「姉よ、妹モ迎撃に参加しタイ」

「手伝ってくれるのであれば、ぜひお願いします」

「承知シタ」

ロボット娘が頷いた直後、パゥンと甲高い音が響く。光の筋が高いところから低いところに向けて、ピカリと一瞬だけ光った。

まるで小さな雷でも落ちたかのよう。

何事かと驚く我々。

直後、何もなかった場所に人が現れた。

「っ……！」

三人、ステージ裏のスペースに固まり手を取り合っている。

内一名が膝を折り、その場に倒れた。

二十代と思しき中肉中背の男性だ。凡庸な顔立ちの人物で、ジーンズに黒いダウンジャケットを着用している。外傷は見られない。気を失ってしまったようで、うつ伏せに倒れたまま、まったく動かなくなった。

ロボット娘が何かやったみたいだ。

「くそ、やっぱり駄目だ！　撤退するぞ」

残る二人のうち一人が忌々しげに吐き捨てた。

直後にその姿が消え失せる。

ただし、倒れた一名はそのままだ。

逃走の邪魔になると判断して、見捨てられたのだろう。

「対象ノ反応が座標カラ消失。どこかに移動シタ」

異能力は一人につき一つまで。

その原則をシンプルに適用するなら、彼らが備えた異能力は、テレキネシス、姿をくらます、そして、場所を移動する。状況的に考えて、ロボット娘が討ち取ったのは姿をくらます異能力を行使していた者ではなかろうか。

敵の撤退により、空中に浮かんでいた化粧女が地に落ちてくる。

上手いこと着地した彼女はロボット娘に問うた。

「ねぇ、今のピカッと光ったのは何なの？」

『母よ、今のハ非致死性の指向性エネルギー兵器。人類ヲ筆頭とした中型カラ大型の哺乳類を無力化スルことを目的としており、通常利用デあれば非殺傷トなる。後遺症もほとンど残らない。祖母へノ牽制用に開発シタ』

会場内に入り込んだ末端や小型ポッドなどに搭載された兵器みたいだ。

やんちゃな孫を持つと祖母も大変である。

『開発の動機はさておいて、とっても便利な兵器じゃないかい。ビックリだよ！』

「兄よ、常日頃から機械生命体ヲ高く評価シテくれることに、妹ハ喜びを覚えてイル」

倒れた異能力者はピクリとも動かない。

ロボット娘の言葉に従うのなら、これでも死んではいないらしい。相手の素性を確認する上でも、殺さずに確保する方が好ましいだろう。化粧女に目を向けると、既にどこぞへ連絡を取り始めている。

「世話になってばかりですみませんが、彼らが逃げた先に目星はつきますか？」

「姉ヨ、ステージ内のカメラに反応ガ見られル」

ロボット娘の声に合わせて、空中ディスプレイが我々の目前まで移動してくる。空中を滑るように飛んできた光景が、妙にコミカルなものとして映る。そして、画面内では今まさに目撃した二名の異能力者が、ステージの舞台袖に見られた。

おじさんが対応している異能力者を回収する為ではなかろうか。

その一方で、姿をくらます異能力者が見捨てられた経緯には疑問が残る。

理由は先方が備えた異能力にありそうだ。

＊

ステージの裏方から甲高い音が聞こえてきたのも束の間のこと。

舞台袖から人が二人現れた。

素性についてはイヤホン越しに、お隣さんたちから連絡が入った。

『おじさん、そちらに異能力者が二名向かいました！』

『相手は空間移動と高ランクのテレキネシストよ、佐々木！』

多分、彼女たちにちょっかいを出そうとして、逆にしっぺ返しを喰らったのではなかろうか。ステージ裏でのやり取りは断片的ながら、イヤホン越しに自身も確認している。おかげですぐに状況を把握できた。

『観客の目を利用して、追撃から逃れようという魂胆じゃないかしら』

『おじさん、私もそちらへ向かわせて下さい！』

「いえ、皆さんはこちらに来ないで下さい。ステージ上にいた異能力者は、精神に影響を与えるタイプの異能力を備えていると思われます。恐らくですが目が合った程度でも、相手に意識を奪われてしまいます」

『だとすると、おじさんは大丈夫なのでしょうか？』

「対象とする相手には数的な上限があるようで、自分だけなら問題はないかなと」

そうでなければ二人静氏と合わせて、自身も意識を乗っ取られていたことだろう。現時点で既に乗っ取られている可能性も考えられる。ただ、それなら二人静氏をけしかけるような真似はするまい。

勝手な想像だけれど、この身は取るに足らない異能力者として、敵方に判定されたと思われる。なんたって家族ごっこのメンバー内では、最弱にしてウィークポイントとして世間様からは扱われている。

けれど、ここに彼女たちが現れたら分からない。

万が一にも十二式さんや星崎さんが乗っ取られたりしたら大変なこと。

そのまま連れ去られてしまった日には、我々の立場もどうなってしまうのか。

「おい、こっちだ！」

人質となっていた異能力者が声を上げて駆け出す。

暴走するセーラー仮面の活躍により、彼は怪人ミドルマネージャーの手中から逃れた。二人静氏の猛攻を受けながらでは、銃で牽制することも儘(まま)ならない。下手にトリガーを引いて観客に当たりでもしたら冬フェスは完全に終了。

その人質の下へ舞台袖から現れた二名が合流して、ステージ上から逃げ出さんとする。

傍(はた)から眺めたのなら、セーラー仮面が怪人から人質を解放した形だ。

追加二名の内、一名は自身も見覚えがある。

本日、イベント会場で拉致されて以降、音沙汰がないという局員だった。異能力は空間移動。離れた場所にワープすることができるのだとか。ただし、距離はそこまででもなく、数十メートルくらいとのこと。

けれど、この人混みであれば重宝しそう。

二、三回もワープされたら、きっとすぐに見失ってしまうことだろう。

「ステージ裏に本命を発見した。お前の異能力でどうにかならないか？」

「馬鹿を言うな。機械生命体にこちらの異能力が通じる確証などない。なんの為に交渉の席を求めていたのか理解していないのか？　この状況で対象と正面切って争うなど、自殺行為以外の何物でもない」

テレキネシスと精神奪取の異能力者の間でやり取りが交わされる。ちなみに利用されている言語は異国のもの。どこの国の言語かすら判断できない。十二式さん提供の翻訳機がなければ、きっと聞き逃していたことだろう。

ただ、今の自分には彼らに対応している余裕がない。二人静氏の相手で手一杯。

彼らを捕らえるような真似は困難を極める。

『今の二人静、本気で襲ってきているのよね？　佐々木、本当に大丈夫なの？』

「どうにか凌いではおります。ただ、これ以上何かするとなると厳しいです」

回避する素振りを見せつつ、障壁魔法によりパンチやキックを受け止めている。傍から眺めたのなら、寸止めのアクション活劇のように映るのではなかろうか。二人静氏の異能力が舞台演出と親和性の高いもので助かった。

『だトすれば、姉ガ活躍するにハこれ以上ナイ状況』

そうした光景をカメラ越しに確認してだろうか。

十二式さんがボソリと呟いた。

直後にはお隣さんの戸惑うような声が届けられる。

『えっ、あの、これは……』

『モーション及び発声ハ姉に任せル。座標移動及び攻撃ハ妹が担当スル』

『まさか、この子をステージに向けて放つつもりですか？』

『攻撃にハ先程ノ指向性エネルギー兵器を利用スル。本体に実体ハ不必要』

イヤホン越し、お隣さんと十二式さんの会話が聞こえてくる。

映像がないので彼女たちが何を行っているのかは定かでない。

ただ、何かしら策を練ってくれているようだ。

『……承知しました。是非ともお願いします』

『姉よ、快諾に感謝すル。それでハ早速、枯木落葉ヲ出撃させる』

出撃ってなんだろう。

疑問に思ったのも束の間のこと、会場内に顕著な変化が見られた。

裏方からステージを越えてきた何かが、観客の頭上を飛び回る。

心なしか後ろが透けて見えるそれは、空中ディスプレイに映し出された3Dモデルではなかろうか。描かれているのは自身も見慣れた美少女。お隣さんが扮したVチューバー、枯木落葉で間違いない。

会場内に入り込んだ末端や小型ポッドと協力することで、十二式さんが映し出しているものと思われる。

「ちょ、なにこれ!」「なんか凄いのが出てきたんだけど」「この子ってアレじゃない？　前にネットで話題になってたの」「もっと他に選択肢あると思うんだけど」「普通に凄くない？」「どうやって映し出してるんだろう」「めっちゃヌルヌル動いてる」「パンツまでしっかりと見えるのヤバくない？」

観客からはワッと歓声が上がった。

遊園地の施設内ならまだしも、こちらは展示会の会場に即席で設けられたステージ。映像を投影するような装置は周囲に見られない。機械生命体の超科学によって為された演出に誰もが興奮している。

世間的には後日、異世プロさんの先端技術、とか言い訳することになりそうだ。

観衆の面前、空を飛ぶ鳥さながらに会場内を舞った枯木落葉はやがて、空中の一点で静止した。会場内に並べられた大量のパイプ椅子。これに座した観客たちの頭上、二、三メートルの地点となる。

彼女はステージに向き直ると、直立姿勢でテロ犯たちを見つめる。

『他者から与えられる厚意に縋るばかりで、他者に何かを与えることのできない愚民ども。その存在は決して善良などではなく、ぶつかり合う意見の間で私利を貪るばかりの穀潰しに他なりません』

ステージ上のスピーカーからお隣さんの声が大音量で響いた。

これまたけったいな物言い。

他方、イヤホンの向こう側からは、舞台裏の会話が常時届けられてくる。

『姉よ、もう少シ格好いいポーズが欲シイ』

『これ以上に何か必要なのですか？』

『こういった状況デは多少露骨に主張スルくらいが丁度いい、とノ情報がネット上には散見さレる。一連の出来事ヲ舞台劇の一環とシテ観客に提示するのデあれば、より顕著なアクションを推奨しタイ』

『……分かりました』

やり取りを受けて空中に浮かんだ3Dモデルに変化が見られた。

モーションと発声は任せるとの十二式さんの言葉通り、枯木落葉の挙動と声についてはお隣さんが担当しているのだろう。彼女が頷くのに応じて、客席の上に浮かんだビジュアルが改めてアクション。

『愛しき怪人ミドルマネージャー様の為、この場は私、枯木落葉が預かりました。愚民どもよ、精々逃げ惑うといいでしょう。しかし、どこへ逃げ出したところで、結局は我々の手の上で遊ばれているに過ぎません』

指先までピンと伸びた両腕を正面に向けて大きく掲げての訴えは、独裁国家の首相や、宗教団体の指導者の演説を彷彿とさせる。見るからに悪役であり、人質に対してその言い分はどうなのかと思わないでもない。

けれど、それはそれで格好いい。

ポジション的には悪の女幹部、みたいな。

時を同じくして、その全身が輝きに包まれたかと思えば、身につけていた衣類が変化を見せた。これまで着用していたのは学生服。それとはデザインを一新させて、黒を基調とした露出も多めのケバケバしい感じ。

いわゆるボンデージ的な出で立ちへと変化している。

『あの、枯木落葉の衣装に変化が見られたのですが……』

『姉ノ台詞及び状況ニ合わせて、より適切ナ装いに調整ヲ行った』

『相棒の内面をよく表していると思うなぁ』

『アバドン、貴方は黙っていて下さい』

台詞のみならず、見た目も悪の女幹部になってしまった。

観客席からは再びワッと声が上がった。

そして、一連の演出にはテロ犯たちも驚いたようだ。

今まさに人質役を装い、ステージ上から降りようとしていたところ、行く手を阻むように現れた3Dモデルに

歩みを止める。空に浮かんだ映像が、決して演出などではないと把握しているようだ。

そんな彼らを見つめて、空中に静止した枯木落葉が言う。

『怪人ミドルマネージャー様、こちらの人質はどうか私めにお任せ下さい』

その口上には色々と思うところがないでもない。

枯木落葉が怪人ミドルマネージャーに合流してしまった。どちらかといえば、セーラー仮面側に立って欲しかった。しかし、ステージ上の状況的に考えて、他に選択肢がなかったのも事実である。

おかげで劇中のストーリーが大変なことになりつつある。

そうした我々の心配など露知らず、テロ犯たちは現場から逃げ出さんとする。

「アレに構うな、こいつの異能で撤収する」

「捕らえたＴｏＤは回収しないのか？」

「馬鹿を言うな、命あっての物種だっ！」

ステージ上で合流した異能力者たち三名。お喋りしているのは内二名のみ。

残る一名は何を語ることなく彼らの傍らに控えている。恐らく二人静氏と同じく、精神奪取の異能力者によって、人心を掌握されてしまっているのではなかろうか。虚ろな眼差しは眺めていて不安になる。

そんな彼らに向けて、枯木落葉が腕を掲げる。

すると、彼女の手元に魔法陣が浮かび上がり、そこからレーザー光線のような輝きが放たれた。今しがたにもセーラー仮面が放ったものと似たような感じ。というか、空に浮かんだ枯木落葉の姿もまた、仕組みの上では同様だろう。

ただ、それとは別にパゥンと甲高い音が響く。

レーザー光線の只中、ほんの一瞬だけ強いきらめきが芯の部分を駆ける。

狙われたのは局員だ。

空間移動の異能力による逃走を防ぐためと思われる。

レーザーもどきは対象の頭部に照準されていた。

「十二式さん、可能であれば生命まではっ……！」

『父よ、これハ非致死性の指向性エネルギー兵器。人類ヲ筆頭とした中型から大型の哺乳類を無力化スルことを目的としており、通常利用デあれば非殺傷トなる。後遺症もほとンど残らない。祖母ヘノ牽制用に開発シタ』

「そ、そうですか」

先程、イヤホン越しに聞こえてきた台詞がリプレイ。最後の補足情報には、今後の家庭内の関係性に不安を覚える。

星崎さんたちがステージ裏で話題にしていたのは、今しがたのレーザー光線。いいや、レーザー光線は空中ウィンドウによる目眩ましで、その只中を駆け抜けた落雷にも似た閃光こそが、十二式さんの説明にあったエネルギー兵器だろう。

「おい、ToDを守りに回せ！」

「わ、分かった！」

局員が倒れたのを受けて、残る二人はすぐさまステージ上から逃げ出した。

会場にずらりと並んだパイプ椅子。

その間に設けられた通路を駆け足で出口に向かう。

テレキネシスの異能力者が同行しているのなら、空を飛ぶような真似も不可能ではない。それでいて地上を駆ける選択を取ったのは、会場に居合わせた観客を盾にする為ではなかろうか。

空中に浮かんだ枯木落葉との対角線上へ観客が位置するよう、巧みに進路を取っている。それに加えて、ステージ上から舞台下に飛び降りた二人静氏が、彼らの後方を守るように殿を務めるべく駆ける。

観客からすれば、セーラー仮面が人質を逃そうと奮闘しているように映る。

けれど、十二式さんが操作する小型ポッドや末端の所在は、空中に浮かんだ3Dモデルとは無関係である。光学迷彩的な技術により姿を消したそれらが、会場内には大量に入り込んでいるのだとか。

『セーラー仮面、民には守るべき良民と、排除すべき愚民が存在するのです』

中学一年生が自発的に言うような台詞じゃないと思う。

お隣さんの声が響くと共に、空中にいくつか魔法陣のようなモノが浮かび上がる。心なしか魔法少女のそれに似ている。その只中に光が収束するような演出が入ったかと思えば、こちらからも多数のレーザー光線が放たれた。

お隣さんが腕を振るうのに応じて、男たちの下へ向かい一直線。

「なっ……！」

「ど、どうなってるんだ⁉」

異能力者二名は為す術もなく倒れ伏した。

大電流に打たれてしまったかのように、一瞬ビクリと全身を硬直させたかと思えば、その場に倒れてピクリとも動かなくなる。ステージ上から眺めた限りだと、本当に非殺傷なのかと不安に思うくらい。

時を同じくして、二人静氏に変化があった。

「な、なんということじゃ！　このようなえげつない仕打ちをおいそれと人に向けるなど、とても真っ当な心の持ち主とは言えん！　その胸内には余程のこと、危ういものを抱いているに違いあるまいて！」

会場を駆けていた足がフロアの中程で止まる。

続けられたのは彼女らしい軽快なお喋り。

どうやら自我を取り戻したようだ。

彼女を操っていた異能力者が倒れたことで、身体の自由が戻ってきたのだろう。その語りっぷりから察するに、肉体を奪われていた間の出来事は、イヤホン越しの会話も含めて、しっかり把握しているのではなかろうか。

十二式さんへの当てつけじみた物言いから、なんとなく察することができた。

『母よ、祖母ガ遠回しに末娘ノことを批難シテくる』

『アレって非殺傷とはいえ、やっぱり痛いのよね？』

『人類ハ痛覚を刺激サレルことで学習効率ガ上昇する。より効率的ニ対象を教育しようト考えたのナラ、痛みを与えることハ重要な要素。なにより祖母ガ相手であレば、少シやり過ぎたところデ問題ない』

『…………』

「せめてイヤホンのリンク切って喋らない？　こっちまで聞こえておるのじゃけど」

一方でお隣さん改め、枯木落葉は空中から地上に舞い降りる。

倒れた異能力者の内一人、精神奪取の彼の下までやって来た。

『これで形勢逆転です、セーラー仮面』

そして、背中に片足を乗せるようポーズを取りつつ言った。

移動が十二式さん、モーションをお隣さんと二人で分担している割には動きが滑らかである。前者の気遣いも然ることながら、即座に合わせていける後者の判断力もまた並々ならぬものがある。

　相手を躊躇なく足蹴にして見せた姿には、ちょっと危機感を覚えるけれど。

『人質の命が惜しければ、我々の軍門に降りなさい』

「ぐぬぬぬっ、お主、な、何者じゃ！」

『私は怪人ミドルマネージャー様の忠実なるしもべ、怪人ナードガール』

　お隣さん、悪役ムーブに入ってしまった。

　他に選択肢がなかったとはいえ、その設定で大丈夫なのだろうか。今後の枯木落葉としての活動に差し障りが出てくるのではないかと不安でならない。チャンネル登録者数とか減ってしまったら本当にごめんなさい。

「ええい、この場は撤退、撤退じゃ！」

　二人静氏も、これ以上の問答はやぶ蛇だと考えたのだろう。

　大きな声で訴えると、舞台袖に向かい去っていく。

『待つのです、セーラー仮面！』

「構いませんよ、怪人ナードガール」

　その背を追いかけようとしたお隣さんを大慌てで呼び止める。

　テロ犯の対処は終えたのだ、さっさと舞台から退場せねば。

「それよりも、今回は危ないところを助けてくれたこと、心から感謝します。貴方がやって来てくれなければ、今頃はセーラー仮面に倒されていたと思います。どれだけ感謝しても足りません」

　お隣さんと十二式さんの活躍がなければ、今頃は異能力者に逃げられていたやもしれない。場合によっては、自分や二人静氏がお持ち帰りされていた可能性すらある。そうして考えると背筋が寒くなる思いだ。

『いいえそんな、滅相もありません。私などでよろしければ、いつでも便利に使ってやって下さい。私は怪人ミドルマネージャー様の忠実なるしもべ。お呼び下さればいつ何時、どこへでも馳せ参じます』

「それでは我々も去るとしましょうか。怪人ナードガール」

『はい、怪人ミドルマネージャー様』

　ということで、我々もセーラー仮面に倣って撤収。

　ステージを降り、観客席を後方に向かい駆け出す。

　そのまま登場時にも利用した待機スペースに逃げ込ん

だ。

　これにて乱入者一同は会場から消えた。

　ステージ上ではVチューバーの方々のパフォーマンスにフォーカスが戻る。我々の登場と共にボリュームの下げられていた音楽が本来のレベルまで戻り、それまで控えられていた演出が大型ディスプレイを照らし上げる。

　観客の方々の意識もライブ演奏に移っていく。

　そうした傍らで、会場内に倒れた局員やテログループの人たちは、犬飼さんを筆頭とした自衛隊や局員の方々がそそくさと回収。数分とかからずに撤収していった。一部では首を傾げるお客さんも見られたが、そこまで話題になることはない。

　代わりに交わされているのは、一連の舞台劇に対する寸感。

「ねぇ、何だったの？　今の茶番劇」「枯木落葉のプロモーションじゃない？」「運営が枯木を推してるのだけは分かった」「観客席の上を飛び回ってたのおかしくない？」「ストーリーもぶっ飛んでたけど」「セーラー仮面と怪人側、どっちも人質の扱い適当すぎでしょ」「どういう仕組みで動いてたんだろう」

　少なくともテログループの存在に気づかれている方は皆無。

　そういった意味では、我々の公演は大成功。

　肝を冷やす場面もあったけれど、どうにかこうにか一件落着である。

*

　結論から言うと、会場内に入り込んでいたテロ組織の活動は、我々が対処した人たちが確保された時点で収まりを見せた。先方も機械生命体と真正面から事を構えるような真似は御免である、といった意思表示だろう。

　捕らえたテロ犯の供述によれば、今回のイベントを通じてお隣さんを彼らに紹介するのが、久我さんの思惑であったとのこと。お隣さんをテロ組織に差し出すことで、見返りに金銭をせびろうと考えていたようである。

　これに局が一枚噛んだことで、テロ組織とは騒動となってしまった。

　また、久我さんの身柄については、冬フェスが終えられてから時機を見て、世間に公表されることとなった。

死因は自殺。上司の言葉に従えば、既に検察とも交渉は済んでいるとのこと。げに恐ろしきは国家権力である。

事情を把握しているのは我々局員と、異世界プロダクションの一部関係者のみ。

ということで、冬フェスは二日目も予定通り開催されることになった。

お隣さんとアバドン少年もこれに参加。

出番は少ないながら、サブステージに立ってお喋りをする機会があるのだとか。

他方、暇になったマネージャー役の自分は、星崎さんや二人静氏、それに十二式さんと共に会場を見て回っている。事後、異世界プロのお偉いさん名義で送られてきたフリーパスにより、すべての催しへ自由に参加できるようになった。

そうした中で、いの一番に向かったのがコスプレスペース。

十二式さんたっての希望である。

しかも見る方ではなく、着替える方。

個人的にはご遠慮を願いたかった。二人静氏や星崎さんも難色を示していた。しかし、昨日は多分に彼女の世話になっていた手前、家族ごっこの誰もがノーと言えなかった。参加の是非を巡る多数決では、賛成多数により可決。

おかげで皆々、仮装して現地に赴いている。

二人静氏と自分は各々、セーラー仮面と怪人ミドルマネージャーに化けた。昨日の今日でこの格好は大丈夫なのかと不安に思ったものの、スペースには我々以外にも同じような格好の人たちがチラホラと見られた。

意外と人気があるみたいだ、セーラー仮面と怪人ミドルマネージャー。

一方で十二式さんは枯木落葉の格好をしている。

昨晩のうちにもコスプレ参加の約束を交わしていた為、本日の家族ごっこ開始時点にて、自前で衣装を揃えていた。出会い頭には真っ黒に染められた頭髪に驚いた。更には瞳の色まで揃えてきていた。

本人曰く、接点のオプションパーツ、とのこと。

「すみません、写真を撮らせてもらってもいいですか？」「自分もお願いします！」「もしよろしければ、こっちに目線をもらえませんか？」「そのコス、枯木落葉ですよね」「昨日のステージ、なんか凄かったですよね」

「構わナイ。好きナだけ撮影するとイイ。じゃんじゃん撮影スルといい」

先程から十二式さんには写真撮影の交渉がひっきりなし。

本人はすべてノータイムで快諾している。

「こっちにも目線、もらっていいですか？」「衣装の出来栄え、とんでもなくクオリティが高いですね！」「そっちの男性の方、親御さんですか？」「連絡先を交換できませんか？　撮影した画像をお送りしたいのですが」

「是非トモ撮るとイイ。ただシ、連絡先ノ交換は保護者から禁止サレている」

その口元は先程からヒクヒクと小刻みに動いて止まない。胸中から湧き上がる快感を必死に隠そうとして、それでも隠せていない感じ。無表情が常である彼女にしてみれば、滅多にない反応と言える。

深く心を癒やされていることだろう。

局員としては、機械生命体の存在は秘匿としたい。ただ、本日の彼女は普段と大きく装いを変えている。なんなら枯木落葉というモチーフが存在する。おかげで我々としても、彼女が撮影されることへの抵抗が小さい。

「すみません、そちらの方々と一緒に撮らせてもらえませんか？　集合写真みたいに」

「ほほぅ。儂らに目を付けるとは、なかなか見る目のあるカメコじゃのぅ」

「あの、できればそちらの怪人ミドルマネージャーさんも一緒だと嬉しいのですが」

「エッチなポーズとかした方がええかのぅ？　スカートとかめくっちゃう？」

「あ、いえ、未成年の方にそういうのはちょっと、倫理的に問題がありますので……」

二人静氏や自分にもちらほらと声がかかる。

この歳になって、コスプレして写真を撮られる日が訪れるとは思わなかった。特殊メイクさながらの化粧で素顔を隠しているとはいえ、見ず知らずの相手に写真を取られるのは抵抗が大きい。

それでも二人静氏がほいほいと安請け合いしてしまうので、仕方なくお付き合い。

そうした中で一人だけ、普段からの格好をしているのが星崎さん。

平素からの厚化粧にスーツを着用。

それ自体がコスプレだと称するのなら、その通りかもしれないけれど。

「…………」

ところで本日の彼女は、事あるごとにスマホと睨めっこ。しかもそわそわと落ち着きをなくしている。最近の若い方にしては珍しく、あまりスマホを見ない彼女だから、普段と異なる立ち振る舞いには疑問が浮かぶ。

今も難しい表情を浮かべて、私用と思しき端末を確認しておりますね。

「星崎さんはコスプレがお嫌いですか？」

「嫌いじゃないけど、こういうのってほら、撮影された画像が事後にどう扱われるか分からないでしょう？　不特定多数を相手にはっちゃけたりしたら、後で絶対に後悔すると思うのだけれど」

「ええまぁ、たびたび問題になっていたりしますね」

こちらから話しかけても、多少言葉を交わしたところで会話は途切れる。

以降も延々とスマホにかかりきりの星崎さん。

その顔色がここのところよろしくないのも気になる。

「星崎さん、具合が悪いようなら自宅に戻られますか？」

「え？　あ、ううん。別にそういうのじゃないから……」

「母よ、具合ガ悪いようなラ、火星ニ設けた治療用ドックへの搬送ヲ提案する」

「なんじゃその未来的なフレーズ。めっちゃ興味をそそられるのじゃけど」

ここ最近、機械生命体による太陽系の開発が顕著である。月や火星などは既に彼女に占拠されたと考えて差し支えないのではなかろうか。各国の宇宙開発団体はきっと、頭を抱えているに違いない。

「ドック内でハ人類が罹患スルすべての病ヲ根治することガ可能。また、体内へナノマシンを投与スルことで、一生涯ノ無病息災と従来ノ数倍の寿命ヲ約束できル。末娘としてハ大変おすすめ。是非トモ受けて欲シイ」

「だから、病気とかそういうのじゃないから」

「さらっと何事でもないように言うたけど、機械生命体の超科学マジ危ういのぅ」

「天使と悪魔の代理戦争で得られるご褒美並の効果効能があるのではないでしょうか」

『相棒の言う通り、その手のご褒美を求める使徒は、いつの時代も沢山見られるね！』

他所にバレたらとても面倒なことになりそうだ。世の中のお金持ちや権力者がこぞって求めてきそうな提案である。ただ、星崎さんはそこまで気にした様子が見られない。若いっていいなぁ、なんて思う。

「ふと思ったのじゃけど、末娘の昨日の気張りっぷりはもしや、これが目的かぇ？」

十二式さんのコスプレ姿を視線で示して問いかける。

尋ねられた彼女は平素からの淡々とした態度で受け答え。

「祖母よ、コノ国の辞書にハ、持ちつ持タレつ、という素晴らシイ言葉があル」

「相変わらず分かりやすくていいのぅ」

多少なりとも下心があったのは事実のようだ。

そして、存分に楽しんでいらっしゃる。

伊達に姫プレイでクラスを崩壊させていない。

「そ、それよりも二人共、ＰＶバトルは今日までだけど、こんなふうに余裕を見せていて大丈夫なのかしら？　もしも時間に猶予が欲しいようであれば、改めて延長の多数決を行ってもいいと思うのだけれど……」

「儂はもう優勝を諦めておるからのぅ」

「母よ、末娘ハ既に十分ナ再生数を稼いでイル」

「だったら、えっと、さ、佐々木はどうなのかしら？」

「私ですか？　私のはちょっと、その、なんというか……」

最後に動画を投稿してから数日、すっかり放置してしまっていた自身のチャンネルを思い起こす。今このタイミングで仔細を報告することは、ＰＶバトルの報告会に影響を及ぼしそうなので、あまり多くは語りたくない。

「まさかとは思うけれど、人には見せられないようなことになっているの？」

「いえ、決してそのようなことはないのですが」

「そ、そう……」

すると星崎さんは残念そうに顔を伏した。

期間の延長を望んでいるのだろうか。

だとしても、元気が取り柄の彼女らしからぬ言動。

「ＰＶバトルと言えば、そっちのマネージャーに確認しておきたいのじゃけど、長女と長男の活動はこれからどうなるのかのぅ？　傍から眺めておる限り、学業にも増して熱心に取り組んでおったような気がするのじゃけど」

「彼女たちからは今後とも続けていきたいとの話を伺っ

ていますが」

「まぁ、子供が銭を稼ごうとしたら、方法は限られてくるからのぅ」

どうしてお隣さんたちがVチューバーに熱心なのか。

二人静氏も事情は把握しているようだ。

「どうか温かく見守って頂けたらと」

「異世プロの株、買い漁ろうと思ったのじゃけど」

「それだけは止めてあげて下さい」

「絶対に値上がりすると思うのじゃよね。儂が持っておいたほうがよくない？」

「そのように言われてしまうと、自身も上手い返しが思いつかないのですが」

そんな感じで、冬フェスの二日目は何事もなく過ぎていった。

＊

【お隣さん視点】

冬フェス二日目、会場でひと仕事終えた私は、控え室で休憩をしていた。

仕事とはいってもそう大した役柄ではない。一軍メンバーの参加するステージイベントの背景、賑やかし要員として並んだだけだ。二軍メンバーでありながら自前の立体モデルがある為、抜擢された次第である。台詞もほとんどなかった。

『今日はこれでお役目もおしまいかな？』

「ええ、その予定です」

傍らにはいつも通りアバドンの姿が見られる。

のんきにプカプカと浮かんだ姿は、周囲で多くのスタッフが忙しそうにしている光景から、文字通り浮いて感じられる。思えばこの悪魔は自身の足で立っている時間よりも、こうして空中を飛んでいる時間のほうが遥かに長い気がする。

足腰が衰えたりしないのだろうか。

『この後はどうするんだい？』

「おじさんたちに合流しようと思います」

『そういえば、コスプレをするとか言っていたね！』

小声でアバドンと会話を交わしながら、今後の予定に意識を巡らせる。

すると、椅子に着いてからそう経たないうちに声をかけられた。

「枯木さん、ちょっと話してもいいかしらぁ？」

「さっきはステージ要員、ありがとうねぇー」

貴宝院とローリングだ。

彼女たちもステージから控え室に引き上げてきたらしい。先の仕事ではステージを同じくしていた。当然ながら、彼女たちの場合は端役の枯木落葉とは異なり、主役として舞台の真ん中に立っていた訳だけれど。

「お二人とも、私になにかご用でしょうか？」

「久我さんの件、警察も自殺として判断しましたわね」

「私、一晩経っても未だに信じられないよぉ」

彼女たちは私が着いたテーブルの対面に腰を落ち着けた。

こちらの許可も取らずにグイグイと来る。

「はい、どうやらそのようですね」

「わたくしとしましては、枯木さんの推理にひっかかりを覚えているのですわぁ」

「このような小娘の戯言など、いちいち気にするべきではありませんよ。警察がそのように判断したのですから、捜査を疑うような真似は控えるべきだと思います。お二人はただでさえ、世間に対して影響力があるのですから」

「枯木ちゃん、相変わらずはっきりと物を言うよねぇー」

「すみません、そういう性分なもので」

「まぁ、だからこそわたくしも貴方に構っているのですけれど」

一体、何の用だろう。

駄弁りに来たのだろうか。

彼女たちこそ多忙であろうに。

「すみません、私からも貴宝院さんに質問があります」

「なにかしら？」

「どうして貴方は私に構うのでしょうか？」

「はぁん、ズバリ聞いてきましたわね！」

「今の発言はこちらへの振りだと考えたのですが」

「ええまぁ、振りであるような、振りではないような……」

まどろっこしい、どっちなのだ。

これはアレか。

生意気な新人に対して、いよいよ先輩から指導が入らんとしているのか。自身に愛想が欠如していることは重々承知している。この機会に軽く小突いてビビらせておこう、などと考えたのではなかろうか。

「私のことが目障りなようであれば、素直に仰って頂けたらと。こちらとしても皆さんに迷惑をかけるのは本意ではありません。直せる部分は直していけたらと思います。どうかご指摘を頂けませんか？」

「それが違うんだよなぁー」

　思い切って尋ねてみると、ローリングからは即座に否定の声が。

　直後にはその注目が貴宝院に移った。

　相方に見つめられた彼女はなにやら悩むような素振り。

　そして、数秒ほど躊躇したところで、改まった態度となり口を開いた。

「ほら、わたくしたちって、こう、オフでもキャラ作りが凄いでしょう？」

「年齢的にかなり厳しいかとは思います」

「そ、そんなことは重々承知しておりますわ！」

　素直に答えたところ、吠えるように反応があった。

　理解しているなら止めればいいのに。

「だからこそ、貴方のような跳ねっ返りを利用して、そろそろお別れしようと考えておりましたの。こうして繰り返し煽っていれば、そのうち他者の前でも同じことを指摘してくれるのではないかと」

　あぁ、なんて面倒臭い女だろう。

　しかもその場合、しわ寄せがすべて私に来る。

「そのようなことをせずとも、明日からでも普通に止めればいいじゃないですか」

「随分長いこと続けてきたから、引くに引けなくなっちゃったんだよねぇー」

　下らないことにデビュー間もない新人を巻き込まないで欲しい。

　そんなの下手をしたら、私が爪弾きになりかねないではないか。

　いや、既に二軍メンバーからは軒並み嫌われてしまっているけれど。

「お言葉ですが、周りもそこまで気にしないと思います」

「いいえ、絶対に陰でヒソヒソと言われてしまうわぁ！」

「私はべつに今のままでいいと思うんだけどなぁー」

「貴方のその感覚はちょっと異常ですわよ？」

平然と語ってみせるローリングは、既に一線を越えているように思う。新興のVチューバー業界とはいえ、芸能界の一端には違いない。彼女のような変わり者が出てくるのも自然のような気はする。

その只中で常識を失っていない貴宝院だからこそ、思い悩んでいるのだろう。

ってていうか、そんな下らないことを求めて新人に絡んでいたのか、この女は。

「申し訳ありませんが、そちらの期待に応えることはできかねます」

「ど、どうしてそんなことを言うのかしらぁ？」

「お二人は私にとって遥か雲の上の先輩です。他者の前でそんな失礼なことを言えるはずがありません。私がもう少し売れて、お二人に生意気な口を叩けるようになったら、そのときに改めてご提案させて頂きたく思います」

「んなっ……」

まさか承諾などするものか。

自分の尻は自分で拭いてもらいたい。

「すみません、マネージャーと約束をしておりますので、これで失礼します」

「ちょ、ちょっとお待ちになって！　このようなこと他に頼める相手がっ……！」

ギャーギャーと賑やかにする貴宝院。

彼女に構うことなく、私は席を立った。

そして、真っ直ぐに控え室を後にする。

『いいのかなぁ？　職場の先輩にあんなこと言っちゃって』

「我々には何のメリットもありませんから」

『そういう愚直なところ、とても枯木さんって感じがするね！』

「…………」

言われずとも理解している。

私は根っからの陰キャなのだ。

＊

擦った揉んだの末、冬フェスの全日程が終えられた。

スタッフたちの間では打ち上げが大々的に行われるらしい。お隣さんや自分も当然ながら誘われた。これに断りを入れて、我々はイベント会場の近くに設けられた滞在先のホテルに戻ってきた。

　世間の催しはどうあれ、我々には家族ごっこの時間が待っている。

　まずは宿泊先のホテルに戻り、預けていた荷物を回収して軽井沢に移動しよう。そのようなことを皆々で語らいつつ、一昨日からお世話になっている客室へ。カードキーを翳して部屋のロックを解除、ドアを開ける。

　すると室内には既に先客が見られた。

「ピーちゃん、こっちに来てたの？」

『迎えが必要であろう？』

「ありがとう、気を利かせてくれて」

　ドアを開けてから、僅かばかりの通路を過ぎた先、ベッドに腰を落ち着けたルイス殿下と、その傍らに立ったエルザ様の姿が見られた。そして、後者の肩にはちょこんと文鳥殿が止まっていらっしゃる。

　無人だとばかり考えていたのでちょっと驚いた。

「留守中、勝手に入り込んでしまいすまないな、ササキ男爵よ」

「滅相もありません、ルイス殿下。このような狭い部屋でお待たせしてしまい、こちらこそ申し訳ありませんでした。もしよろしければ、もう少し広々とした場所を用意させて頂きたいのですが」

「いや、そこまで畏まることもない」

　ピーちゃんの空間魔法でやってきたのだろう。

　彼には我々の滞在先を伝えている。

　なんなら一度は送迎で足も運んでいる。

「急ぎの用件かのぅ？」

　自身の傍らには星崎さんと二人静氏、それに十二式さんの姿がある。

　お隣さんとアバドン少年は別室で寝泊まりしている都合、そちらに足を運んでいる。自室で荷物をまとめ次第、こちらの部屋で合流する流れとなった。そう時間を要するまでもなく顔を見せることだろう。

『言ったであろう？　貴様らを迎えに訪れただけだ』

　エルザ様の肩から飛び立ったピーちゃんが、こちらの肩にやってくる。

　なんだろう、その何気ない判断が無性に嬉しい。

『とはいえ、この者はこちらへやって来てからというもの、ずっと屋敷に引き籠もっているであろう？　せっかくの機会なので、少しくらいは外の世界を見せてやってもいいのではないかと考えてな』

ルイス殿下をチラリと見やり、ピーちゃんが言う。

思い返してみると、たしかにその通り。

ルイス殿下がこちらの世界を訪れてからというもの、軽井沢の別荘と未確認飛行物体の内部にある家族ごっこの舞台以外、どこにもお連れする機会がなかった。精々別荘の庭を散策したり、敷地内でスポーツに興じる程度か。

「私が気が利かないばかりに、殿下には苦労をお掛けしてしまい申し訳ありません」

「構わぬよ、以前と比べたら天国のようだ。それにササキ男爵らの都合もあろう」

そうこうしていると、お隣さんとアバドン少年がやってきた。

ノックを耳にしてドアを開けると二人の姿が見られる。お隣さんの手には大きめの旅行カバン。もう少しかかるかと思ったのだけれど、どうやら急いでくれたみたいだ。女の子らしからぬ荷造りのスピードには、お隣さんらしさを感じる。

「お待たせしてしまい申し訳ありません、おじさん」

『おやおや？　こっちの部屋は賑やかだねぃ』

二人が合流したところで、二人静氏が言った。

「そういうことじゃったら、今晩は家族揃って外食とかどうかのぅ？　せっかく外に出てきたのじゃ。タクシーで軽く都内を見て回りつつ、ちょっといい感じのお店で晩御飯とか、どうじゃろう？」

「それで今晩は夕食の支度がいらないと言っていたのね、フタリシズカ」

「ここのところ晩飯は、お主らの世話になってばかりおったからのぅ」

二人静氏もピーちゃんと同じようなことを考えていたようだ。

続けざま、その眼差しがこちらの肩の辺りを眺めては言う。

「そこな文鳥と足並みが揃ってしまったことは、甚だ不本意ではあるがのぅ」

『それはこちらの台詞だ、小娘よ』

外食は多数決により、全員賛成で決定。

反論は一切出なかった。

「という訳で、ＰＶバトルの参加者も全員揃っておることじゃし、ここで発表会をしてしまわん？　その方が晩飯の話題にもなってええと思うのじゃけど。そこまで形式張って発表するほどのものでもないじゃろう」

「えっ……」

二人静氏の何気ない提案。

これに星崎さんから驚きの声が上がった。

予期せぬ反応を目の当たりにして、皆々の注目が先輩に向かう。

「なんじゃ？　異論があるのかのぅ？」

「母よ、心拍数ニ上昇が見らレル。何か懸念事項ガ？」

「っ……べ、別に、なんでもないけれど」

「だったら早速、ＰＶバトルの結果発表会じゃ！」

ビシッと人差し指で天井を指し示した二人静氏が言う。

ちなみに各々の位置関係は、ベッドの縁に腰を落ち着けているのがエルザ様とルイス殿下。デスクチェアに星崎さん。そして、ベッド脇のスペースに自分と二人静氏、それにお隣さんが立っている。

アバドン少年はいつも通り、お隣さんのすぐ近くにプカプカと。

「ＰＶバトルの結果を発表するのは結構ですが、二人静さんは各人のアカウントをご存知（ぞんじ）なのでしょうか？　星崎さんや十二式さんのアカウントは、どなたも把握していないように思うのですけれど」

「んなもん自己申告じゃ！　まずはトータルで一万再生以下の人、手ぇー挙げて！」

二人静氏の案内を受けて、部屋はしんと静まり返った。

誰も手を挙げることはない。

「なんじゃ、おらんのかぇ」

「そのようですね」

「お主なんか絶対に千再生以下だと思ったのじゃけど」

「ええまぁ、そう言われても仕方がないかなと」

実際、つい数日前までは千再生以下であった。当然ながら一万再生など夢のまた夢。そのように家族ごっこの団欒（だんらん）でも報告を行っていた。声に出していないだけで、他の面々も疑問に思っているのではなかろうか。

「それじゃあ、次は三万再生以下かのぅ？」

室内を見渡して、皆々の反応を窺うように案内をする二人静氏。

しかし、次点であっても挙手はゼロ。

彼女の眼差しは、自ずとこちらに向けられた。

「お主ってば、ちゃんと真面目に結果発表やっておる？嘘を吐いておらん？」

「二人静さんの疑念は尤もだと思いますが、三万以下ではありませんでして」

「後でやっぱり、ちゃんと数えたら三万以下でした、とか言うたら罰ゲームよ？」

「その点は大丈夫ですから、どうか発表を進めて頂けたらと」

「んじゃまぁ、次は五万再生以下かのぅ？」

誰も挙手はない。

自身の手も上がらない。

二人静氏からは繰り返し、非難がましい眼差しを向けられた。

「はぁん？　お主マジなの？　五万再生を突破しちゃったの？」

「順位を発表するタイミングで、各々のアカウントは公開するんですよね？　でしたらそのときに改めて判断をしてもらえたらと。不足が見られたようなら、罰ゲームでもなんでも与えて下さって構いませんので」

「ぐっ……」

モノ言いたげな面持ちで見つめてくる二人静氏。

その理由は続くアナウンスを受けて判明した。

「それじゃあ、次は十万再生じゃ！」

彼女の口から次点の再生数が述べられる。

直後、元気良く手を挙げての自己申告。

「はいはい！　儂じゃ！」

そして、彼女以外に挙手している人は皆無。

これには驚いたように星崎さんが呟いた。

「え、嘘でしょ？　二人静が最下位ってこと？」

「そう言うパイセンこそ、本当に十万再生を突破しておるの？」

「回数だけは何度も繰り返して数えたから、間違いないわよ」

「マジか……静ちゃんのゲーム道、最下位じゃったか……」

愕然とした表情で力なく呟いた二人静氏。

その弱々しい言動は、非常にらしくないものとして映る。普段からのらりくらりとした振る舞いの目立つ彼女だから、こうまでも凹んでいる姿は珍しい。存外のこと本気で取り組んでいたようである。

「本気で悔しそうな顔しないで欲しいのだけれど」

「いやだって、それなりに手応えとかあったし？　ぶっちゃけこやつやパイセンに負けるとか夢にも思わなかったし？　なんなら向こうしばらく、配信プレイをライフワークにしちゃおっかな、なんて考えておったのに？」

自分や星崎さんを眺めて、二人静氏は恨めしそうに語る。

一方で受け答えする先輩は完全に他人事。

「別に止める必要なんてないんだから、そんなの好きにすればいいじゃないの」

「せっかくですから投稿サイトを確認していきましょう」

ホテルの部屋に設えられていた壁掛けテレビ。こちらに電源を入れてリモコンを操作する。居室のテレビが動画配信サイトの閲覧に対応していることは昨晩のうちにも確認済み。静ちゃんのゲーム道を検索して画面上に呼び出す。

前に確認したときに加えて、いくつも実況動画が投稿されている。

再生数を上から下に合算していくと、たしかに十万再生に少し足りないくらい。

「自己申告の通り、再生数は合計で九万と少し、といったところですね」

「初回の配信でバズったものの、以降は再生数が伸び悩んでおってのぅ。こんなことならビッグタイトルに片っ端から手を出しておけばよかったのじゃ。所詮はタイトルに付いたファンが再生数の拠り所、プレイ内容などなんの価値もない」

「そう腐らないで下さいよ」

ショックを受けていじけてしまった二人静氏。

彼女に代わって続く再生数をアナウンスする。

「となると、次は十五万以下くらいでしょうか」

ホテルの居室内、居合わせた面々を見渡して尋ねる。すると、このタイミングで星崎さんの手が上がった。

「はい、十三万と少しくらい再生されたわ」

「次点は星崎さんですか」

「ねぇ、これってやっぱり、アカウントを公開しないと駄目なのかしら？」

「んなもん当然じゃろう？　わざわざ儂の次に手を挙げたりして、まさかパイセン、罰ゲームが怖くて再生数にサバを読んでおるのではあるまいなぁ？　そういうのは年齢だけにしてもらいたいものじゃ」

「そ、そんなことしてないわよ！」

「だったら問題あるまい？」

「星崎さん、こちらでご自身のチャンネルをお願いします」

手にしたリモコンを差し出すと、彼女は観念したようにポチポチとやり始めた。

ややあって表示されたのは、現役ＪＫのダンス教室、なるチャンネル名だった。

「なんじゃこの小っ恥ずかしチャンネル名」

「う、うるさいわね！　別にいいでしょう？」

「というか、心なしかサムネが卑猥でない？」

「うぐっ……」

気になったのは、チャンネル紹介のテキスト。

冒頭から転載や切り抜きなどを禁止する文字がズラズラと並んでいる。場合によっては法的な対応も辞さないとかなんとか、かなり強めの文言だ。普通はもう少しこう、親しみの感じられる紹介とか提示するものではなかろうか。

試しに一つ、投稿済みの動画を再生してもらう。すると、最近話題の楽曲に合わせて、ダンスを踊る星崎さんの姿が見られた。わざわざ衣装まで用意して踊っている辺り、かなり気合いが入っておりますね。

顔こそマスクで隠している。

けれど、その若々しさは映像越しにも伝わってくる。

などと考えたところで、ふと気になってチャンネル名をネット検索。

原因は判明した。

「星崎さん、軽く炎上しちゃってますね」

「っ……！」

こちらの指摘を耳にして、先輩の肩がビクリと震えた。

それはもう顕著なほど。

ご自身も既に把握しているみたい。

「わ、私が悪い訳じゃないわよ!?　ただ、動画を勝手に切り貼りして、え、えっちに見える部分ばかり強調した動画を投稿している輩がいるの！　そのせいで私までネット上で玩具になって、消しても消しても増えてくし……」

前にＤＭＣＡがどうのと言ってたの、これが原因だったみたい。

Kのコスプレ

ネット越しに出会ってしまった正体不明の悪意は、社会経験に乏しい十代の方には堪えることだろう。自分も学生の頃、エッチなサイトを閲覧していたところ、パソコンがウィルスに感染して大変な目に遭ったことあるから分かる。

「ぶっちゃけ、エロで釣ってたのは事実じゃろ？」

「私はそんなこと考えてなくて、ふ、普通に踊ってただけよ？　エロだとか何だとか、そういうことを考えて動画を公開してた訳じゃないし？　だけど、ど、ど、どこにだってそういう目で見てくる人はいるから……」

星崎さん、目が泳いでおりますね。

ちょっとしたダンスで大量に再生数が稼げたものだから、ついつい調子に乗ってしまっただろう経緯が手に取るように分かる。その先に性欲が存在していることは把握しつつも、別に意図して見せている訳ではないからと。

「どれどれ、おっ？　解説サイトまであるぞぇ？」

「えっ⁉」

「現役ＪＫのダンス教室とは？　現役ＪＫがコスプレ衣装でダンスを踊っているチャンネル。卑猥なシーンばかりを切り抜きした動画が多数作成されたことで、投稿主との間では問題が生じており……」

「止めて止めて、そんなの読まないでよ！」

おもむろにウェブ上の解説サイトを読み上げ始めた二人静氏。

そのようなモノまで出来上がっているとは、なんと恐ろしいのだろうインターネット。権利者に無断で作成した切り抜き映像など、そう大して儲かるものではないだろうに、誰がどういった意図で行っているのか。

「お主の若さに嫉妬した同業者の犯行かのぅ？」

「っ……そ、そういう可能性もあったのね！」

二人静氏の呟きに動画投稿サイトの闇を感じる。

あ、それだ、なんて自分も確信してしまった。

「こんなもん末娘に相談すれば、一発で解決できように」

「だ、だって恥ずかしいじゃないの！」

「星崎さん、部屋の間取りから住まいが特定されかかってます。早めに対処したほうがいいと思いますよ。こちらのサイトですが、映像に映り込んだ姿見の鏡面から、窓の外の景色を調査している方がおりまして」

「えっ……⁉」

端末に表示した解説サイトを星崎さんに示す。

　これを眺めて彼女は顔色を真っ青にした。

　そちらには彼女のみならず妹さんも住まっている。問題が家族にまで飛び火しかねないとあって、血の気が引いたようだ。こうなると母親としてのプライドに満ち溢れた先輩も、四の五の言っていられない。

「母よ、是非トモ末娘を頼って欲シイ」

「ごめんなさい、あの、不甲斐ない母親を助けてもらえると嬉しいのだけれど……」

「承知シタ。コレよりネット上に拡散した映像ヲすべて削除スル。同様ノ話題を扱っているサイト及びソーシャルメディア上の投稿モ抹消。今後、同ジようなデータがネットワーク上に出回らナイように巡回ヲ行う」

「こんなくだらないことで迷惑をかけてしまって、本当にごめんなさい」

「これに反省したら、エロい格好で動画なんぞ撮るのではないぞぇ？」

「うぅっ……」

「祖母よ、母ハ十分に後悔シテいる。これ以上ノ追及はするべきではナイ」

　おかげで星崎さんと十二式さんの結びつきが、また一段と強化されてしまった。先輩も向こうしばらく、末娘には頭が上がらないことだろう。我々は本当に、機械生命体を母星へお帰り願うことができるのだろうか。

「今日も儂らのコスプレを眺めてしょっぱい顔をしておったのはこれが理由かぇ」

「………」

　完全に参ってしまった星崎さん。

　表情が死んでいる。

　これ以上は見ていられない。

　ＰＶバトルの結果発表を進めよう。

「さて、それでは次に行きましょう。百万再生以下の方はいますか？」

　一息に一桁再生数を増やしてみた。

　お隣さんたちのチャンネルの再生数がそれくらいだったから。余裕綽々と構えた十二式さんの態度から察するに、彼女のトータル再生数はもっと上。ＰＶバトルの三位はお隣さんたちで間違いないように思う。

　そうしたこちらの想定通り、お隣さんの手が挙げられた。

　アバドン少年も隣で一緒になって手を挙げてくれてい

る。

「おじさん、枯木落葉のチャンネルが該当します」

『たしか今日の夕方の時点で、合計九十三万再生くらいだったかな？』

他に手は挙がらない。

二人静氏からは自身に突っ込みが。

「お主、マジで百万超えておるの？」

「他に挙手された方はいないので、お隣さんとアバドンさんが三位となりますね。お二人の活躍については、既に皆さんもご存知だと思いますので、この場ではアカウントの確認も控えておきましょう」

「ちょ、無視するなし」

「では次ですが、二百万再生以下の方はいますか？」

改めて皆々に目を向けて問いかける。

反応はなし。

「いませんか。では、次は三百万再生の方は？」

「父よ、そノ区分には末娘ガ該当スル」

いよいよ十二式さんの手が挙げられた。

皆々の注目が彼女に向けられる。

二人静氏からは、今しがたまで自身に向けられていたのと同様の疑問が。

「二週間で三百万とか、もはやトッププロの数字じゃろ。ここのところランキングを眺めておったけど、そんな新人、まったく目についておらんのだけど？　どこでどんな活躍をしておったのじゃ？」

「祖母よ、これヲ確認するとイイ」

十二式さんの発言に応じて、我々の周りに多数の空中ウィンドウが浮かび上がった。

いずれも動画投稿サイトのチャンネルトップを表示している。チャンネル名やサムネイルから察するに、すべてオリジナルのミュージックビデオを配信している個人のチャンネルのようだ。

気になったのは各ページの言語。

日本語や英語の他に、ドイツ語やフランス語、中国語やロシア語、果てにはアラビア語や、なんだかよく分からない言語まで見られる。各々のチャンネルの登録者数は数千から数万。再生数もこれに見合ったもの。

一本当たりの再生数は、場合によってはお隣さんの方が多い。ただし、すべてを合算したのなら、それ相応の値が見込まれそうだ。トータル三百万再生というのも、現実的なものとして感じられる。

「まさかこれ全部お主のチャンネルかぇ？」

「祖母よ、そノ指摘は正シイ」

比較的再生数の多い動画が再生される。

流行に沿ったサウンドが美麗な映像に合わせて流れ始めた。

動画のクオリティはプロ並み。楽曲にしても有名ドラマのタイアップ曲や、お金のかかったＣＭソングとなんら遜色ない。もうしばらく時間を取ったのなら、いずれも大きく跳ねるのではないかと思う。

「数にモノを言わせるとは卑怯でない？」

「祖母よ、事前のルールでハ禁止さレていナイ」

期間当たりの作業量は、まず間違いなく人類を逸脱している。けれど、個々の作品のクオリティはそうでもない。これら映像を通じて機械生命体の存在を把握するような真似は不可能だろう。ルールには抵触しない。

「末娘ハ最初に伝えてイル。私もユーチューバーとシて世界に羽ばたきタイと考えていル、と。人類からノ愛慕とハ、不特定多数からラ広く浅く得ルのが効率の上でも、リスク管理の上でも、無難であるト判断スル」

「してやられた感が悔しいのぅ」

「たしかに十二式さんが取り得る方針としては、これ以上ないものですね」

皆々関心したように映像を眺めている。

ただ、そうした我々の反応とは対照的に、続く十二式さんの発言は寂しげなものだ。

「しかシ、何故ダろう。ちょっと虚シイ」

「どういうことじゃ？」

「大量のコメントに心ガ温まらないト言えば、それハ嘘になってシまう。しかし、昨日にも家族トステージで舞台を共にシタときの方ガ、末娘としてハより強く心が癒やさレタように思えてならない」

セーラー仮面や怪人ミドルマネージャーと、枯木落葉のコラボを思い起こしてのことだろう。後者のステージ入りに際しては、十二式さんもお隣さんやアバドン少年と協力して事に当たっていた。

「家族ト共に何かヲ成す。その快感ハ他の何事にも代えがタイ」

そうして語る十二式さんの表情は、相変わらず能面のようで、何の感情も窺えない。しかし、改めて伝えられた声には、どことなくウェットな響きが感じられた。受け答えする我々も続く反応に戸惑う。

しばしの沈黙。

ややあって応じたのは二人静氏だ。

「そりゃそうじゃろう」

「祖母よ、何故ソウ言い切れル？」

「お主にしてみれば、こうした映像の制作なんぞ、なんの感慨も湧かない作業じゃろう？　どれだけ多くの人類に視聴されたところで、他所の池の鯉に餌をくれておるのと大差なかろう。そこにどれだけの癒やしがあると考えておるのじゃ？」

「…………」

歯に衣着せない祖母の言い草。

末娘は沈黙。

きっと図星だったのだろう。

機械生命体の超科学を用いたのなら、人類が鑑賞しているミュージックビデオの百や二百など、ものの数分で完成してしまうのではなかろうか。実際に尋ねたらもっと短いタイムが返ってきそうで怖いけれど。

「のぅ、なんとか言ったらどうなのじゃ？」

「改メて、父の言葉ヲ思い出してイた」

「ほぉん？」

「知識として得らレタ情報そのものデハなく、その取得に利用シタ接点や末端ノ状況、得た経路や環境こそガ大切であると。学内でノ会話と、動画に付いたコメント、与えラレた言葉こそ変わらずとモ、私は過程ノ違いに大きな差異ヲ見出した」

「親父殿の言葉は偉大じゃのぅ」

「父は、たシかに父デあった」

「あまり持ち上げられても困るんですが」

「して、その親父殿は一体どのような動画を投稿してPVを稼いだのじゃ？」

二人静氏の意識がこちらに向けられる。

ジトッとした眼差しは、早くネタばらしをせんかと、言外に訴えているように思えてならない。別段、引っ張ったつもりはないのだけれど、結果としてPVバトルでは一位になってしまった。当然ながら狙っての行いではない。

「それについては、こちらを見て頂けたらと」

星崎さんからリモコンを受け取り、自身のチャンネルから動画一覧を開く。

いくつか並んでいる動画の大半は、再生数が三桁から四桁に過ぎない。投稿した本数も他の面々と比べたら圧倒的に少ない。画面をスクロールするまでもなく、すべての動画のサムネイルが画面内に収まるくらい。

そうした只中で一本だけ、再生数が四百万を超えている動画がある。

「えっ、なんじゃそれ。一つだけ再生数がバグっておるのじゃけど」

「ちょっと佐々木、どんな悪いことをしたらこんなに再生されるのよ」

「人聞きの悪いことを言わないで下さい、星崎さん。至って真っ当な動画です」

サムネイルを選択して動画を再生する。

そこでは軽井沢の別荘地を散歩していた中年男性が、哀れにも野生の熊さんに襲われる姿が収められている。動画のネタが一向に思い浮かばず、二人静氏の別荘の周りを歩き回っていた時分の出来事である。

この日はピーちゃんも同行しておらず、一人で歩き回っていた為、事前に気づくこともできなかった。背後からいつの間にやら、すぐ近くまで熊さんが迫っていたのだ。しかもお子さんを二人も連れて。

「タイトルに英語の表記も合わせて入れたのが、功を奏したように思います」

この辺りは十二式さんと同じである。

大慌てで逃げ出すも、熊さんは執拗に追いかけてきた。それから木に登ってみたり、両手を広げて大声を出してみたり、石を拾って投げてみたり、数分にわたって中年男性は熊さんと必死の駆け引き。

その一部始終がカメラに映っていた。

「これって佐々木？　え？　あっ、でも顔にはモザイクがかかってるわね」

「流石に顔出しは控えたかったので、編集を入れさせてもらいました」

「おじさん、普通に襲われてしまっていますが、大丈夫だったんですか？」

「幸い周りに人目やカメラはなかったからね。映像だと分かり辛いかもしれないけど、ギリギリのところで障壁を張って爪や牙の直撃は避けているよ。ただ、先方もなかなか諦めてくれなくてね……」

「このクマとおっさんの掛け合い動画、ニュースサイトにも取り上げられておったじゃろ？　どこかで聞いたような声だとは思ったのじゃけど、まさかお主が投稿したものだとは思わなんだ」

「あの、掛け合い動画ってどういうことですか？」

「お主の妙におっとりとした慌てっぷりがウケておったの理解しておらん？」

「あ、いえ、ここのところ忙しくてニュースサイトまでは確認しておらず……」

最悪、魔法で対処が可能とはいえ、恐ろしいことには変わりない。ただ、怪我(けが)をさせてしまうのも可哀想(かわいそう)で、どうにかやり過ごせないかと四苦八苦していた。ピーちゃんから学んだ回復魔法の存在が、辛うじて判断に余裕を与えていた感じ。

無事にやり過ごしてからふと、カメラの存在を思い起こして投稿したのだ。

それから何日か経過している。

ソーシャルメディア上で拡散された結果、あれよあれよと再生数は伸びていった。

「まさかとは思うのじゃけど、そっちの文鳥が内緒で協力しておったりせん？」

『小娘よ、我は断じてそのようなことはしていない。要らぬ嫌疑をかけてくれるな』

実際にはPVバトル開始直後にも、似たようなお誘いの声をかけてくれていたピーちゃん。そうした経緯をおくびにも出さない堂々とした振る舞いは、流石は星の賢者様だと思い知らされる。

「しかし、そうなると優勝はこやつで、最下位は儂ということかぇ」

「おじさん、事前に規定したPVバトルのルールに従うと、再生数が一番多かった人は、最下位だった人に何か一つ、お願いを聞いてもらえるのではありませんか？」

「佐々木は二人静に何をお願いするのかしら？」

お隣さんと星崎さんから矢継ぎ早に問われた。

正直、なんにも思い浮かばない。

「そうですね……」

「もしやエッチなことを考えておるのかぇ？　儂、貞操のピンチかのぅ？」

「今後はそういったセクハラを控えて欲しい、とか駄目ですか？」

「っかぁー、つまらん男じゃのぅ！」

だって、頼みたいことがない。

下手なことを口にして彼女との関係がこじれても面倒臭い。当たり障りのない、それでいてお隣さんや星崎さんが納得しそうなお願いごとはないだろうか。そのようなことを考えて頭を悩ませる。

すると、不意に部屋のドアがノックされた。

誰だろう。事前に約束などはしていない。

犬飼さん辺りが事後報告にやって来たのだろうか。

疑問に思ったところで、部屋主として皆々を代表して声を上げる。

「はい、どちら様ですか？」

「私だ。すまないが少し話をしたい」

英語の主音声と合わせて、日本語の副音声が耳に嵌めたイヤホンから響いた。

メイソン大佐である。

「あ、はい。承知しました」

ドアを押し開いてお客さんを迎え入れる。

廊下には自身が想像した通り、メイソン大佐が見られた。また、傍らにはマジカルブルーの姿も窺える。共に制服や魔法少女の衣装を脱いで一般人を装っている。後者は学校生活で垣間見た変身する前の姿だ。

大佐は室内に先客の姿を認めて小さく呟いた。

「む？　他の者たちも一緒なのかね」

「人払いが必要でしょうか？」

「いいや、それならそれで構わない」

メイソン大佐とマジカルブルーを客室内に招き入れる。

居合わせた皆々からは、何がどうしたとばかり視線が向けられた。エルザ様やルイス殿下は初めてお会いすることになる。大佐たちは動画投稿サイトの映像を通じて、二人のことを既にご存知だと思うけれど。

「立ち話となってしまいすみません。どういったご用件となりますでしょうか？」

申し訳ないとは思いつつ、各々の紹介をすっ飛ばして用件を確認する。

大佐から直々に話があるとか、正直、顔を合わせていて不安しかない。

「機械生命体が地球に降り立って以来、君たちの活動は多岐にわたることと思う。呼応して国内外でも多くの国や組織に動きが見られた。そうした中で君たちに接触したいくつかのテロ組織について、背後関係に目星がついた」

「裏に立って指示を出していた組織や団体が存在する、ということでしょうか？」

「あぁ、そういうことだ」

「これまた物騒な話じゃのぅ」

「すべてが紐づいていた訳ではない。しかし、君たちが遭遇したいくつかのテロ行為の背後関係を辿ると、とあるラインに集約されることが確認された。目的は機械生命体の確保と見て間違いない」

　メイソン大佐の言葉を素直に信じるのであれば、家族ごっこの活動を筆頭として、十二式さんの編入学を巡る騒動や、今回の冬フェスへの参加なども、決して意味のない行いではなかったみたい。

　まぁ、数多存在する敵性のうち一区画が明らかになったに過ぎないのかもだけど。

「メイソンよ、機械生命体ハ人類如キに確保さレルことはなイ」

「我々もそのように判断しております。しかし、世の中には相手の力量を上手く測ることができない輩も多いのです。複数のテロ組織の背後には、国際的な活動家のネットワークが見られました」

　阿久津さんと同様、大佐も十二式さんに対しては敬語になるんですね。

　その辺りに各々の絶妙なパワーバランスを感じる。

「失礼ですが、そのような話を私にしてどういった意味が？」

「そこで我々から君に頼みたいことがある」

　改まった態度で大佐から言われた。

　これまた憂慮せざるを得ない物言い。

「……なんでしょうか？」

「ミスター佐々木、どうか我々と共に反撃作戦へ臨んでもらえないだろうか。我が国は君という存在をとても高く評価している。今回の作戦行動に当たって、その協力は必要不可欠なものと考えている」

「そういった意味合いだと、これまでにも度々ご協力させて頂いておりますが……」

　改めて言われるのも妙な話だ。

　我々の上司である阿久津さんは、恐らくメイソン大佐に逆らえない。わざわざこちらへ赴くまでもなく、彼に連絡を入れるべきではなかろうか。事実、これまではそのようにして動員されていた。

ただ、そうしたこちらの想定は、続けられた大佐の発言により霧散した。

「差し当たり、君たちの上司から一時的に君の身分を借り受けた」

「えっ、あの、それはどういった……」

ちょっと待った。

そんなの聞いてない。

「我が国へ赴いて、我々の指揮下に入ってもらいたい、ミスター佐々木」

「…………」

年の瀬も迫るこの時期に、なんと国外出向。

というか阿久津さん、ひと仕事終わったら休暇をくれると言ってませんでしたか。

海外赴任、決定！

機械生命体が到来してより、
家族ごっこのメンバーの身辺で多発していたテロ騒動。
その黒幕に迫るべく、
メイソン大佐から協力を求められた佐々木たち。
上司への進言も虚しく、
一家揃って大佐と共に隣国へ赴任することに。

いざ訪れた先では機械生命体との関係を
重要視した隣国から接待に次ぐ接待。
現地視察の名のもとに豪遊を重ねる日々。
お仕事命な星崎さんは不安を覚え、
お隣さんとアバドン少年は戸惑い、
十二式さんは満更でもない様子。

ぬるま湯のような赴任に危機感を覚えた佐々木は単身、
大佐より仕事を受けて潜入捜査に乗り出す。
すると拙い英語が祟り、マフィア同士の抗争に巻き込まれてしまう。
しかも先方に見初められた彼は、
反社会的な組織に与することになってしまい……。

英語が喋れない社畜が
海外に飛ばされたら
マフィアに採用されていた件。

『佐々木とピーちゃん 10』

※2024年7月時点の情報です。

今冬発売予定!!!!!!!!!

佐々木とピーちゃん 9

動画投稿サイトでPVバトル勃発!

～お隣さんがVTuberとして成り上がっていくようです～

2024年7月25日　初版発行

著者　ぶんころり

イラスト　カントク

発行者　山下 直久

発行　株式会社 KADOKAWA
〒102-8177 東京都千代田区富士見2-13-3
0570-002-301（ナビダイヤル）

印刷・製本　株式会社広済堂ネクスト

デザイン　たにごめかぶと（ムシカゴグラフィクス）

●お問い合わせ
https://www.kadokawa.co.jp/（「お問い合わせ」へお進みください）
※内容によっては、お答えできない場合があります。
※サポートは日本国内のみとさせていただきます。
※ Japanese text only

ISBN 978-4-04-683798-1　C0093

定価はカバーに表示してあります。